ZWISCHEN KLINGEN UND BLUT

CRIMSON ICE
BUCH 1

WILLOW FOX

SLOWBURN
PUBLISHING

Zwischen Klingen und Blut

Crimson Ice - Band 1

Von Willow Fox

Veröffentlicht von Slow Burn Publishing

Cover Design by GetCovers

© 2025

übersetzt von Daniel T.

ÜBER DIESES BUCH

Harper McKenna ist eine Frau, die man nicht unterschätzen sollte – und für mich gibt es ohnehin nur sie. Das Problem: Mein Mitbewohner Ashton Rinaldi sieht das ganz genauso.

Ashton und ich sind wie Brüder – beste Freunde. Wir sind beide Kinder von Mafia-Eltern, und das heißt, dass tief in uns eine Dunkelheit schlummert. Ich habe immer versucht, sie zu verbergen, doch Ashton zögert nicht, seine innere Bestie auf und neben dem Eis zu entfesseln.

Ich fürchte mich davor, die Dunkelheit in mir loszulassen – und davor, zu wem ich dann werden könnte. Ich will nicht wie mein Vater, Dante Ricci sein. Doch ich erkenne seine Züge in mir, und ich hasse es.

Und dann ist da noch *sie*: Harper McKenna.

Sie ist wunderschön, schlagfertig und witzig. Sie ahnt nichts von den Geheimnissen unserer Familien. Ich hatte nie vor, sie einzuweihen – doch als sie die Wahrheit herausfindet, gerät ihr Leben in Gefahr ...

Sie zu beschützen, scheint nahezu unmöglich: Wenn mein Vater mir befiehlt, sie zu töten, und ich mich weigere, hat Ashton den Auftrag, mich hinzurichten.

EINS

HARPER

Schnee bedeckte die Stadt und machte die Straßen gefährlich glatt. Trotzdem mussten wir irgendwie zum Unterricht kommen. Egal, dass draußen mit Windchill fast minus zwanzig Grad herrschten oder mir die Finger selbst in den Handschuhen steif vor Kälte wurden.

Auf dem Campus fuhren zwar Busse, die uns von den Wohnheimen zu einigen der Gebäude brachten, aber bei dieser Eiseskälte überhaupt in einen dieser Busse zu kommen? Viel Glück damit.

Das Seminar zu schwänzen, kam nicht infrage. Diesen Fehler hatte ich bereits im ersten Semester als Studienanfänger gemacht. Ich würde das nicht noch einmal tun – und mein Stipendium riskieren.

Ich sehnte mich nach einer Tasse heißen Kaffee, aber die lag in genau der entgegengesetzten Richtung zu meinem Kurs. Also stapfte ich durch den Schnee; immerhin hielten meine fellgefütterten Stiefel meine Füße warm. Meine Beine dagegen wurden schon nach kurzer Zeit taub.

Was zum Teufel machte ich hier, im Schneesturm auf dem Weg zur Vorlesung? Würde unser Dozent überhaupt auftauchen?

„Ich hasse den Winter", murmelte ich vor mich hin.

„Was hast du gerade gesagt?" Eine männliche Stimme holt mich ein, während ich darauf warte, die Straße zu überqueren. Die Fahrbahn ist spiegelglatt; ein Schneepflug hat es noch nicht bis hierhergeschafft. Wahrscheinlich versuchen sie immer noch, zuerst die Autobahn freizubekommen.

Ich blicke zu ihm auf. Seine dunklen Augen glitzern im Widerschein des Schnees, der uns umgibt.

„Es ist kalt", stelle ich fest und spreche damit nur das Offensichtliche aus. Um mich warmzuhalten, hüpfe ich von einem Fuß auf den anderen. Ich bin mir sicher, dass ich ihn schon einmal auf dem Campus gesehen habe, aber ich erkenne ihn aus keinem meiner Kurse wieder.

Die *Evergreen University* ist mit über zwanzigtausend Studierenden alles andere als klein, doch wenn man jeden Tag denselben Weg zur Vorlesung nimmt, prägt man sich die Gesichter ein.

„Es ist Winter", sagt er mit einem warmen Lachen. Es klingt tief und wohlig, und er schenkt mir ein freundliches Lächeln. Die Ampel schaltet um, und ich hastete über die Kreuzung; meine Füße rutschen und gleiten, ich verliere beinahe den Halt.

Der gutaussehende Fremde greift nach meinem Arm und stützt mich. „Vorsicht", mahnt er und hält mich aufrecht.

Mein Herz hämmert in meiner Brust. „Danke", murmele ich.

Er hält mich noch immer fest, während wir die Straße überqueren.

„Du kannst mich loslassen, mir geht's gut", sage ich.

Ich fühle seinen Blick auf mir brennen, und wären meine Wangen nicht ohnehin schon von der Kälte gerötet, würde ich garantiert knallrot anlaufen.

„Wenn Sie darauf bestehen", meint er schließlich und lässt mich los. Die Wärme, die von ihm ausgegangen ist, verfliegt so schnell, wie sie gekommen ist, und mir ist gefühlt noch kälter als zuvor.

Während wir weitergehen, spüre ich seinen Blick immer wieder auf mir, dann wieder nach vorn gerichtet. Ab und zu berührt sein Arm meinen, durch die dicke Jacke hindurch. Reiner Zufall. Ganz sicher.

„Möchtest du einen Kaffee trinken gehen?", fragt er.

Vielleicht ist es doch kein Zufall.

„Ich kann nicht, ich muss zum Unterricht."

Glaubt er wirklich, ich würde mich bei dieser Kälte freiwillig draußen herumtreiben? Der Windchill ist gnadenlos und lässt meine Wangen brennen. Selbst mit der Mütze, die meine Ohren bedeckt, friere ich noch immer.

„Ich meinte danach. Ich bin Ashton", stellt er sich vor. „Und du bist?"

„Zu spät zum Unterricht", antworte ich und werfe ihm einen Blick zu. Seine dunklen Augen wärmen mich, aber ich habe keine Zeit dafür – nicht für ihn, nicht für irgendetwas davon. „Es war schön, dich kennenzulernen, Ashton", füge ich hinzu, als ich auf das Gebäude zugehe.

„Ich habe deinen Namen nicht mitbekommen", sagt Ashton. Sein Blick bleibt einen Moment länger als nötig hoffnungsvoll an mir hängen.

Meine behandschuhte Hand schließt sich um

die Türklinke. „Das liegt daran, dass ich ihn nicht genannt habe", erwidere ich mit einem Grinsen. Ich reiße die Tür auf, und eine Hitzewelle schlägt mir ins Gesicht.

Ich eile den Flur entlang, ziehe Mütze und Handschuhe aus, stopfe sie in meine Jackentasche und knöpfe dieses Monstrum von Jacke auf. Dann betrete ich den Hörsaal und lasse mich auf einem Platz in der Mitte des Auditoriums nieder.

„Hey, McKenna", sagt Luca und lässt sich neben mir nieder.

„Ricci", erwidere ich und spreche ihn mit seinem Nachnamen an. Er sieht gut aus – und er weiß es nur zu gut. Dass er Starspieler im Hockeyteam der Uni ist, trägt sicher auch nicht gerade zu einem bescheidenen Liebesleben bei. Sein selbstgefälliges Grinsen schreit förmlich nach *Player*.

Warum er ausgerechnet neben mir sitzen will, ist mir ein Rätsel. Im Auditorium gibt es mehr als genug freie Plätze. Ich ziehe meinen Laptop aus dem Rucksack und klappe ihn auf.

„Hattest du ein schönes Wochenende?", fragt er, und ich bin mir ziemlich sicher, dass er das nur fragt, um gleich von seinem eigenen Wochenende zu erzählen.

„Ja, war super", antworte ich knapp. Mehr

Details erspare ich ihm. Meine Mitbewohnerin Quinn und ich verstehen uns nicht besonders, und sie holt ständig irgendwelche Jungs ins Zimmer. Das bedeutet für mich meistens, dass ich hinausgeworfen werde, sobald sie beschließt, sich ohne Hose zu amüsieren.

Das passiert eigentlich jedes Wochenende – und bei jeder Gelegenheit, bei der sie einen Typen abschleppen kann.

Die Regel, dass Erstsemester mit einem Zweitsemester in den Wohnheimen auf dem Campus zusammenwohnen müssen, ist wirklich die schlechteste Idee überhaupt. Wer hat sich das bitte ausgedacht? Bestimmt ein Vollidiot, der seit Jahrzehnten nicht mehr in einem Studentenwohnheim gelebt hat.

„Du solltest mal zu einer unserer Partys kommen", sagt Luca.

Lädt er mich gerade ernsthaft zu einer Party ein? Warum?

Was verfolgt er damit, wo ich doch genau weiß, dass er sich eigentlich nicht im Geringsten für mich interessiert? Wenn ich es nicht besser wüsste, würde ich vermuten, dass er nur neben mir sitzt, um während der Vorlesung meine Notizen abzuschreiben. Offen gestanden bin ich ziemlich sicher, dass das der eigentliche Grund ist.

Ich bin wirklich gut im Mitschreiben.

„Ich denke darüber nach", sage ich.

Ich schenke ihm ein höfliches Lächeln und bin heilfroh, als unser Dozent den Hörsaal betritt und die Vorlesung beginnt.

Luca wirkt wie ein netter Typ, aber seine Prioritäten sind Eishockey, Mädchen und Partys. In genau dieser Reihenfolge bin ich mir nicht sicher – vielleicht kommen die Mädchen oder die Partys auch zuerst. Fest steht nur, dass er ein verdammt guter Hockeyspieler ist, wie man auf dem Campus so hört. Bei einem ihrer Spiele war ich allerdings noch nie, und ich habe auch nicht vor, das zu ändern.

Sobald die Vorlesung vorbei ist, schnappe ich mir wieder Mütze, Handschuhe und meine übergroße Jacke. „Bereit, dich den Elementen zu stellen?", fragt Luca. Er trägt einen schwarzen Wollmantel, der nicht gerade warm aussieht.

„Das sollte ich dich fragen", entgegne ich und werfe ihm von der Seite einen Blick zu.

Er grinst schief, setzt seine Mütze auf und steckt die Hände in die Manteltaschen. „Ich bin eine

Schnee-Eule", behauptet er. „Die Kälte macht mir nichts aus."

Ich schnaube leise. „Ja, klar", murmele ich skeptisch. Er läuft direkt neben mir, als wir hinaus auf den Hof zu unserer nächsten Vorlesung gehen. Immerhin müssen wir keine matschigen Straßen überqueren, also ist die Gefahr, wie vorhin auszurutschen und hinzufallen, dieses Mal deutlich geringer.

Der Gehweg ist geräumt und mit Salz gestreut, das das Eis langsam schmelzen lässt. Während er neben mir hergeht, ist sein Atem sichtbar, aber er zittert nicht einmal.

Ich beeile mich, um dem eisigen Wetter zu entkommen. „Schönen Tag noch", sagt er, als ich auf das Gebäude zusteuere.

„Dir auch", rufe ich ihm über die Schulter zu und greife nach der Türklinke.

Er hat keine Vorlesung im Fitzroy-Gebäude, begleitet mich aber trotzdem immer bis dorthin. Bisher bin ich davon ausgegangen, dass er gleich danach im Cooper-Gebäude hinter dem Fitzroy-Unterricht hat. Doch als ich durch das Glasfenster blicke, sehe ich, wie er sich umdreht und wieder in die Richtung geht, aus der wir gekommen sind.

Hat er etwas vergessen?

„Sag mir, ob das seltsam ist", sage ich zu Kensley. Wir sind beide im ersten Semester und haben zwei Kurse zusammen. Wir holen uns im Campus-Deli Mittagessen und schnappen uns einen Tisch, bevor es zu voll wird.

„Na los, erzähl", meint Kensley neugierig.

„Luca Ricci begleitet mich seit zwei Wochen jedes Mal zum Unterricht."

„Was?" Kensleys Augen werden riesig. „Der Mittelstürmer der *Evergreen University*? Okay, das ist schon etwas merkwürdig."

Ich werfe ihr einen Blick zu. „Das ist nicht der seltsame Teil."

Sie grinst. „Na los, weiter."

„Ich dachte, er hätte im Cooper-Gebäude Unterricht, weil er mich immer bis zum Fitzroy begleitet. Aber heute Morgen habe ich gesehen, wie er umgedreht und in die entgegengesetzte Richtung gegangen ist."

„Du könntest ihn einfach fragen, wo seine nächste Vorlesung ist", sagt Kensley und spricht damit das Offensichtliche aus.

„Oder?" Ich hoffe, sie hat eine weniger direkte Idee. Ich möchte nicht, dass Luca Ricci denkt, ich hätte Gefühle für ihn – habe ich nämlich nicht.

„Dann folge ihm doch, nachdem er dich zum Unterricht gebracht hat", schlägt Kensley vor.

„Ich werde ihn doch nicht stalken."

„Stimmt. Dann bleibt noch Option drei."

„Und die wäre?"

„Hey, McKenna." Luca tritt von hinten an unseren Tisch.

Kensley hat ihn offensichtlich schon längst bemerkt.

Sie hätte mich warnen können.

„Ricci", sage ich und starre ihn an. Mein Mund wird trocken, und jeder klare Gedanke verabschiedet sich.

„Ich bin Kensley", stellt sich meine Freundin vor.

„Luca", sagt er, lächelt schief und nickt. „Ich wollte mir gerade etwas zu essen holen. Darf ich mich zu euch setzen?"

„Aber sicher", antwortet Kensley, noch bevor ich überhaupt die Chance habe, nein zu sagen.

Er geht zur Theke, um sein Essen zu holen, während ich Kensley wütend anstarre.

„Was sollte das denn bitte?", fauche ich sie an.

Sie schiebt sich hastig den letzten Bissen ihres Mittagessens in den Mund und hält die Hand davor, als sie spricht. „Ich helfe doch nur einer Freundin."

Ich starre sie an, während sie aufsteht und den Rest ihres Sandwichs hinunterschluckt. „Du wirst hier nicht weggehen."

„Viel Spaß beim Mittagessen." Sie grinst breit und zwinkert mir zu.

Ich könnte sie erwürgen. Luca ist süß, hat unfassbar schöne Augen und einen Wahnsinnskörper, aber ich bin ganz sicher nicht sein Typ.

Keine Chance.

Er könnte jedes Mädchen auf dem Campus haben, was die Frage aufwirft, was er eigentlich von mir will. Etwas ist da, das ist offensichtlich. Ich habe nur noch nicht herausgefunden, was.

Luca kommt gerade an unseren Tisch, als Kensley ihre Sachen packt und aufräumt. „Ich muss los, aber meine Freundin hat erst in ein paar Stunden wieder Unterricht", sagt sie.

Jetzt habe ich nicht einmal die Möglichkeit, mir eine Ausrede einfallen zu lassen, um mich aus dem Staub zu machen. Am liebsten würde ich ihr den Stinkefinger zeigen, aber Luca beobachtet mich – und wie soll ich ihm das bitte schön erklären?

Sein intensiver Blick haftet an mir, während er

mich mustert. Mein Herz fängt an zu rasen, und meine Wangen werden heiß.

Ich werde mich nicht in ihn verlieben.

„Ihr solltet heute Abend unbedingt zu unserer Party kommen", sagt Luca.

Ist das der Grund, warum er mir heute überall über den Weg läuft? Er hat schon von dieser Party erzählt – und das hier ist nicht seine erste Einladung, aber ich möchte, dass es die letzte ist. Ich gehe nicht auf Partys. Jedenfalls nicht auf solche mit Bierfässern und Sportlern, die fast immer zu schlechten Entscheidungen führen.

Ich kann mir keine weiteren schlechten Entscheidungen leisten.

„Wir kommen. Gib Harper die Details. Wir sehen uns später", platzt es aus Kensley heraus.

Eine Campus-Party mit dem Hockeyteam ist ungefähr das Letzte, was ich heute Abend tun möchte. Aber meine beste Freundin hat Luca Ricci gerade versprochen, dass wir kommen werden.

Ich werfe ihr einen finsteren Blick zu, doch entweder nimmt sie ihn nicht wahr oder es ist ihr schlicht egal. Ich liebe sie zwar über alles, aber im Moment habe ich das Gefühl, das Leben sitzt mir ganz schön im Nacken.

Ich verabschiede mich nicht einmal von Kensley.

Ich bin wütend auf sie, doch ich glaube nicht, dass Luca das mitbekommt. Er ist viel zu sehr damit beschäftigt, mir in die Seele zu schauen. Zumindest fühlt es sich so an – intim, auf eine Art, wie sein Blick an mir hängen bleibt.

Er lässt sich mir gegenüber auf dem freien Platz nieder. „War schön, dich kennenzulernen", sagt er, ohne sie dabei eines Blickes zu würdigen. „Wir sehen uns heute Abend."

Sein warmes Lächeln ließe sich problemlos als Flirt deuten, aber er sucht keinen Augenkontakt mit ihr. Ich würde am liebsten wegsehen, mich distanzieren von der Hitze, die sich zwischen uns aufbaut. Mein Magen macht einen Salto, und ich schwöre, die Schmetterlinge in meinem Bauch schlagen mit den Flügeln und sinken noch tiefer.

Verdammt.

Ich werde mich nicht in Luca Ricci verlieben.

Ich schaue zu meiner besten Freundin hinüber, nur um seinem Blick zu entkommen. Kensley grinst, winkt mir zu und stürmt dann aus dem Deli.

„Freundin oder Mitbewohnerin?", fragt er. Endlich richtet er seine Aufmerksamkeit kurz auf sein Essen, nur für den Bruchteil einer Sekunde, und ich habe das Gefühl, wieder richtig Luft zu bekommen.

„Freundin", antworte ich. „Mit meiner Mitbewohnerin verstehe ich mich nicht gerade blendend."

Er wickelt sein Sandwich aus, ohne dabei aufzuhören, sich vollkommen auf mich zu konzentrieren. „Lass mich raten: Du bist im ersten Semester und teilst dir ein Zimmer mit einer aus dem Zweitsemester, die absolut nichts mit dir zu tun haben will."

„So durchschaubar bin ich?"

Luca grinst, und seine Augen sind wieder fest auf mich gerichtet, was mir einen Kloß im Hals beschert. „Das ist der Erstsemester-Fluch. Passiert jedem, der jemals an der *Evergreen* angefangen hat. Ich habe das auch durchgemacht – und glaub mir, das ist die Hölle."

„Hast du einen weisen Ratschlag für mich?", frage ich und sehe ihn hoffnungsvoll an, in der vagen Hoffnung, dass er mir in der Sache mit Quinn wirklich weiterhelfen kann. Ich weiß nicht einmal genau, warum ich frage – vielleicht, weil es tatsächlich etwas ist, das wir außer Wirtschaft 101 gemeinsam haben.

Er lacht leise und schüttelt den Kopf. Für einen Moment fallen ihm die dichten Haare in die Stirn, bevor er sie zurückwirft.

„Wenn sie so ist wie meine damalige Mitbewohnerin, halte dich am besten einfach von ihr fern", sagt Luca.

Kein Wunder, dass alle Mädchen auf ihn fliegen: Er sieht gut aus, ist charmant und versprüht pures Charisma. Vom Körper ganz zu schweigen – so landet man nicht als Sportler im Team, wenn man die Nächte nur auf der Couch verbringt und Chips futtert.

Warum hat er diese Wirkung auf mich?

Er ist nur ein Typ. Klar, er ist attraktiv, und sein Lächeln lässt mein Herz weich werden, aber er ist nichts als Ärger.

Ich weiß, dass es nur körperliche Anziehung ist – aber wie kann ich jemanden begehren, den ich kaum kenne? Besonders mögen tue ich ihn eigentlich nicht, doch mein Körper verrät mich bei jeder seiner Bewegungen.

Es müssen die Hormone sein. Und die Tatsache, dass ich schon viel zu lange mit keinem Mann mehr im Bett war.

„In welchem Jahr bist du?", frage ich. Aus irgendeinem Grund bin ich bisher davon ausgegangen, dass er auch im ersten Jahr ist – vermutlich, weil wir zusammen Econ 101 haben, einen Pflichtkurs für den Abschluss, und, mein Gott, ist der nervig.

„Im zweiten", antwortet er.

„Lass mich raten: Du bist derjenige, der dieses Jahr die Erstsemester quält." Er sieht genau aus wie jemand, der anderen gern das Leben schwer macht. Wahrscheinlich erzählt er seinen Teamkollegen, wie erbärmlich sein diesjähriger Erstsemester-Mitbewohner ist.

Luca lacht leise und schüttelt den Kopf. „Nein, ich wohne mit ein paar Jungs aus meinem Team auf dem Campus zusammen."

Überrascht reiße ich die Augen auf. Er muss nicht im Wohnheim leben. Glück gehabt.

„Du spielst Hockey", sage ich und benenne das Offensichtliche.

Ich bin mir sicher, dass jeder an der *Evergreen University* weiß, wer Luca Ricci ist und dass er Hockey spielt. Er gehört zu ihren Top-Spielern – das spricht sich auf dem Campus und in der ganzen Stadt herum.

Sein Grinsen wird noch breiter. „Hast du dir schon mal eins meiner Spiele angesehen?"

Ich schüttele den Kopf. „Jeder hier weiß, wer du bist. Du bist so etwas wie eine Hockey-Berühmtheit auf dem Campus. Du kriegst alle Mädchen ab und hast wahrscheinlich auch noch gute Noten. Liege ich richtig?"

„Für meine Noten arbeite ich hart", sagt Luca und sieht mir dabei direkt in die Augen, „aber ich schlage mich relativ gut."

Ich bin mir nicht sicher, ob er mit „gut" seine Leistungen oder die Mädchen meint. Das ist auch egal. Es *sollte* mir egal sein. Ich rede mir jedenfalls ein, dass es mir egal ist.

„Gib mir dein Handy."

„Wie bitte?" Ich lache über seine Dreistigkeit.

„Ich schicke mir selbst eine SMS, dann hast du meine Nummer. Wenn die vom Zweitsemester dir das nächste Mal Ärger bereitet, sag mir Bescheid."

„Ich brauche dich nicht, um meine Kämpfe auszutragen", sage ich.

Obwohl es vielleicht gar nicht so schlecht wäre, ihn im Ernstfall auf meiner Seite zu haben. Er hat eine Menge Einfluss auf dem Campus, und meine Mitbewohnerin ist völlig verrückt nach Jungs. Nicht, dass ich die beiden verkuppeln wollte – allein der Gedanke, wie sie miteinander in den Laken landen, lässt mir den Magen umkippen.

Mein Appetit ist dahin.

„Gib mir dein Handy, Harper", sagt Luca

schließlich, streckt mir die Hand mit der geöffneten Handfläche entgegen und wartet.

Er nennt mich sonst nie beim Vornamen. Ich bin überrascht, dass er ihn überhaupt kennt.

Mit einem ergebenen Seufzer ziehe ich mein Handy aus der Jackentasche, entsperre es und lege es in seine Hand.

Sein Daumen streift dabei mein Handgelenk – eine flüchtige, sanfte Berührung auf meiner nackten Haut. „Braves Mädchen", murmelt er, sieht kurz zu mir auf, bevor sein Blick wieder nach unten wandert und er sich selbst eine SMS von meinem Handy schickt.

Seine Worte schicken ein warmes Kribbeln durch meinen Körper. Ich kann dieses pulsierende Gefühl nicht erklären, das seine Stimme mit nur zwei einfachen Worten in mir auslöst – zusammen mit dem leisen, ungewollten Laut, der mir über die Lippen rutscht.

Was zur Hölle war das – und warum wünsche ich mir plötzlich, dass er es noch einmal sagt?

ZWEI

LUCA

Ich habe alles versucht, um Harpers Aufmerksamkeit zu bekommen.

Mit ihr nach dem Unterricht über den Campus zu laufen, ist ganz sicher kein Zufall – vor allem, weil ich danach eigentlich frei habe und entweder etwas essen gehe oder zurück in unsere Wohnung fahre.

Sie hat es bisher offenbar noch nicht durchschaut, und so schenkt mir das ein paar zusätzliche Minuten mit ihr. Da wir verschiedene Freundeskreise haben, laufe ich ihr außerhalb von Wirtschaft nie über den Weg.

Ich bin keiner, der einem Mädchen

hinterherstalkt, aber hätte ich ihren Stundenplan, würde ich ihr garantiert öfter „zufällig" begegnen.

Ashton holt sich ein Bier aus dem Kühlschrank. „Willst du auch eins?", fragt er, den Kopf noch in den offenen Kühlschrank gesteckt. Die Leute strömen nur so in die Wohnung, heute Abend sind deutlich mehr als nur ein paar Gäste da.

Ashton Rinaldi ist der ungekrönte Partykönig. Er will, dass sich jeder willkommen fühlt – was bedeutet, dass er so ziemlich alle einlädt, die er kennt, und auch die, die er kaum kennt. Ich könnte mich darüber aufregen, aber am Ende stehen mehr Mädchen als Jungs in der Wohnung, also wird es normalerweise ein relativ guter Abend. Jemanden zum Anbandeln gibt es immer.

„Ich habe heute Morgen das perfekte Mädchen getroffen", verkündet Ashton und öffnet sein Bier. „Blonde Haare, dunkle, geheimnisvolle Augen, ein umwerfender Körper."

„Das trifft auf ungefähr fünfzehn Prozent der Studentenschaft zu, oder?", spotte ich.

Ashton verdreht die Augen. „Ich habe ihren Namen nicht mitbekommen, aber ich schwöre dir, ich werde sie heiraten."

Ashton Rinaldi ist für mich nicht gerade der Heiratstyp. Kein Wunder, wenn man bedenkt, wie viele *Puck-Bunnies* er mit seinem Hockeyschläger spielen lässt – nicht alle gleichzeitig, aber er hätte sicher nichts dagegen. Ich habe die Geräusche aus seinem Schlafzimmer gehört; definitiv keine Monogamie-Nummer.

„Du hast völlig den Verstand verloren", sage ich grinsend und nehme einen Schluck von meinem Bier.

„Ja, wahrscheinlich. Aber sie wäre es wert." Ashton ist eindeutig betrunken – und vielleicht ein wenig größenwahnsinnig, wenn es um Frauen geht. Aber wie sollte es auch anders sein, wenn er sich jemanden aussucht und nie eine Abfuhr kassiert?

„Und du hast ihre Nummer nicht bekommen?", frage ich.

„Sie hat mir nicht einmal ihren Namen verraten", murrt Ashton. „Aber sie geht ganz offensichtlich auf die *Evergreen*, also werde ich ihr schon wieder begegnen." Er ist fest davon überzeugt, dass er jedes Mädchen früher oder später ins Bett bekommt – was nicht schwer ist, wenn einem die meisten ohnehin von selbst hinterherlaufen.

Klingt nach einer ordentlichen Schwärmerei", lache ich über seine schlechte Laune. So habe ich ihn noch nie über ein Mädchen reden hören, aber ich wette, die Faszination verfliegt in dem Moment, in dem er mit ihr geschlafen hat. So ist Ashton nun mal. Er ist der Typ Mann, der das Interesse verliert, sobald das Spielzeug ausgepackt ist. Er hat noch nie zweimal mit demselben Mädchen geschlafen.

Er schnaubt. „Das ist keine Schwärmerei."

„Na klar." Ich schüttele ungläubig den Kopf. Ich könnte ihn damit stundenlang aufziehen, aber ich verbringe meine Zeit lieber mit den Mädels.

Ich schnappe mir noch ein Bier und gehe durch das Haus, um zu sehen, ob Harper aufgetaucht ist. Ich bezweifle, dass solche Partys ihr Ding sind, aber wenn ich Glück habe, wird ihre Freundin sie heute Abend mitnehmen und ich kann etwas Zeit außerhalb der Vorlesungen mit ihr verbringen.

Aber realistisch gesehen mache ich mir keine großen Hoffnungen.

Das Mädchen ist weit außerhalb meiner Liga. Sie ist klug, bodenständig – und ich kenne ihren Typ: Sie datet keine Sportler. Allein die Tatsache, dass ich Eishockey spiele, ist ein Minuspunkt. Genau das macht sie für mich nur noch interessanter, wahrscheinlich gerade, weil ich so gut wie keine Chance bei ihr habe.

Mir wird schlecht, als ich ein dunkelhaariges Mädchen sehe, das von einem unserer

Teamkollegen gegen die Wand gedrückt wird, während er sich an sie heranmacht.

„Oh, verdammt noch mal!" Ich stürme durch den Raum, packe Chase Lancaster am Arm und reiße ihn von Nova weg. Das Mädchen ist praktisch wie eine Schwester für mich. Außerdem ist sie erst siebzehn und hat auf unserer Party nichts zu suchen.

„Was soll das, Mann?", knurrt Chase, und ich schubse ihn so hart weg, dass er ein paar Schritte zurücktaumelt, und in eine Gruppe von Leuten fällt.

„Sie ist minderjährig", zische ich. Er reißt die Arme hoch.

„Woher soll ich das wissen?" Er schaut von mir zu Nova. „Ernsthaft?" Seine Augen wandern über ihren Körper, als würde er eine Bestätigung suchen.

Sie setzt ein gezwungenes Lächeln auf, und ich könnte schwören, dass sie immer heftiger rebelliert, seit ich nicht mehr zu Hause wohne. Sie trägt einen knappen schwarzen Lederrock und ein bauchfreies Top, das ihren gepiercten Bauchnabel betont. Es ist absolut ausgeschlossen, dass ihre Eltern von diesem Piercing wissen.

„Komm mit." Das ist keine Frage, sondern ein Befehl. Ich packe Nova, ziehe sie nach oben und schubse sie in mein Zimmer. Ich reiße meinen

Kleiderschrank auf, schnappe mir ein Sweatshirt vom Bügel und werfe es ihr zu. „Zieh das an."

„Du kannst mich nicht herumkommandieren wie Dad", knurrt Nova, aber sie fängt mein Sweatshirt mit den Händen auf. Sie macht keine Anstalten, das Kleidungsstück anzuziehen, sondern hält meinem Blick stand.

Fordert sie mich etwa heraus?

„Muss ich es dir vielleicht anziehen?", knurre ich.

Nova ist zwei Jahre jünger als ich. Wir sind im selben Haushalt aufgewachsen. Ihr Vater arbeitet für meinen Vater, den Chef der italienischen Mafia.

Und wie bei Geschwistern ist es meine Aufgabe, sie zu beschützen.

„Sei kein Arsch, Luca." Ihre Augen verengen sich. „Ich hatte unten Spaß."

„Mit Chase?" Ich verschlucke mich bei ihren Worten, huste und versuche, mich zu räuspern. „Er will nur Sex, und du bist minderjährig."

„Ich bin siebzehn. Er ist nur ein Jahr älter, und ich werde bald achtzehn."

Ich weigere mich, ihr recht zu geben. „Nein. Du solltest heute Abend gar nicht hier sein."

„Und warum nicht?", fragt Nova.

Endlich zieht sie sich das Sweatshirt über den

Kopf und steckt die Arme in die Ärmel, was zumindest meine Zustimmung findet, aber ich lasse sie trotzdem nicht bleiben.

„Abgesehen davon, dass du minderjährig bist und dies eine College-Party ist?"

Nova zuckt mit den Schultern und verschränkt die Arme vor der Brust. „Ich werde nächstes Jahr aufs College gehen. Vielleicht sogar früher. Ich mache mein Abitur ein Semester früher."

Ich würde wahnsinnig gern stolz auf sie sein, aber gerade bin ich einfach nur stinksauer, dass sie hier aufgetaucht ist und mit meinem Teamkollegen rumgemacht hat.

„Und nächstes Jahr kannst du auf so viele Partys gehen, wie du willst. Dann halte ich dich nicht mehr auf."

Sie schnaubt. „Ja, klar." Ein freches Grinsen huscht über ihr Gesicht. „Du wirst genauso kontrollsüchtig wie dein Vater. Das liegt bei dir in der Familie."

„Ich bin nicht wie mein Vater." Meine Kiefer verkrampfen sich, ich presse die Zähne so fest aufeinander, dass sie knirschen. Mir läuft es eiskalt den Rücken hinunter, wenn ich nur an ihn denke – Dante Ricci. Ein Killer. Ein skrupelloser Bastard. Einer, der andere für sich töten lässt, damit er sich nicht selbst die Hände schmutzig machen muss. Für solche Aufträge benutzt er Männer wie Novas Vater.

Sie zupft am Saum des Sweatshirts und wirft einen Blick zur Tür. „Niemand will so werden wie seine Eltern. Bitte, ich brauche nur diese eine Nacht, um mal Abstand zu kriegen." In ihrer flehenden Stimme liegt so viel Müdigkeit, dass mein Widerstand bröckelt. Ich weiß nur zu gut, was sie erträgt.

„Du fährst heute Nacht nicht nach Hause", warne ich sie. Ich kenne sie – sie wird trinken, und wenn ich nicht aufpasse, ist sie am Ende sturzbesoffen. „Du bleibst hier."

Ihre Augen beginnen zu leuchten, und ich sehe sie förmlich innerlich einen kleinen Freudentanz aufführen, weil sie genau das bekommen hat, was sie wollte. Ich presse erneut die Kiefer zusammen und räuspere mich. „Du schläfst in meinem Zimmer, ich nehme die Couch."

„Du bist der Beste!", quietscht Nova und ist völlig aus dem Häuschen.

„Beim nächsten Mal rufst du an, bevor du einfach hier aufschlägst." Begeistert bin ich nicht gerade, dass sie da ist, aber unten habe ich auch keine Lust mehr auf die Mädels. Und ich werde Nova heute Nacht sicher nicht alleinlassen – damit hat sich auch das Thema Bett für ein spontanes Abenteuer erledigt.

„Versprochen", sagt Nova strahlend und hakt ihren kleinen Finger bei mir ein.

Ich greife nach ihrem Arm, den sie hinter ihrem Rücken versteckt, und entdecke ihre gekreuzten Finger. „Du bist solch eine Göre." Ich verdrehe die Augen, öffne die Schlafzimmertür und winke ihr, wieder nach unten zu gehen.

Auf dem Weg zur Treppe entdecke ich Harper, die unten steht und mit Ashton redet. Sie sieht zu mir hoch, beißt sich auf die Unterlippe und murmelt eine Entschuldigung, bevor sie durch die Haustür verschwindet.

Leise fluchend dränge ich mich an Nova vorbei.

„Was zur Hölle war das gerade?", fahre ich Ashton an und packe ihn am Arm. „Ich habe Harper für heute Abend eingeladen. Hast du sie angemacht?"

Ashton runzelt die Stirn. „Wovon redest du? Das ist das Mädchen, von dem ich dir vorhin erzählt habe. Heiß, oder?"

Das darf nicht sein.

Ashtons Traumfrau kann unmöglich Harper McKenna sein.

Unmöglich.

Mit einem frustrierten Seufzen schüttele ich den Kopf und renne hinter Harper her. Sie ist schon draußen, und ohne Mantel oder lange Ärmel ist die Luft eisig, aber das ist mir egal. Für sie friere ich gern.

„Harper, wo willst du hin?", rufe ich.

Sie lacht leise, verschränkt die Arme vor der Brust und läuft weiter. Straßenlaternen tauchen die Straße in gelbes Licht, während sie sich von der Wohnung entfernt.

„Weg von dir", sagt sie, etwas lauter als nötig.

Vielleicht soll ich es hören. „Was habe ich verbockt?", frage ich. Sie ist eindeutig sauer. Aber liegt es an Ashton – oder an mir?

Harper bleibt abrupt stehen und dreht sich zu mir um. Dadurch habe ich ein paar Sekunden, um aufzuholen und den Abstand zwischen uns zu verkürzen. „Musst du das wirklich fragen?", spottet sie.

Sie hält meinem Blick kaum stand, ihre Augen huschen überall hin, nur nicht zu mir. Und vielleicht bilde ich es mir ein, aber sie glänzen, als würde sie Tränen zurückhalten.

Ich strecke die Hand aus, hebe sanft ihr Kinn an und blicke in diese dunklen Augen, die mich fesseln und nicht mehr loslassen. Mein Atem stockt. „Du bist wütend."

„Bist du zu dieser Erkenntnis gekommen, weil ich die Party verlassen habe? Du bist ein echtes Genie", zischt sie.

Ich beiße mir auf die Zunge. Sie hat ein scharfes Mundwerk. Mein Blick wandert kurz zu ihren Lippen, dann wieder in ihre Augen. „Sag mir, was los ist", fordere ich sie leise auf.

Ihre Augen verengen sich, sie holt tief Luft. „Das sollte ich gar nicht müssen. Wir sind nur Freunde. Wenn überhaupt."

Sie löst sich aus meiner Umarmung, und die Luft ist noch kälter als zuvor.

„Wenn wir weniger als Freunde sind – warum rennst du dann weg?", frage ich.

Sie ist verletzt, das ist offensichtlich. Ich weiß nur nicht genau, womit ich das ausgelöst habe. Aber ihrem Gesicht nach bin ich der Schuldige.

Ihre Zungenspitze streift ihre Oberlippe, und ich verliere die Kontrolle. Ich beuge mich vor, koste sie, will ihren Zorn zum Schweigen bringen.

Ich rechne damit, dass sie zurückzuckt, mir eine scheuert, schreit, brüllt. Warte auf den Knall – aber er kommt nicht.

Ihre Lippen schmiegen sich an meine, sie lehnt sich gegen mich, ihre Finger zittern an meiner Brust, während ich die Arme um ihre Taille schlinge und sie näher zu mir ziehe. Der Kuss beginnt noch halb zögerlich, aber brennend, und als sie sich nicht löst, gleitet meine Zunge über ihre Unterlippe.

Sie öffnet den Mund, lässt mich ein, und ich vertiefe den Kuss. Ein leises, süßes Stöhnen bricht aus ihrer Kehle, und tief in mir löst das eine rohe, instinktive Reaktion aus.

Verdammt, sie klingt heiß.

Ich will hören, wie sie meinen Namen stöhnt, wie sie keuchend nach Luft ringt, während ich tief in ihr bin.

Harper löst sich atemlos von mir.

Ihre Wangen sind gerötet, ihre Lippen geschwollen. Sie sieht umwerfend aus, und mit einem Schlag spüre ich die kalte Luft wieder. Beim Küssen hatte ich die Kälte völlig vergessen.

„Wir können das nicht tun", sagt Harper und zieht die Hände von meiner Brust zurück. „Ich bin nicht diese Art von Frau."

Meine Stirn legt sich in Falten. „Was soll das heißen?" So verwirrt war ich in meinem Leben noch nie.

„Ich weiß genau, was du vorhast, Luca. Ich bin nicht dumm. Du wirst heute Nacht keine zwei Mädchen flachlegen. Mich jedenfalls nicht."

Harper dreht sich um und geht weiter die Straße entlang, während ich sprachlos zurückbleibe.

Zwei Mädchen flachgelegt? Mit wem zum Teufel glaubt sie, dass ich geschlafen habe?

Und dann kommt mir Nova in den Sinn, wie ich mit ihr die Treppe hinunterging, sie trug mein Sweatshirt. Glaubt sie, ich hätte mit *ihr* geschlafen?

DREI

HARPER

Ich habe Luca Ricci geküsst; was zum Teufel habe ich mir dabei gedacht?

Okay, ich habe nicht nachgedacht. Ich habe mich viel zu sehr vom Moment mitreißen lassen – und das bereue ich jetzt.

Nicht den Kuss.

Ich bereue es definitiv nicht, Luca geküsst zu haben.

Was ich bereue, ist die Tatsache, dass er kurz zuvor noch mit einem anderen Mädchen herumgemacht hat – sie sah definitiv nach Erstsemester aus – und dann hinter mir hergelaufen ist.

Wer macht so etwas?

Natürlich der begehrteste Junggeselle, der zufällig für das Hockeyteam der *Evergreen University* spielt. Dazu kommt, dass er unfassbar gut aussieht. Ich bin mir ziemlich sicher, dass er einen Fanclub hat, der ihm bei den Spielen hinterherläuft, seinen Namen schreit und ihn anfeuert.

Sie gehört wahrscheinlich zu diesem dummen Club.

Zumindest stelle ich mir das nach den Spielen so vor.

Ich war noch nie bei einem Eishockeyspiel der *Evergreen* und habe auch nicht vor, in Zukunft eines zu besuchen.

Ich interessiere mich nicht für Sport. Ich bleibe lieber im Wohnheim und lese bis in die frühen Morgenstunden ein Buch.

Nach dem, was heute Abend passiert ist, werde ich nie wieder zu einem Eishockeyspiel gehen, niemals.

Und dann ist da noch Ashton Rinaldi, den ich auf dem Weg zur Vorlesung und dann noch einmal auf der Party getroffen habe. Er hat mich ständig angesprochen, obwohl ich Luca suchen wollte.

Ich hasse Partys. Ich bin heute Abend nur gekommen, weil Kensley darauf bestanden hat.

Und dann gab es noch einen kleinen Teil von mir, der für Luca da sein wollte.

Was vollkommen bescheuert ist. Warum habe ich geglaubt, diese Einladung würde irgendetwas bedeuten?

Wahrscheinlich lädt er jedes Mädchen ein, mit dem er befreundet ist – und als Sportler ist diese Liste sicher nicht gerade kurz.

Es war nicht schlimm, dort aufzutauchen und im Foyer von Ashton aufgehalten zu werden, um mit ihm zu reden, aber genau das wollte ich eigentlich nicht. Ich bin heute Abend nicht hergekommen, um zu feiern.

Dumm von mir, ich weiß. Zu einer Party zu gehen, ohne feiern zu wollen – fragt besser nicht. Ich habe nie behauptet, dass meine Entscheidungen logisch sind.

Ich bin wegen Luca gekommen.

Die Party fand in seiner Wohnung statt, und ich war mehr als neugierig, wie es bei ihm aussieht. Nicht, dass ich mit einer großen Führung gerechnet hätte, aber ich hatte gehofft, ein paar Minuten alleine mit ihm zu haben.

Seit er beim Mittagessen aufgetaucht ist, bekomme ich ihn nicht mehr aus dem Kopf.

Verdammte Hormone.

Wahrscheinlich interpretiere ich zu viel in seine Freundlichkeit hinein. Das passiert mir öfter – ich rede mir ein, dass ein zugänglicher Typ automatisch Interesse an mir hat.

Dabei muss ich mir klarmachen, dass er zu allen Mädchen nett ist. Ich bin nichts Besonderes.

Außerdem bin ich momentan gar nicht auf der Suche nach einer Beziehung.

Mein Studium geht vor – deswegen bin ich hier. Ich habe ein Stipendium und muss meine Noten halten. Das darf ich nicht vermasseln.

Ashton lenkt mich ab, hält mich davon ab, abzuschweifen, indem er weiter mit mir redet und Witze macht; er ist eindeutig interessiert.

Er ist freundlich genug, aber ich date keine Sportler, und ich bin mir ziemlich sicher, dass er eher auf einen One-Night-Stand aus ist als auf etwas Ernstes.

Das spielt aber keine Rolle, denn ich habe keine Gefühle für ihn, die mir Schmetterlinge im Bauch bereiten oder mir das Gefühl geben, ich würde schweben.

So ist es inzwischen, wenn Luca in meiner Nähe ist.

Ich kann nicht einmal genau sagen, wann es passiert ist. Irgendwo zwischen unserem gemeinsamen Mittagessen und dem Moment, als ich ihn mit einem anderen Mädchen die Treppe hinuntergehen sah, zog sich mir der Magen zusammen. Plötzlich war da nur noch Verzweiflung, Schmerz und Wut – und ich bin einfach geflüchtet.

Ich hätte nie damit gerechnet, dass er mir nachlaufen oder mich wortwörtlich zum Schweigen küssen würde.

Jetzt liege ich auf meiner Matratze, starre an die Decke meines Wohnheimzimmers und gehe im Kopf durch, was ich alles hätte, anders machen können. Schließlich greife ich nach meinem Handy und fluche leise.

Kensley.

Ich habe sie einfach auf der Party zurückgelassen, ohne mich zu verabschieden. Also tippe ich ihr eine kurze Nachricht, dass ich zurück ins Wohnheim gegangen bin.

Zehn Sekunden später klingelt mein Telefon.

„Hast du mich sitzen lassen?", fragt Kensley, und ich kann ihr Herzklopfen durch das Telefon hören. Sie ist immer noch auf der Party, aber es ist leiser, als man erwarten würde, als hätte sie sich in einem Schrank oder Schlafzimmer eingeschlossen, um mit mir zu sprechen.

„Lange Geschichte", sage ich mit einem Seufzer, und lasse die Details erst mal weg.

„Du solltest wieder herkommen. Luca scheint ziemlich niedergeschlagen zu sein, und ich wette, du könntest ihn aufmuntern."

Ich spotte über ihren Vorschlag. „Dafür gibt es genug andere Mädchen, wie die, mit der er sich vorhin verabredet hat."

Am anderen Ende herrscht kurz Stille, nur gedämpfte Musik dröhnt durch die Leitung. „Ich komme zu dir rüber", sagt Kensley schließlich.

„Tu das nicht." Ich zögere, dann setze ich hinzu: „Es ist spät. Genieß die Party. Ich lege mich jetzt hin."

„Es tut mir leid."

„Was?", frage ich überrascht. Warum entschuldigt sie sich? Sie kann nichts dafür, was heute Abend passiert ist. „Schon gut."

Im Hintergrund ist Unruhe zu hören, dann höre ich seine Stimme, die mir Schauer über den Rücken jagt. „Können wir reden?", fragt Luca mit sanfter, warmer, einladender Stimme.

„Es gibt nichts zu besprechen", sage ich hastig. „Ich lege jetzt auf."

„Warte!"

Luca bringt mich mit seiner nächsten

Bemerkung doch dazu, innezuhalten, und plötzlich liegt Schweigen zwischen uns.

„Bist du noch dran?", fragt er, als ich ein paar lange Sekunden nichts sage.

„Leider habe ich noch nicht aufgelegt."

„Kann ich es erklären? Das Mädchen, mit dem du mich vorhin gesehen hast ..."

„Du musst mir gar nichts erklären. Du kannst dich mit jedem treffen, mit dem du willst", sage ich.

Nur weil er mich zu dieser Party eingeladen hat, heißt das nicht, dass es ein Date war. Er war einfach nur nett und hat vorgeschlagen, dass ich kommen soll.

„Sie ist für mich wie eine kleine Schwester. Wir sind im selben Haus groß geworden. Oben ist nichts gelaufen. Ich habe ihr ein Sweatshirt gegeben, weil mir nicht gefallen hat, was sie anhatte."

„Wow", murmel ich. „Findest du nicht, dass du dir da ein ziemlich schnelles Urteil erlaubst?"

„Sie ist siebzehn! Ich möchte nicht, dass die Typen ihr hinterherlaufen. Sie ist wie meine kleine Schwester."

Ich richte mich im Bett auf und ziehe die Knie an die Brust. „Siebzehn? Was hat sie dann auf der Party verloren?"

„Lange Geschichte", sagt Luca, und dieses Mal

habe ich wirklich das Gefühl, dass er mir etwas verschweigt.

Die Eifersucht, die eben noch durch meine Adern floss, verflüchtigt sich langsam. Er schuldet mir keine Rechenschaft. „Schon gut. Wir sehen uns im Kurs. Tschüss, Luca." Ich beende das Gespräch und lasse mein Handy aufs Bett fallen. Ich bin überhaupt nicht müde, aber weiterzureden erschien mir keine gute Idee.

Wir sind nur Freunde. Wenn überhaupt. Und trotzdem haben wir uns geküsst. Eigentlich keine große Sache – es ist nicht so, als hätte ich noch nie einen anderen Jungen geküsst. Aber bei Luca fühlt es sich anders an.

———

Ich trete vor die Tür, laufe die Treppe des Wohnheims hinunter – und spüre seinen Blick auf mir. Luca.

Ich gehe an ihm vorbei, ohne mir etwas zusammenzureimen. Er könnte genauso gut auf irgendjemanden anderen warten.

„Ich wollte dich zum Unterricht begleiten", sagt er.

„Du bist extra hergekommen, nur um mich zum Unterricht zu bringen?", frage ich.

„Woher willst du wissen, dass ich nicht ohnehin schon im Wohnheim war?"

Ich beiße mir auf die Zunge. Ich weiß nicht, was er vorher gemacht hat – oder mit wem. „Warst du das?", hake ich nach und ziehe eine Augenbraue hoch, während ich Richtung Gehweg laufe. Ganz sicher bin ich mir nicht, ob ich seine Antwort überhaupt hören will.

Er setzt sich in Bewegung und folgt mir. „Nein", gibt er zu und lacht leise.

Er klingt fast nervös, während er die Wahrheit ausspricht.

Ich werfe ihm im Gehen einen kurzen Blick zu, bevor ich meinen Fokus wieder auf den Weg richte. Es ist kühl, aber wenigstens ist der Schnee bis Montag größtenteils weggetaut.

„Hattest du ein gutes Wochenende? Abgesehen von der Party?", fragt er und widmet mir seine ungeteilte Aufmerksamkeit.

Sein Blick ist intensiv, und mir bleibt kurz die Luft weg. „Ja, ich hatte gestern Abend ein Date."

Gelogen. In Wirklichkeit habe ich den Nachmittag mit Kensley verbracht, und abends haben wir Filme geschaut, bis ich ins Bett gegangen bin.

Sein Kiefer zuckt, und er zwingt sich zu einem Lächeln.

„Jemand von der Party?", fragt er, hörbar angespannt, als würde ihn die Antwort gleichzeitig interessieren und nervös machen.

„Ich plaudere nicht darüber, was ich im Bett mache", erwidere ich mit einem Grinsen. Wir bleiben an der Straßenecke stehen und warten darauf, dass die Ampel umspringt.

Er verlagert das Gewicht von einem Fuß auf den anderen und steckt die Hände in die Manteltaschen. „Bitte sag mir, dass es nicht Ashton ist."

Ich räuspere mich und drehe mich zu ihm. „Wie bitte?"

„Hör mal, ich weiß, dass ich dir nicht vorschreiben kann, mit wem du dich verabredest und mit wem nicht, aber Ashton ..."

„Du hast recht. Das kannst du nicht", sage ich und eile über die Straße.

Ich betrete das Gebäude, steuere jedoch nicht sofort den Hörsaal an, sondern gehe zuerst auf die Toilette, um mich ein paar Minuten zu beruhigen.

Außerdem muss Luca, wenn er vor mir den Seminarraum betritt, sich irgendwo hinsetzen –

dann kann ich mir einen Platz weit weg von ihm suchen. Sonst landet er wie immer direkt neben mir.

Zumindest war das der Plan. Doch als ich aus den Toiletten komme, steht er an der Tür, lässig an die Wand gelehnt, und ist noch nicht einmal in den Hörsaal gegangen.

„Stalkst du mich?", frage ich.

Ein verschmitztes Lächeln huscht über sein Gesicht. „Würde ich das tun?"

Ich kenne Luca vielleicht noch nicht besonders gut, aber eines ist mir klar: Er bedeutet Ärger. Diese eifersüchtigen Spitzen wegen Ashton sind ein riesiges Warnsignal, und ich sollte wirklich Abstand halten.

Trotzdem stößt er sich von der Wand ab und kommt lässig auf mich zu. Er scheint vor nichts Angst zu haben – schon gar nicht vor Zurückweisung.

Ich?

Ich habe Angst vor ihm. Nicht in dem Sinne, dass er mir körperlich etwas antun könnte, sondern davor, dass ich mich in ihn verliebe und er mir das Herz bricht. Das ist schließlich nicht das erste Mal, dass mir so etwas droht. Ich war schon einmal verliebt, und die Scherben meines Herzens wieder aufzusammeln, war eine der härtesten Erfahrungen meines Lebens.

„Ja, du erfüllst auf jeden Fall alle Kriterien für den Stalker-Typ", murmele ich vorwurfsvoll und drücke mich an ihm vorbei in Richtung Seminarraum.

Er packt meinen Arm und dreht mich zu sich herum. Unsere Körper berühren sich, als er näherkommt und in meinen persönlichen Raum eindringt.

Mein Atem stockt, als ich in seinen intensiven Blick sehe, und plötzlich sind die Schmetterlinge wieder da, schlagen wild in meinem Bauch und lassen meine Lippen trocken werden.

„Ich bin kein Stalker", sagt er und schüttelt den Kopf, ohne seinen Blick abzuwenden. „Ich weiß nur, was ich will. Wen ich will."

Und mir bleibt die Luft weg, als hätte mir jemand die Lungen zusammengedrückt. Ich kann den Blick nicht von ihm lösen – das leichte Lächeln, das um seine Lippen spielt, das Grübchen in seiner rechten Wange, während er mich so intensiv ansieht.

„Wir müssen in den Unterricht", hauche ich, und er nickt kurz, bevor er seinen Griff um meinen Arm löst.

Ein leiser Laut entweicht meiner Kehle, ein halb

unterdrücktes Stöhnen, von dem ich nicht einmal weiß, woher es kommt – und ich bete, dass er es nicht gehört hat.

Doch er hat es gehört.

Eine seiner Augenbrauen schnellt nach oben, und ich würde mich am liebsten unsichtbar machen. Die Gefühle, die er in mir wachrüttelt, sind nicht zu übersehen, und er grinst mich an wie die Grinsekatze.

Wann zum Teufel habe ich eigentlich angefangen, mich in Luca Ricci zu verlieben?

VIER

LUCA

Dieser süße, sündhaft schöne Laut, den Harper von sich gibt, setzt sofort tausend Fantasien in meinem Kopf frei, in denen sie nackt ist und meinen Namen stöhnend flüstert.

Ich folge ihr in *Econ 101*, dem ödesten Kurs dieses Semesters – der mir seltsamerweise deutlich besser gefällt, als er sollte. Allein der Anblick ihres Hinterns, wenn sie vor mir herläuft, ist Grund genug. Wenn es nur draußen wärmer wäre und sie keine dicke Jacke tragen würde, die all das darunter verbirgt.

Ich lasse mich auf den Platz neben ihr fallen, während sie so tut, als wäre ich Luft. Sie zieht ihren

Laptop aus der Tasche und starrt stur nach vorn, als gäbe es mich nicht.

Aber ich wette, sie spürt meine Nähe genauso stark, wie ich mich nach ihrer sehne.

Und ich habe fest vor, das Fiasko auf dieser Party wieder geradezubiegen, denn Mädchen wie Harper gehen nach so einem Abend garantiert nie wieder freiwillig auf eine solche Veranstaltung.

Sie ist ein offenes Buch, und auch wenn ich ein bisschen Geheimnisse liebe, hilft es mir, dass ich sie lesen kann – wahrscheinlich besser als sie sich selbst. Sie versucht, mir aus dem Weg zu gehen, doch das Rosé in ihren Wangen und dieser flackernde Blick verraten mir, dass sie innerlich gegen ihre Gefühle kämpft und sich das Vergnügen verbietet, das es mit sich bringen würde, mich einfach zu mögen.

Ja, ich bin mir ziemlich sicher, dass sie etwas für mich empfindet.

So gut wie jedes Mädchen an der *Evergreen* steht auf mich. Das klingt überheblich, ist aber einfach Tatsache. Das gehört nun mal dazu, wenn man Starspieler der Uni ist. *Puck-Bunnies* laufen mir genug hinterher.

Aber mich reizen die, die das nicht tun – Mädchen wie Harper McKenna.

Vielleicht genieße ich es sogar ein bisschen, sie zu jagen, zu versuchen, sie für mich zu gewinnen. Harper ist keine, deren Zuneigung man im Vorbeigehen einsammelt. Sie ist verschlossen, und auch wenn ich ihren Typ relativ gut kenne, gibt es noch verdammt viel an ihr, das ich nicht durchschaue.

Dem Unterricht selbst schenke ich kaum Beachtung. Ich hatte in der Highschool schon Wirtschaft, das war ein Spaziergang. Dieser Kurs ist nicht anders, und da alle Aufgaben online laufen, sehe ich keinen Grund, dem Professor wirklich zuzuhören.

Meine Aufmerksamkeit gilt ganz Harper.

Sie tippt auf der Tastatur herum und versucht, jedes einzelne Wort mitzuschreiben, aber ich habe das Gefühl, dass sie die wichtigsten Punkte nicht versteht und nur versucht, sich alles zu merken.

Ich könnte ihr helfen – wir könnten zusammen lernen.

Nächste Woche steht eine Klausur an. Mich stresst das nicht besonders, aber es ist die perfekte Ausrede, Zeit mit ihr zu verbringen. „Wir sollten uns mal zusammensetzen und für die Prüfung lernen", sage ich.

„Warum, damit du dir meine Notizen ausleihen kannst? Nimm deine eigenen, Ricci."

Ich tippe mir an die Stirn. „Ich habe alles hier drin gespeichert."

Sie sieht mich skeptisch an.

Kein Wunder – schließlich hatte ich sie in den ersten Wochen des Semesters gebeten, mir ihre Mitschriften zu schicken. Ich habe ziemlich früh nach einem Vorwand gesucht, um mit ihr ins Gespräch zu kommen, aber sie hat mich immer wieder abgewiesen.

Der Unterricht ist zu Ende, Harper klappt ihren Laptop zu und steckt ihn zurück in ihre Tasche. Sie antwortet mir nicht.

Ich habe ihre Note für die letzte Hausarbeit gesehen. Sie war nicht besonders gut. Sie könnte meine Unterstützung echt gebrauchen, und das weiß sie auch.

Harper seufzt leise. „Ich lerne einfach weiter", sagt sie und wirft mir einen Seitenblick zu. „Ich muss die nächste Klausur richtig gutschreiben, um meine Gesamtnote zu retten."

„Wenn du mit mir lernst, sorge ich dafür, dass du eine Eins schreibst", verspreche ich. Nicht gerade ein Satz, mit dem ich leichtfertig um mich werfen sollte, aber Wirtschaft war für mich schon immer ein

Spaziergang, und ich bin überzeugt, dass ich ihr helfen kann.

Ihre Augen verengen sich kurz, bevor sie nachgibt. „Wo treffen wir uns? In der Bibliothek?", fragt Harper.

„Komm zu mir. Meine Mitbewohner sind nicht da. Wir können im Wohnzimmer lernen."

Sie schaut mich an, als hätte ich vorgeschlagen, nackt in einen zugefrorenen See zu springen.

„Ich schwöre, keine Spielchen – nur Lernen", füge ich noch einmal nachdrücklich hinzu.

„Okay", lenkt sie schließlich ein und folgt mir aus dem Hörsaal. „Geht es heute Nachmittag oder lieber morgen?"

„Heute – jederzeit nach drei."

Wir einigen uns auf vier Uhr. Perfekt: Dann bleibt sie bis in den frühen Abend hinein, und ich kann ihr später noch ein Abendessen vorschlagen. „Kennst du meine Adresse noch?", hake ich nach – nur, um sicherzugehen, dass sie keine Ausrede hat, nicht aufzutauchen.

„Es sind erst ein paar Tage vergangen", sagt Harper trocken. „Wir sehen uns später." Sie verschwindet durch die Tür, und ich gehe hinterher, schließe zu ihr auf und begleite sie zu ihrer nächsten Vorlesung. So leicht lasse ich mich nicht abwimmeln. Außerdem habe ich keine Lust, mir mit Typen wie Ashton auf dem Campus ihre Aufmerksamkeit zu teilen.

„Ich begleite dich", sage ich und gehe mit ihr nach draußen.

Sie presst kurz die Lippen aufeinander, dann huscht ein kleines Lächeln darüber. „Musst du nicht. Ich weiß, dass du in dieser Richtung keinen Kurs hast."

„Woher willst du das so genau wissen?" Unmöglich, dass sie weiß, wie oft ich sie schon bis zur Tür begleitet und mich erst umgedreht habe, als sie außer Sicht war. Ich war vorsichtig. Das Letzte, was ich will, ist, dass sie denkt, ich wäre verzweifelt und würde mich ihr aufdrängen.

„Ich habe dich neulich gesehen, als du zurückgegangen bist", sagt sie und zeigt in die entgegengesetzte Richtung.

„Oh, das liegt daran, dass ich mein Handy im Klassenzimmer vergessen habe." Die Lüge kommt schneller heraus, als ich beabsichtigt habe. Sie fließt ganz natürlich, eine Art Schutzmechanismus.

Sie kneift die Augen zusammen und nickt. „Okay."

Glaubt sie mir? Ich muss vorsichtiger sein.

„Es ist okay, wenn du mich zum Unterricht

begleitest", sagt Harper und runzelt die Nase. „Irgendwie ist das sogar süß."

„Du darfst es deinen Freunden nicht erzählen. Ich muss meinen Ruf wahren", sage ich und stupse sie an, während wir nebeneinander hergehen.

„Einen Ruf, was?" Sie beißt sich auf die Unterlippe, und mein Schwanz regt sich in meiner Hose. Ihr Mund hat etwas sündhaft Heißes an sich, die Art, wie ihre Zunge hervorschnellt, und ich stelle mir ihre warmen Lippen auf meinem Schaft vor.

Verdammt.

Innerlich stöhne ich.

Zum Glück merkt sie nichts.

———

Ich war in meinem Leben noch nie so nervös – und das alles wegen eines Lerndates. Oder besser gesagt: wegen dieses Lerndates. Wegen Harper. Das Lernen ist im Grunde nur der offizielle Vorwand.

Wenn ich sie direkt eingeladen hätte, zu mir zu kommen, um mit mir im Bett zu landen, hätte sie mich ausgelacht. Selbst bei einem harmlosen „Lass uns einen Film schauen" hätte sie sich mit Sicherheit irgendetwas einfallen lassen, um abzusagen.

Also habe ich Plan B gewählt.

Ich habe mein Zimmer schon zweimal geputzt. Alles aufgeräumt, falls sie doch einen Blick ins Obergeschoss werfen und in meinem Schlafzimmer landen sollte. Insgeheim hoffe ich, dass Ashton früh genug nach Hause kommt, um vorzuschlagen, dass Harper und ich „woanders in Ruhe lernen" – und dass dieser Ort nicht die Campusbibliothek ist.

Es fühlt sich an, als wäre ich wieder sechzehn: Mein Herz rast, mein Magen ist ein einziger Knoten, als es leise an der Wohnungstür klopft.

Ich eile nach vorn. Momentan ist niemand außer mir da. Ashton sitzt noch in seiner Vorlesung, und Liam ist ohnehin kaum zu Hause. Stattdessen taucht ständig seine Zwillingsschwester Sophia auf, als wäre sie inoffiziell bei uns eingezogen. Sie studiert nicht an der *Evergreen*, aber sie ist bei jeder Party dabei und hängt nach unseren Spielen mit uns herum.

Sie ist tabu. Punkt. Als Liams Schwester ist sie für das ganze Team unantastbar. Er hat sehr klar gemacht, dass jeder, der sie anfasst, sein persönliches Höllenfeuer riskiert.

Liam ist sehr temperamentvoll. Keiner von den Jungs käme ernsthaft auf die Idee, Sophia anzubaggern – nicht, weil sie nicht heiß wäre, ganz im Gegenteil. Sie haben einfach panische Angst, dass Liam ihnen den Schwanz abreißt, wenn sie es auch nur versuchen.

Liam weiß nicht, dass ich mit Sophia geschlafen habe. Es war eine einmalige Sache, da waren wir uns beide einig – und sie hat genauso viel Angst wie ich, dass er etwas davon erfährt und sie nicht mehr zu uns kommen kann.

Ich hingegen habe eher Angst, dass Liam mich im Schlaf umbringen könnte. Es ist besser, wenn er es nicht herausfindet.

Sophia hat genauso viel zu verlieren, wie ich, wenn ihr Bruder davon erfährt – wir haben beide allen Grund, diese Sache für uns zu behalten.

„Hey, Harper", begrüße ich sie mit einem fast schon zu eifrigen Lächeln, als ich die Tür öffne.

„Hey." Sie eilt zitternd herein. Während sie ihre Schuhe auszieht und ihren Mantel auszieht, versuche ich, meinen Blick nicht über ihren Körper wandern zu lassen, aber das ist unmöglich.

Sie trägt einen tief burgunderroten Pullover, der ihr bis zu den Knien reicht, und schwarze Leggings, die sich eng an ihre Oberschenkel schmiegen. Der Pullover betont jede einzelne ihrer verführerischen Kurven.

Es fällt mir schwer, nicht zu starren.

Harper presst die Lippen zusammen, und ihre Augen strahlen vor Vergnügen. „Bist du bereit, anzufangen?"

Ich führe sie in unseren Arbeitsraum und setze mich auf das Sofa, während sie sich zu mir gesellt. Vor uns steht ein Tisch, auf dem ich bereits meine Bücher und einige Notizen aus unserem Online-Portal für den Unterricht bereitgelegt habe.

„Ich hätte nicht zugestimmt, mit dir zu lernen, aber ich habe deine Note in der letzten Prüfung gesehen", sagt Harper und errötet. „Du hast eine Eins in diesem Kurs, oder?"

Ich lache leise. „Das ist dir aufgefallen?"

„Was hast du davon, mit mir zu lernen?", fragt sie und setzt sich neben mich auf das Sofa. Sie öffnet ihren Rucksack und holt ihr Lehrbuch und ihren Laptop heraus.

„Abgesehen davon, dass ich deine Gesellschaft genieße?"

Das weckt ihre Aufmerksamkeit, und sie blickt zu mir auf und zieht eine Augenbraue hoch. „Du hast mich doch nicht gebeten, mit dir zu lernen, damit du ununterbrochen mit mir flirten kannst, oder?"

„Vielleicht?" Ich lache und merke, dass ich mich nur noch tiefer hineinmanövriere, wenn ich lüge.

Ich will nicht riskieren, dass sie aufsteht und geht. „Ich habe gesehen, wie die letzte Prüfung bei dir gelaufen ist, und dachte, ein bisschen Unterstützung könnte nicht schaden. Und für mich ist der Bonus, dass ich Zeit mit dir verbringen kann."

Ihr Blick wird ernst, prüfend, als sie mich anstarrt.

„Nur damit das klar ist: Ich bin nicht hier, um mit dir im Bett zu landen oder so."

Ich lächle. „Ich habe nicht damit gerechnet, dass ich Glück haben würde." Ein Mann darf doch träumen – mehr ist es im Moment nicht. Ich muss ihr Zeit lassen, bis sie selbst merkt, wie sehr sie mich will und vielleicht sogar braucht. „Lass mich das einfach für dich tun, Harper."

Sie seufzt leise und nickt schließlich. „Okay. Ja, gut."

Wir schlagen unsere Lehrbücher auf, ich gehe mit ihr ihre Mitschriften durch und erkläre ihr die Gleichungen und Konzepte, mit denen sie sich in den vergangenen Wochen schwergetan hat. Nachdem wir eine ganze Stunde lang alles durchgegangen sind, lehnt sie sich zurück und starrt an die Decke.

„Ist dein Gehirn überlastet?", necke ich sie, weil ich spüre, dass es für einen Tag vielleicht etwas zu viel ist. Ich hatte nicht vor, mit ihr eine Crash-Lernsession zu machen, aber genau so läuft es gerade.

„Nein, es ist nur – du bist so viel besser als unser Professor."

Ich stupse sie spielerisch an. Ich weiß nicht, ob das ein Kompliment ist. Ich bekomme ja im Unterricht kaum etwas mit. Zumindest nicht vom Dozenten."

Harper grinst. „Ich wusste, dass du mich anstarrst!" Sie wirft mir einen spielerischen Blick zu, ihre Wangen leuchten knallrot.

Ist sie verlegen oder erregt? Ich war schon mit Mädchen wie Harper zusammen – wenn man da kopfüber und zu direkt reinrennt, treibt man sie nur schneller weg.

„Würde ich das tun?" Ich lache und tue so, als wüsste ich von nichts, während sie mir spielerisch auf den Arm schlägt.

„Ja, ich glaube schon."

Ich zucke mit den Schultern und lächle. „Vielleicht." Mehr gestehe ich ihr nicht. Nicht, weil ich nicht am liebsten in die Welt hinausschreien würde, wie sehr ich sie mag – sondern weil ich weiß, dass diese Wucht sie eher verschrecken würde.

Dabei ist sie inzwischen alles, worum sich meine Gedanken drehen.

Ich weiß nicht einmal, wann es passiert ist, wann aus Verlangen und Lust ein Bedürfnis geworden ist. Aber ich würde alles tun, um Harper McKenna glücklich zu machen, und wenn das damit anfängt, ihr zu helfen, ihre Noten in Wirtschaft zu verbessern, dann soll es so sein.

Wir gehen den Prüfungsstoff noch eine weitere Stunde durch, bis ich ihren Magen leise knurren höre. Meiner meldet sich auch zu Wort, aber ich will nicht riskieren, dass der Abend vorbei ist, sobald ich „Abendessen" erwähne.

„Ich sollte wohl langsam gehen und mir irgendwo etwas zu essen holen." Harper lehnt sich zurück und streckt sich.

Alles an ihr ist gleichzeitig süß und unfassbar sexy: das zerzauste Haar, die rosigen Wangen, der sanfte Atem, der über ihre vollen Lippen streift – Lippen, die förmlich danach verlangen, geküsst zu werden.

Es kostet mich viel Selbstbeherrschung, mich nicht zu ihr hinüberzubeugen, die Finger in ihr Haar zu schieben und mir einfach einen Kuss zu stehlen.

„Ich bestelle etwas zu essen", sage ich und hoffe,

dass das nicht zu forsch klingt. „Wir können weiterlernen, während es geliefert wird."

„Okay, aber dann zahle ich. Du hilfst mir gerade eindeutig mehr als ich dir", erwidert Harper.

Auf keinen Fall werde ich sie das Essen bezahlen lassen. „Was möchtest du essen?", frage ich.

„Was möchtest *du* essen?", kontert sie. Harper fährt sich mit den Fingern durch ihr langes Haar. Das sieht verdammt sexy aus. Ich liebe diesen zerzausten Look.

„Ich habe zuerst gefragt", murmele ich und schlucke das Knurren hinunter, das in meiner Brust vibriert – zusammen mit dem viel zu deutlichen Impuls zu sagen, dass sie genau das ist, was ich am liebsten verschlingen würde. Wenn ich das laut ausspreche, ist sie schneller zur Tür raus, als ich „Lieferdienst" sagen kann.

„Mit Pizza macht man nie etwas falsch", schlägt sie vor.

Wir einigen uns auf Belag und Pizzeria. Sie drückt mir ihre Kreditkarte in die Hand, aber ich nehme sie nicht an. Stattdessen drehe ich ihr beim Telefonieren den Rücken zu, ziehe meine eigene Karte aus dem Portemonnaie, gebe die Daten durch und schließe die Bestellung ab. „Fünfundvierzig Minuten."

„Du hast gesagt, ich dürfte bezahlen", beschwert sie sich.

Ein Grinsen schleicht sich auf mein Gesicht. „Dann übernimmst du eben das nächste Date."

„Oh nein, das hier ist kein Date." Harper reißt die Augen auf, deutet abwehrend zwischen uns hin und her und schüttelt entschieden den Kopf. „Und wer sagt überhaupt, dass es ein nächstes Mal gibt?"

„Ach, komm schon. Das Semester ist erst zur Hälfte vorbei. Gib es zu, du wirst für die Abschlussprüfung meine Hilfe brauchen."

Sie flucht leise vor sich hin. Sie weiß, dass ich recht habe, aber sie ist offensichtlich nicht der Typ, der leicht klein beigibt. „Na gut. Aber wenn wir das nächste Mal etwas bestellen, zahle ich", knurrt sie, und ihre Augen blitzen.

Ich mag es, wie leicht sie sich aus der Reserve locken lässt.

„Schon gut, schon gut", lache ich und lasse mich auf dem Sofa zurücksinken.

Harper presst die Lippen zu einem schmalen Strich zusammen und fixiert mich mit strengem Blick. „Dann gebe ich dir eben bar etwas für die Pizza." Sie greift nach ihrem Rucksack auf dem Boden.

Ich schließe meine Hand um ihr Handgelenk und halte sie auf. „Ich nehme dein Geld nicht."

„Warum nicht?", hakt sie nach, legt den Kopf leicht schief und sieht mich mit großen Rehaugen an.

Dieser Blick ist elektrisierend – genauso wie ihre Sturheit. Ich lasse ihr Handgelenk los und bin mir fast sicher, ein leises Wimmern von ihr zu hören.

Verdammt, dieses Mädchen weiß genau, wie sie mich um den Finger wickeln kann.

FÜNF

HARPER

Luca ist deutlich charmanter, als ich anfangs vermutet habe. Eigentlich dürfte mich das nicht überraschen – er bekommt schließlich jedes Mädchen, das er will. Er hat mehr als genug Übung darin, sich in ihre Betten zu lächeln.

Das ist nun mal einer der Vorteile, wenn man Sportler ist. Ich bin nicht blind. Es gibt unzählige Mädchen, die ihn im Unterricht anstarren oder „zufällig" mit ihm zusammenstoßen, nur um seine Aufmerksamkeit zu bekommen.

Und er geht jedes Mal darauf ein, bückt sich, hilft ihnen, ihre heruntergefallenen Bücher einzusammeln.

Man könnte meinen, die Hälfte der Erstsemester

an der *Evergreen* sei ungeschickt, wenn man bedenkt, wie oft er jede Woche mit einem Mädchen zusammenstößt.

Oder vielleicht ist Luca ungeschickt.

Auf keinen Fall ist er derjenige, der sie anrempelt. Er ist auf und neben dem Eis sehr geschickt.

Ich war bisher gut darin, das zu ignorieren. Am Anfang war es mir offen gesagt egal, aber je mehr Zeit ich mit ihm verbringe, desto größer wird der Impuls, andere Frauen zu vertreiben, bevor sie überhaupt die Chance haben, Blickkontakt mit ihm aufzunehmen.

Spüre ich, wie die Glut der Eifersucht in mir aufflackert und an mir frisst? Vielleicht ein bisschen.

Die letzten Abende haben wir gemeinsam gelernt. Meistens erklärt mir Luca all das, was ich im Unterricht nicht richtig kapiert habe – und das ist eine ganze Menge.

Am ersten Abend hatten wir die Wohnung für uns allein. Heute sitzt Ashton im Wohnzimmer und schaut einen Film, und das Mädchen, mit dem Luca auf der Party nach oben verschwunden war, liegt schlafend auf der Couch.

„Müssen wir uns ernsthaft schon wieder irgendeine langweilige Doku geben?", nörgelt sie.

„Nova, du hast beschlossen, hier abzuhängen. Und ich mag den Kram", kontert Ashton.

Luca lacht leise, schüttelt den Kopf und wirft mir ein amüsiertes Lächeln zu. Wir sitzen nebeneinander am Küchentisch und lernen, als er sich zu mir vorbeugt, sein Atem streift meine Wange. „Ashton hasst Dokus. Er zieht das nur durch, um Nova zu quälen, weil sie ungefragt aufgetaucht ist."

Ich blicke zwischen Küche und Wohnzimmer hin und her und versuche, ihre Dynamik zu begreifen. „Ist Nova seine Freundin?", frage ich leise. Bei der offenen Raumaufteilung ist es praktisch unmöglich, sie im Nebenzimmer zu ignorieren – Privatsphäre ist hier Mangelware.

„Auf keinen Fall. Sie ist siebzehn. Ich bringe ihn um, wenn er sie auch nur anfasst", sagt Luca ohne zu zögern.

Ich presse die Lippen aufeinander. Eine Frage brennt mir auf der Zunge, aber ich bin nicht sicher, ob ich sie stellen sollte. „Warum ist sie dann ständig hier auf dem Campus?"

„Ihr Familienleben ist kompliziert", sagt Luca, ohne näher darauf einzugehen.

Ich hatte immer ein gutes Verhältnis zu meiner Familie, aber ich kenne das von Freunden, die die Eltern anderer lieber mochten als ihre eigenen. Ich verstehe seine Erklärung – und trotzdem klingt sie ein bisschen wie eine Ausrede.

Meine Gedanken sind meilenweit entfernt von dem Buch, das offen auf dem Tisch liegt. „Willst du eine Pause machen?", schlage ich vor und nicke in Richtung Wohnzimmer.

„Und mir diesen Mist anzutun?", fragt Luca und zieht eine Augenbraue hoch. „Ich lerne lieber", sagt er und sieht mir in die Augen.

Genau das haben wir in den vergangenen zwei Stunden gemacht: gelernt. Ich vermeide es bewusst, auf die Uhr zu schauen. Ich will nicht, dass er denkt, ich hätte es eilig zu gehen – denn das Gegenteil ist der Fall.

Nach einem Moment schiebt er seinen Stuhl zurück und steht auf. „Ich verstehe. Du brauchst eine Denkpause." Er geht zum Kühlschrank.

Ich folge ihm mit den Augen, beobachte jede Bewegung. Es ist gefährlich, wie leicht er mich ablenkt, und doch kann ich meinen Blick kaum von ihm lösen.

„Du starrst mich an", sagt Luca, bevor er sich zu mir umdreht.

Woher weiß er das, bevor er mich überhaupt ansieht? Vermutet er es einfach – weil das alle anderen Mädchen tun, wenn er sie zum Lernen einlädt?

„Hast du viele Lernsessions mit Mädchen?", entwischt es mir, und kaum ist die Frage ausgesprochen, bereue ich sie. Ich bin mir nicht sicher, ob ich die Antwort überhaupt wissen will.

Er nimmt zwei Wasserflaschen aus dem Kühlschrank, schnappt sich die Chipstüte von der Arbeitsplatte und kommt zurück an den Tisch. „Lustig, dass du das fragst", meint Luca und reicht mir eine Flasche, bevor er die geöffnete Tüte Chips zwischen uns abstellt.

Ich kann nicht anders, als ihn irritiert anzusehen. „Was?"

„Du glaubst wirklich, ich hätte Zeit, noch anderen Mädchen Nachhilfe zu geben." Er lächelt warm und lässt sich wieder neben mir auf den Stuhl fallen. „Wir können gerne noch etwas zu essen bestellen, aber das dauert bestimmt eine Weile. Ich dachte nur, du willst vielleicht vorher schon etwas knabbern."

„Ich habe heute Abend noch etwas vor, aber danke." Ich nehme mir einen Kartoffelchip aus der Tüte und sehe ihn an. Es fällt mir schwer zu glauben, dass nicht eine halbe Warteliste an

Mädchen existiert, die nur darauf brennt, mit ihm zu „lernen".

„Heißes Date?"

In seinem Tonfall schwingt ein Hauch von Eifersucht mit.

In Wahrheit habe ich nichts geplant, aber ich will nicht, dass Luca denkt, ich hätte kein eigenes Leben.

Ich lächle verlegen und werfe einen Blick auf meine Uhr. „Ich sollte langsam zusammenpacken und mich auf den Weg machen." Ich ordne, was ich kann, und stopfe den Rest in meinen Rucksack.

„Ich bringe dich nach Hause."

„Es sind nur ein paar Blocks, ich kann zu Fuß gehen."

„Es ist schon dunkel. Du gehst nicht allein", sagt Luca mit einem Ton, der keine Diskussion zulässt.

Ich widerspreche nicht – auch, weil es draußen bitterkalt ist und der alte Schnee vom letzten Mal das Pflaster in glatte Eisplatten verwandelt hat. „Danke."

Luca steht auf und schnappt sich meinen Rucksack, bevor ich auch nur die Chance habe, ihn mir über die Schulter zu werfen. Er hält ihn einfach fest. Der Stuhl quietscht über den Küchenboden und kündigt an, dass wir aufbrechen.

„Gehst du schon?", fragt Ashton vom Sofa aus. Er hält die Dokumentation an, und Nova, die neben ihm sitzt, seufzt hörbar.

„Bitte geh nicht", jammert Nova. Ihre Augen flehen mich an, während sie sich auf dem Sofa herumdreht und die Hände ringt. „Ich flehe dich an, wenn ich mit diesen zwei Monstern allein bin, ist es vorbei mit allem, was auch nur annähernd angenehm anzusehen ist."

„Du Drama-Queen", sagt Luca und neigt leicht den Kopf in Novas Richtung, als wolle er sie ermahnen, sich zu benehmen.

„Nur weil du die Fernbedienung *für dich beanspruchst!*" Nova greift nach dem Kissen, das neben ihr auf dem Sofa lag, und schleudert es in Lucas' Richtung.

Das Kissen landet mit einem leisen Plumpsen auf dem Holzboden.

„Ich kann mich nicht erinnern, wann dieser Boden das letzte Mal gereinigt wurde", sagt Ashton und grinst Luca an.

„Kein Wunder, du rührst auch keinen Finger, wenn es ums Putzen geht", kontert Luca.

Nova verzieht angewidert das Gesicht. „Widerlich!" Sie springt von der Couch, hebt das Kissen auf und versucht mit einer leidenden Miene, den Staub vom Bezug zu klopfen. Sie stöhnt leise und sieht zu mir, als hoffe sie, jemand würde sie aus diesem Elend befreien.

Zwischen den beiden liegt eine verspielt-streitlustige Geschwisterenergie, die mir vorher gar nicht so aufgefallen ist.

„Nova, möchtest du etwas essen gehen, während die beiden Jungs ihre Wohnung putzen?", frage ich.

Luca hebt seine rechte Hand ein Stück und deutet mit dem Kinn auf den Rucksack, den er hält. „Ich war eigentlich der Meinung, du hättest heute Abend ein heißes Date." Er wirft Ashton einen kurzen Blick zu, und zwischen ihnen huscht ein unaussprechlicher Austausch hin und her, den ich nicht ganz deuten kann.

„Ich habe gesagt, ich hätte Pläne zum Abendessen. Du hast daraus *ein heißes Date* abgeleitet", sage ich.

Luca richtet seine ganze Aufmerksamkeit wieder auf mich. „Mit deiner Freundin Kensley?"

Ich könnte mich mit Kensley verabreden und mich vielleicht mit ihr im Wohnheim treffen, aber sie war nicht meine Verabredung zum Abendessen. Ich seufze leise und lecke mir die Lippen, weil ich plötzlich das Gefühl habe, bei einer Lüge ertappt worden zu sein. „Okay, gut. Ich habe keine

Verabredung zum Abendessen. Zufrieden?" Mein Tonfall ist schärfer, als ich beabsichtigt habe. Luca hat nichts falsch gemacht, es ist nur meine Abwehr, die sich meldet und versucht, mein Herz davor zu bewahren, erneut mit Füßen getreten zu werden.

Kaum habe ich es ausgesprochen, scheint sich etwas in ihm zu lösen; seine Schultern sinken ein Stück. Ist er erleichtert, dass ich keinen anderen Plan habe? Er nimmt meinen Mantel, hält ihn mir hin wie ein perfekter Gentleman und hilft mir hinein, bevor er mich sanft näher zu sich zieht und an den Revers zupft. „Dieses Monstrum muss zu", murmelt er. „Draußen ist es eiskalt – und ich will nicht, dass du dich erkältest."

Sein Atem streift meine Wange und lässt meine Haut kribbeln. Seine Hände sind fest und warm an meinen Schultern, ziehen mich näher zu ihm, und plötzlich summt mein ganzer Körper. Mir stockt der Atem, meine Augen werden leicht glasig, während ich ihn verwirrt ansehe.

Weil ich offenbar nicht schnell genug reagiere, übernimmt er kurzerhand das Zuknöpfen meines Mantels. Geschickt gleiten seine Finger von Knopf zu Knopf.

Überrascht muss ich lachen.

„Was ist daran so lustig?", fragt Luca, während er

die unteren Knöpfe meines Mantels schließt. Beim vierten ist er schon angekommen.

„Noch nie hat jemand meinen Mantel für mich zugeknöpft."

„Nie?", hakt er nach. „Nicht einmal, als du klein warst?"

Ich schiebe seine Hände sanft beiseite und übernehme die restlichen Knöpfe selbst. „Vielleicht als Kind. Aber ich kann mich nicht wirklich daran erinnern. Das ist lange her."

„Ich wette, das ist nicht das Einzige, was schon lange her ist", murmelt er spielerisch vor sich hin.

Ich lache verblüfft. „Wie bitte?" Mit offenem Mund starre ich ihn an, immer noch irritiert, während ich den obersten Knopf schließe. Dann greife ich in meine Manteltasche, hole meine Lederhandschuhe heraus und verpasse ihm einen leichten Klaps mit einem davon, bevor ich sie wieder einstecke.

„Was genau willst du damit andeuten, Ricci?", frage ich und werfe ihm einen gespielten finsteren Blick zu. Wütend bin ich nicht – nur von seiner Bemerkung überrumpelt.

„Dass es wahrscheinlich schon eine ganze Weile her ist, seit dir jemand deine Stiefel geschnürt hat", sagt er mit einem Grinsen. „Was hast du denn gedacht, was ich gemeint habe, McKenna?", neckt er mich und lässt meinen Nachnamen deutlich flirtender klingen.

Ich steige in meine Stiefel, beuge mich vor und ziehe den Reißverschluss an der Seite hoch, sodass ich meine schweren Winterstiefel nicht schnüren muss. Das spart Zeit, und im Moment bin ich sehr dankbar, dass ich nicht mit den Schnürsenkeln herumhantieren muss.

Luca schlüpft zuerst in seine Schuhe und greift dann nach seinem Wintermantel. Ich könnte schwören, er macht alles extra in Zeitlupe und in der falschen Reihenfolge, nur um mich durcheinanderzubringen. Ist für ihn wirklich alles ein Spiel?

„Wir sind dann mal weg", sagt Luca. Er zieht die Mütze aus der Jackentasche, stülpt sie sich über den Kopf und wirft Ashton einen Blick über die Schulter zu. „Mach die verdammte Wohnung sauber, solange wir nicht da sind."

Ashton zeigt ihm den Mittelfinger, während Luca ihm grinsend von der Haustür zuwinkt und salutiert.

Nova wirft Ashton das Kissen hin, sprintet um das Sofa, schnappt sich ihre Jacke und schlüpft in die Schuhe. „Wartet auf mich!"

Luca beugt sich zu mir, sein Atem streift mein Ohr, als er flüstert: „Musstest du ausgerechnet zu unserem ersten Date meine Schwester einladen?"

Mein Herz setzt einen Schlag aus, dann rast es los. Ich atme scharf ein und klammere mich an den einen Entschluss: nicht auf die Worte *erstes Date* zu reagieren. Wenn ich so tue, als hätte ich es nicht gehört, wird das Ganze vielleicht nur halb so peinlich.

„Süßer Mantel", sage ich stattdessen zu Nova und schenke ihr ein strahlendes Lächeln, während ich mir meine Mütze überziehe.

„Danke", meint Nova. Sie reiht sich an meiner Seite ein, als wir nach draußen treten, Luca direkt hinter uns, der leise vor sich hinbrummt, als wäre er das fünfte Rad am Wagen.

Ich drehe mich abrupt auf dem Absatz um, bleibe stehen, und er prallt beinahe gegen mich. „Wie bitte?", frage ich mit unschuldigem Lächeln.

Er sieht kurz irritiert aus, als hätte er nicht erwartet, dass ich ihn hören konnte. Er ist süß, aber bei weitem nicht so leise, wie er glaubt.

Er lässt die Autoschlüssel in seiner Hand klimpern. „Also? Nehmen wir mein Auto oder laufen wir bei der Kälte irgendwohin zum Essen?"

Das ist keine große Frage. Es ist zu kalt, um

irgendwohin zu laufen. Wir steigen in sein Auto. Ich nehme den Beifahrersitz, Nova macht es sich auf der Rückbank bequem. Der Motor springt an, aber keiner von uns hat entschieden, wo wir essen, gehen wollen. Die Heizung bläst kalte Luft, was nicht gerade hilfreich ist.

„Wohin fahren wir?", fragt Luca. Er wirft mir einen Blick zu und dann vermutlich einen in den Rückspiegel zu Nova.

„Keine Ahnung", sagt Nova. „Ich weiß gar nicht, was es hier in der Nähe so gibt."

Luca rutscht auf seinem Sitz hin und her und sieht wieder zu mir. „Und du? Worauf hättest du Lust?"

„Nicht erfrieren", witzle ich. „Wie wäre es mit dem chinesischen Buffet da vorn an der Ecke?" Es ist günstig, das Essen ist gut und vor allem liegt es nah am Campus.

Nova plaudert die ganze kurze Fahrt über; der Wagen hat kaum Zeit, warm zu werden, bevor Luca schon vor dem Restaurant einparkt.

Ich steige aus, und Luca ist als Erster an der Tür, um sie für uns aufzuhalten, während wir in die warme Luft des Lokals treten. Dabei streift er mich leicht. „Chinesisch zu unserem ersten Date, ja?", raunt er mir neckend ins Ohr.

Ich kann nicht mal behaupten, es sei nicht meine Idee gewesen – war es schließlich. Aber keiner der beiden hat einen Vorschlag gemacht, also blieb es an mir hängen. „Das ist kein Date", flüstere ich zurück, wahrscheinlich etwas zu laut, denn Nova wirft uns einen Blick über die Schulter zu.

„Oh Gott, habe ich mich etwa selbst eingeladen, obwohl ich das nicht sollte?", scherzt sie.

Luca und ich reagieren gleichzeitig – er mit einem gedehnten „Ja", ich mit einem entschiedenen „Nein".

„Ich habe dich bisher immer nur mit Luca lernen sehen", sagt Nova und wechselt souverän das Thema. Sie bietet nicht an, zu gehen, und dafür bin ich ihr ehrlich dankbar. Der Gedanke, dass sie allein in der eisigen Dunkelheit zurücklaufen könnte, gefällt mir überhaupt nicht.

Wir setzen uns an einen Tisch, Nova auf die eine Seite und ich auf die andere – was Luca die perfekte Gelegenheit gibt, sich direkt neben mich zu setzen. Vielleicht hätte ich mich doch neben Nova setzen sollen, aber solange er sich benimmt, ist das schon okay.

„Gehst du nie zu den Eishockeyspielen der Jungs?", fragt Nova.

Ich schüttle den Kopf. „Ich war noch nie bei einem Hockeyspiel."

„Noch nie? Aber du hast ein Spiel im Fernsehen gesehen, oder?" Seine Augen sind weit aufgerissen, als hätte ich den armen Kerl gerade traumatisiert. Vielleicht beginnt er zu begreifen, dass es zwischen uns niemals funktionieren könnte.

„Nie", sage ich und zucke mit den Schultern. „Sport interessiert mich, offen gesagt, nicht besonders. Tut mir leid." Ich lächle schwach und begegne seinem intensiven Blick.

„Gar kein Sport? Was ist mit den Olympischen Spielen?"

Das entlockt mir ein Lächeln. „Ein paar Wettbewerbe schaue ich mir schon an, wenn sie laufen – aber das zählt nicht wirklich."

„Was ist mit dem Super Bowl oder den Stanley-Cup-Playoffs?"

„Langweilig."

„Würdest du dir jemals eines meiner Spiele ansehen?", fragt Luca.

Ich ziehe scharf die Luft ein – auf die Idee wäre ich nicht mal gekommen. „Du willst, dass ich zusehe, wie du von ein paar Typen vermöbelt wirst?" Ich lächele, um die Stimmung aufzulockern. „Ich könnte mir das schon vorstellen. Gibt es auch Popcorn?"

„Ich mag sie", sagt Nova und strahlt Luca an. „Können wir sie behalten?"

Ich pruste los und schlage mir peinlich berührt, die Hand vors Gesicht.

„Oh, das ist ja süß", sagt Luca und stößt mich an. „Sei nicht verlegen."

Wir bestellen unsere Getränke und gehen dann ans Buffet, bevor wir uns wieder an den Tisch setzen. Luca holt sich noch etwas zu essen, während Nova und ich kurz Zeit haben, allein zu reden.

„Was ist mit deinem Bruder los?"

„Was meinst du damit?", hakt Nova nach.

„Er ist ein süßer Kerl, die Mädchen sind eindeutig hinter ihm her. Was ist mit ihm los?"

„Aaah." Nova reißt die Augen auf. „Ob er eine Freundin hat, meinst du? Nein, ich glaube nicht. Ich habe ihn schon lange nicht mehr mit jemandem zusammen gesehen."

„Schon lange", wiederhole ich und nehme einen bedächtigen Bissen, während ich darüber nachdenke.

Wie lange ist lange? Eine Woche? Ein Monat? Nur eine kleine Durststrecke?

Luca bringt seinen mit Essen beladenen Teller

zum Tisch und setzt sich neben mich auf die Bank.
„Worüber unterhaltet ihr euch denn, meine
Damen?", fragt er und lächelt uns beide an.

„Harper wollte deinen Beziehungsstatus wissen",
plaudert Nova fröhlich aus.

„Meine Situation?", sagt Luca, nickt langsam und
hebt die Augen, als würde er von seiner Schwester
alle Geheimnisse des Universums erfahren. Er dreht
sich zu mir um und starrt mich an. „Du hättest mich
auch einfach selbst fragen können. Meine Situation
ist: Ich bin aktuell Single."

Er greift nach seiner Gabel und beginnt zu essen,
während ich ihn sprachlos anstarre.

Er macht sich nicht an mich ran. Er flirtet, macht
Witze darüber, mit mir auszugehen, aber er fragt
mich nicht wirklich, ob ich mit ihm ausgehen
möchte. Nicht, dass ich unbedingt möchte, dass er
mich fragt, sondern weil ich schon jetzt weiß, dass es
zwischen uns nicht funktionieren würde. Wir
kommen aus völlig verschiedenen Welten. Er: der
Sportler. Ich: das Mädchen mit der Nase im Buch.
Unsere Interessen könnten kaum weiter
auseinanderliegen.

Dieses ständige Überanalysieren ist
anstrengend. Ich stecke meine Gabel in mein Essen
und nehme einen Bissen, um mich davon

abzuhalten, etwas zu sagen, das mich noch mehr in Verlegenheit bringen würde.

„Ich mag sie", stellt Nova fest und nickt in meine Richtung, als säße ich nicht direkt neben ihr.

„Ich auch", wirft Luca ein.

„Wow, ich habe einen Fanclub", scherze ich, um die unangenehme Situation zu entschärfen, in der die beiden direkt vor mir über mich reden.

„Trag mich ein", sagt Luca. „Bekomme ich dann eine Mitgliedskarte, die ich in meiner Brieftasche mitnehmen kann?"

„Klar, wenn du zwanzig Dollar hast." Ich strecke ihm spielerisch die Hand hin.

———

Nach dem Abendessen fährt Luca uns zurück zu meinem Wohnheim.

Der Motor läuft weiter, während Nova auf dem Rücksitz sitzen bleibt, aber Luca steigt aus, als ich die Tür öffne.

„Begleitest du mich bis zur Haustür?" Ich meine es halb im Scherz, bin aber auch irgendwie hoffnungsvoll.

Obwohl ich nicht genau weiß, worauf ich hoffe. Auf einen weiteren leidenschaftlichen Kuss? Wenn ich an diese Nacht denke, kribbeln meine Lippen immer noch und Wärme durchströmt meinen Körper.

„Ist das okay?", fragt Luca, während er meinen Rucksack aus dem Kofferraum holt und sich über die Schulter wirft.

„Klar", sage ich leise. „Ich glaube, das ist in Ordnung."

„Was wäre ich für ein Gentleman, wenn ich nicht dafür sorgen würde, dass du sicher nach Hause kommst?"

Ich möchte nicht zugeben, dass ich noch nicht bereit bin, nach Hause zu gehen. Wenn Quinn, meine Mitbewohnerin, da ist, wird es bis zum Schlafengehen die Hölle sein. Ich werde wohl meine Kopfhörer aufsetzen und einen Film auf dem Laptop schauen, bis ich einschlafe.

„Einem Gentleman könnte ich nie etwas abschlagen", necke ich ihn.

„Ach ja?" Er grinst, und ich spüre, wie mir die Hitze in die Wangen steigt.

Wir gehen zur Eingangstür des Wohnheims, er bleibt dicht an meiner Seite. Zusammen treten wir hinein, und Luca begleitet mich bis vor die eigentliche Tür zu meinem Flur.

„Gute Nacht, Harper", sagt er, beugt sich vor und

drückt mir einen sanften Kuss auf die Wange. Ich drehe den Kopf ein wenig, lasse seine Lippen, meine berühren, sehne mich nach einem echten Kuss, nach dem Wiederaufleben dessen, was ich in jener Nacht gefühlt habe.

Alles kehrt zurück – die Hitze, das Flattern tief in meinem Bauch und tiefer, diese neuen, überwältigenden Empfindungen. Die Schmetterlinge sind wieder da, aber dieses Mal bin ich nicht wütend oder verletzt. Ich weiß, dass er sich nicht für ein anderes Mädchen interessiert – zumindest nicht für Nova.

Ein Teil von mir möchte ihn in mein Zimmer einladen, um das, was zwischen uns begonnen hat, weiter zu erkunden, um ihn wirklich kennenzulernen – mit Haut und Haaren. Aber ich weiß, dass Nova im Auto sitzt, die Heizung aufgedreht, und darauf wartet, dass er zurückkommt und sie heimfährt. Und diese kleine, nervige Stimme in meinem Kopf hält mich davon ab, den nächsten Schritt zu gehen.

Obwohl ich ihn will.

Ich will ihn. Ich will Luca Ricci.

Das ist eine Tatsache. Ich verliebe mich in ihn und weiß nicht, wie ich das verhindern kann oder ob ich das überhaupt will.

„Gute Nacht", wiederholt er, dieses Mal leiser, die Stimme rau und gefährlich verführerisch, als sich seine Lippen von meinen lösen. Er lächelt, seine dunklen Augen funkeln, als würden sie mich festhalten wollen.

Ich zwinge mich, ihn nicht einfach in den Schlafsaal zu ziehen. Stattdessen weiß ich genau, dass ich die nächsten Nächte von ihm träumen werde – mir ausmalen, wie es wäre, an seinem Shirt zu zupfen, ihn mit in mein Zimmer zu ziehen, unsere Körper nackt, heiß und verschwitzt ineinander verschlungen zwischen meinen Laken.

Ein leises Seufzen entweicht meinen Lippen, tief und kehlig, als ich ihm „Gute Nacht" zurückflüstere.

Er streift meine Lippen noch einmal mit einem flüchtigen Kuss und bleibt stehen, während ich umständlich mit meinem Schlüssel hantierte, bevor ich in den Schlafsaal schlüpfe und die Tür hinter mir ins Schloss fällt.

Die Wärme, dieses prickelnde Kribbeln in mir, verfliegt augenblicklich, als ich Quinn lachen und stöhnen höre – sie ist mal wieder mit einem Typen auf ihrem Bett zugange.

„Ich bin da", sage ich, für den Fall, dass sie mich weder gesehen noch die Tür gehört hat.

Sie schnaubt – und das klingt alles andere als sexy. Eher genervt. „Du schon wieder", murmelt sie.

„Ja, ich schon wieder." Ich habe wirklich versucht, der Zweitsemestlerin ihren Freiraum zu lassen, war höflich, habe mich bemüht, nett zu sein. Aber ich bin es leid, mich jemandem anzudienen, der ganz offensichtlich nichts mit mir zu tun haben will. Es ist auch mein Zimmer – und nur weil sie Besuch hat, muss ich nicht wieder auf dem Flur herumlungern, bis sie fertig ist.

„Kannst du nicht kurz herausgehen? Gib uns ein bisschen Privatsphäre."

„Wie wäre es, wenn du zu ihm gehst?", entgegne ich und deute mit dem Daumen zur Tür. Ich greife nach meinen Kopfhörern, obwohl mir klar ist, dass sie garantiert, nicht vorhat, das Zimmer zu verlassen.

In dem Moment vibriert mein Handy: eine neue SMS, unbekannte Nummer. Ich öffne die Nachricht – Nova. Eine Einladung zu einer Party am nächsten Wochenende. Ich antworte nicht sofort. Ich kenne sie kaum, und Partys sind eigentlich überhaupt nicht mein Ding.

Natürlich würde diese Party bedeuten, dass ich Luca wiedersehe – und allein der Gedanke daran wirft mich innerlich durcheinander. Ich habe Gefühle für ihn; sie wachsen offensichtlich in eine Richtung, die mir Angst macht, wenn ich mir vor Augen halte, wer er ist: einer der Top-Eishockeyspieler der *Evergreen*.

Warum sollte das eine Rolle spielen? Weil er jedes Mädchen haben könnte, das er will – auch wenn er jetzt glaubt, mich zu wollen, bin ich nicht sicher, ob das von Dauer wäre. Eines Tages würde er sich langweilen und mich satthaben. Wir haben nichts gemeinsam.

Ich hasse Sport.

Er lebt und atmet Eishockey.

Seine Freunde sind fast alle Eishockeyspieler. Das ist seine Welt. Ich wette, sein Vater ist ein riesiger Fan und hat ihn schon früh mit diesem Sport angesteckt.

Mein Handy vibriert erneut, eine weitere Nachricht.

Nova: Luca wird nicht auf der Party sein. Wir feiern meinen 18. mit einer Übernachtungsparty nur für Mädchen. Ich hoffe, das ist kein Problem.

Harper: Ich komme.

Ich kenne Nova kaum, aber sie ist für Luca praktisch wie eine Schwester – und ich habe nicht viele Freunde auf dem Campus. Auch wenn sie streng genommen nicht einmal hier studiert.

Ich atme tief aus, schließe die Augen und massiere mir die Schläfen.

Zeit mit Nova zu verbringen, ist auf jeden Fall die bessere Alternative, als den Abend mit Quinn zu „teilen". Nicht, dass meine Mitbewohnerin und ich jemals wirklich etwas zusammen unternommen hätten. Wenn man das gemeinsame Zimmer als Aktivität zählt, ist das schon das Höchste der Gefühle.

———

Dank Luca, der mir stundenlang alles verständlicher erklärt hat als unser Dozent, habe ich die Wirtschaftsklausur mit Bravour bestanden. Er begleitet mich zu meiner nächsten Vorlesung, ein zufriedenes Lächeln auf den Lippen, als hätte er gute Nachrichten im Gepäck.

„Du siehst ziemlich zufrieden aus", stelle ich fest und werfe ihm einen Seitenblick zu. Liegt es daran, dass das Wochenende vor der Tür steht? Ich freue mich jedenfalls auf zwei Tage ohne Vorlesungen. „Gibt es einen besonderen Anlass?", frage ich. Er wirkt fast... beschwingt.

„Ich freue mich einfach, dass du die Prüfung bestanden hast."

Es fühlt sich nach mehr an, aber ich hake nicht weiter nach. „Ich schätze, das habe ich meinem hervorragenden Nachhilfelehrer zu verdanken."

„Also mir", stellt Luca mit einem Grinsen klar und stupst mich leicht an, als wir gemeinsam nach draußen treten. „Hast du morgen Zeit, etwas zu unternehmen?"

„Geht leider nicht. Ich habe schon Pläne. Nova hat mich zu ihrer Geburtstagsparty am Freitagabend eingeladen. Hast du eine Idee für ein Geschenk?"

„Abgesehen davon, nicht hinzugehen?", murmelt Luca, die Stirn gerunzelt, und die Nasenflügel leicht gebläht.

Ich bleibe stehen und drehe mich zu ihm um. „Versteht ihr euch nicht mehr?" Es ist erst ein paar Tage her, dass wir zu dritt unterwegs waren, aber vielleicht ist inzwischen etwas zwischen ihnen vorgefallen.

Er fährt sich in den Nacken – eine unbeholfene Geste, die verrät, wie unwohl er sich mit der Antwort fühlt. „Ich denke nur, dass du am Campus-Wochenende mehr Spaß hättest."

„Ich habe ihr bereits zugesagt. Ich werde sie nicht hängen lassen." Außerdem habe ich keine anderen Pläne – und ein Abend ohne Quinn klingt wie Urlaub.

„Dir ist klar, dass das eine Übernachtungsparty mit einer ganzen Gruppe von Highschool-Mädchen wird."

„Du sagst das, als wäre es ein Skandal." Ich verschränke die Arme. „Sie wird achtzehn. Ich bin achtzehn", füge ich hinzu und tippe mir gegen die Brust. „Und es sind nicht mal Jungs dabei. Wenn du dir Sorgen um sie machst, kannst du also ganz entspannt bleiben."

„Entspann dich", knurrt er, die Zähne fest aufeinandergepresst.

Offensichtlich habe ich einen wunden Punkt getroffen. Ich weiß nur nicht welchen – und warum.

Ich drehe mich um und lege einen Zahn zu, weil ich zur Vorlesung muss. Luca holt mich mit ein paar Schritten ein. „Kann ich dich wirklich nicht umstimmen?"

„Ich sehe daran nichts Schlimmes", erwidere ich.

Er sagt nichts mehr. Welches Problem er sich da in seinem Kopf zusammenreimt, behält er für sich.

Als wir das Gebäude erreichen, greife ich nach der Türklinke und sehe noch einmal über die Schulter zu ihm. „Vielleicht können wir uns am Sonntag sehen."

„Ja, vielleicht." Seine Stimme klingt gedämpft, das Leuchten in seinen graublauen Augen ist verschwunden. „Ich habe am Sonntag ein Trainingsspiel mit den Jungs, aber vielleicht können wir etwas ausmachen."

„Bis später", sage ich und gehe hinein zu meiner nächsten Vorlesung.

Von Luca kommt nichts mehr. Keine Nachricht, kein Anruf, kein zufälliges Auftauchen. Ich weiß nicht, warum ich überhaupt erwarte, etwas von ihm zu hören – es ist ja nicht so, als wären wir ein Paar.

Und trotzdem fühlt es sich irgendwie so an.

Fast so, als wäre er sauer auf mich, weil ich zu Novas Party gehe. Vielleicht interpretiere ich zu viel in die Situation hinein, aber es war offensichtlich, dass er nicht wollte, dass ich hingehe.

Ich gehe in die kleine Buchhandlung in der Nähe und kaufe eine Geschenkkarte – besser als irgendwas völlig Falsches. Ich habe keine Ahnung, was Nova gern liest oder überhaupt über sie, und Luca war bei der Geschenkfrage absolut keine Hilfe.

Dann stecke ich die Karte zusammen mit einem Plüsch-Narwal, der mir ins Auge gefallen ist, in eine hübsche Geschenktüte. Das Maskottchen von Lucas' Team sind die Narwale – vielleicht bringt mir das ein paar Sympathiepunkte. Vorausgesetzt, Nova interessiert sich überhaupt für Hockey.

Ich sitze auf meinem Bett, richte alles in der Tüte

her und stopfe glitzerndes Seidenpapier hinein, um den Inhalt zu verstecken, als sich die Tür zu unserem Zimmer öffnet.

Quinn kommt rein – und zum ersten Mal hängt kein Typ an ihr. Stattdessen trägt sie ein *Evergreen*-Hockeytrikot.

Und nicht irgendeines, sondern eins mit dem Namen Ricci auf dem Rücken und der Nummer 21. Die Ziffern sind handgestickt, und es ist offensichtlich, dass es maßgeschneidert wurde.

Ich bin gleichzeitig wütend und neidisch.

Obwohl ich es leugnen würde, wenn mich jemand danach fragen würde.

„Du hast heute Nacht das Zimmer für dich", verkündet Quinn. Sie reißt ihren Kleiderschrank auf, kramt ein paar Sachen heraus – blaue und weiße Schminke, Haarspangen in Teamfarben. „Ich gehe zum Spiel der *Narwhals*. Ich kann immer noch nicht fassen, dass ich Plätze ganz vorn bekommen habe, um Luca Ricci spielen zu sehen. Er ist so unfassbar heiß."

Mein Magen macht einen hässlichen Salto, als sie seinen Namen ausspricht.

Es sollte mir egal sein. Ich mag Hockey nicht und Quinn schon gar nicht. Aber die Vorstellung, dass sie ihm zujubelt, schnürt mir die Kehle zu. Macht mich das zu einem schlechten Menschen? Vielleicht. Ich sollte mich freuen, dass er Fans hat – aber, dass es ausgerechnet Quinn ist, trifft einen wunden Punkt.

„Schläfst du heute Nacht hier? Falls ich diesen heißen Hockeyspieler an Land ziehe, werde ich auf jeden Fall versuchen, zu punkten." Sie zwinkert mir vergnügt zu.

Mir kommt die Galle hoch.

„Ich bin morgen Abend weg", sage ich, ohne genau zu wissen, warum ich ihr das überhaupt mitteile.

„Oh. Boo", schmollt sie übertrieben. „Ich muss mich immer so wahnsinnig um dich kümmern." Sie legt ein theatralisches Jammern an den Tag, ganz klar darauf aus, mir ein schlechtes Gewissen zu machen. „Warum kannst du mir nicht dieses eine Mal den Gefallen tun und dir für heute Nacht einen anderen Schlafplatz suchen?" Ihre Rehaugen mögen bei Jungs wirken, bei mir lösen sie gar nichts aus.

Ich lache spöttisch. „Warum kannst du nicht einfach eine Nacht die Beine zusammenhalten – oder ihn in der Umkleide vögeln?"

Ihre Augenbrauen schnellen nach oben. Offenbar hat sie nicht damit gerechnet, dass ich so kontere. Das weinerlich-verführerische Gehabe ist wie weggeblasen. „Gar keine schlechte Idee", sagt sie schließlich mit einem breiten Grinsen.

Ich verfluche mich innerlich dafür, das überhaupt vorgeschlagen zu haben. Erst als sie das Zimmer verlassen hat, greife ich zu meinem Handy und schreibe Kensley, sie soll sofort herkommen, weil ich komplett ausraste.

Keine zehn Minuten später sitzt sie mir auf meinem Bett gegenüber. „Los, raus damit", fordert sie.

In meiner Nachricht war ich alles andere als ausführlich. Im Grunde stand nur, dass ich am Durchdrehen bin und sie kommen soll.

„Luca spielt heute Abend", stoße ich schließlich hervor.

Kensley presst die Lippen zusammen. „Ja, das weiß ich. Aber du interessierst dich doch überhaupt nicht für Hockey."

„Quinn offenbar schon. Die ist völlig auf Luca fixiert. Du hättest dieses maßgeschneiderte Trikot sehen müssen."

„Und? Sie trägt ein Shirt mit seinem Namen. Warum genau regst du dich so auf?", fragt Kensley und wartet offensichtlich auf den Rest.

„Sie will mit ihm schlafen, das hat sie sogar mehr oder weniger angekündigt. Wenn du Quinn kennst, weißt du, dass sie ihre Krallen nach ihm ausstreckt – und er wird nicht mal merken, wie ihm geschieht."

Kensley steht auf, streckt sich und geht zur Tür.

„Wo willst du hin?", frage ich irritiert.

„Wenn du so auf Luca fixiert bist, dann müssen wir wohl dafür sorgen, dass wir zuerst dort sind."

Und was genau sollen wir da bitte sagen?" Ich schüttle den Kopf. Das können wir nicht bringen. Ich werde nicht um Luca kämpfen oder ihn dazu drängen, sich zwischen Quinn und mir zu entscheiden. In so einem Szenario würde ich niemals gewinnen.

Kensley lacht, greift nach meinen Händen und zieht mich von der Matratze hoch. „Wir werden ihm beim Spielen zusehen, ihn anfeuern und seine Aufmerksamkeit auf uns lenken. Quinn hat keine Chance, wenn du dabei bist."

„Das ist lustig", sage ich und zeige auf Kensley.

„Was?"

„Dass du glaubst, ich hätte bei Luca überhaupt eine Chance. Wir sind nur Freunde."

Sie verdreht demonstrativ die Augen. Kensley steckt ihr Handy in die Tasche, dreht sich halb um und wirft mir einen Blick über die Schulter zu. „Hol deinen Studentenausweis."

„Das ist komplett verrückt. Das wird niemals funktionieren", widerspreche ich. „Wir sind nur Freunde."

„Ich weiß, und genau diesen Satz wiederholst du, als würdest du eine Prüfung auswendig lernen. Aber ehrlich? Du versuchst nur, dich selbst davon zu überzeugen, dass du nichts für ihn empfindest."

Sie führt mich über den Campus zur Arena. Ich habe noch nie einen Fuß hineingesetzt, aber sie navigiert durch das Gebäude, als wäre sie hier Stammgast.

„Bist du insgeheim ein Hockey-Fan?", flüstere ich ihr ins Ohr, als wir kurz vor Spielbeginn zu unseren Plätzen geführt werden.

„Ich würde mich nicht als Eishockeyfan bezeichnen; ich besitze keine Trikots oder Fanartikel, aber ich habe als Kind ein paar Spiele gesehen. Mein kleiner Bruder liebt Eishockey."

„Spielt er auch?"

„Meine Eltern würden ihn niemals aufs Eis lassen, das ist zu gefährlich."

„Helikoptereltern?"

„Sie haben ihre Gründe", sagt sie, ohne näher darauf einzugehen.

Unser Team, die *Narwhals*, kommt heraus und beginnt, auf dem Eis zu laufen und sich aufzuwärmen. Ich erblicke Luca, der auf dem Eis läuft, sich dehnt und sich auf das Spiel vorbereitet.

„Ricci!", kreischt Quinn und hüpft in der ersten Reihe hinter der Plexiglasscheibe auf und ab, nur um seine Aufmerksamkeit zu bekommen.

Er schaut zu ihr hoch, lächelt kurz, nickt – und fährt dann mit seinem Aufwärmen fort.

Ich kann nicht aufhören, Quinn anzustarren, wie bei einem Zugunglück, das genauer untersucht werden muss.

Kensley stößt mich mit dem Ellbogen an. „Hör auf, eifersüchtig auf sie zu sein."

Ich murmele etwas Unverständliches vor mich hin.

„Was hast du gesagt?", fragt Kensley, die nichts ignoriert oder einfach so stehen lässt.

„Ich bin nicht eifersüchtig auf sie."

Kensley steht vor ihrem Sitzplatz. „Gut, denn du hast keinen Grund dazu", sagt sie.

Ich werfe ihr einen Blick zu, unsicher, was sie mit dieser Bemerkung meint. Schließlich stehe ich auf, als drei Schüler versuchen, an uns vorbeizugehen, aber in der Reihe ist nicht genug Platz. Die Tribünen werden langsam voller und voller.

„Du siehst mich an, als wäre ich der Teufel", sagt sie.

Ich lache, aber es ist gezwungen. „Das tue ich nicht."

„Okay, sei eifersüchtig", sagt Kensley mit einem Achselzucken. „Du tust dir nur selbst weh. Du weißt, dass er dich mag. Quinn wird sich wahrscheinlich auf ihn stürzen, weil sie das immer tut."

Ich stöhne. Genau das macht mir Sorgen. Dass Quinn genauso vorgeht und Luca sich dann Hals über Kopf in sie verliebt, einfach weil er so ein anständiger Kerl ist.

„Ich will nur nicht mit ansehen, wie ihm das Herz gebrochen wird."

„Ich würde mir eher Sorgen machen, dass sie ihm den Schwanz bricht."

Ich schnaube empört. „Danke, genau das Kopfkino habe ich jetzt gebraucht."

Kensley kichert und stößt mich an. „Entspann dich. Luca wird begeistert sein, wenn er dich bei seinem Spiel sieht."

„Er wird mich nicht mal sehen", murmele ich. Ich bin nur ein winziger Farbfleck in einem Meer aus Blau und Weiß.

„Wenn du das sagst", meint Kensley.

Die Jungs, die neben uns sitzen, tragen Trikots.

Tatsächlich trägt fast jeder auf der Tribüne ein Trikot oder zumindest die Farben der Mannschaft. Kensley trägt einen schwarzen Pullover und verschmilzt praktisch mit dem Publikum. Ich hingegen trage knalliges Pink.

Ich falle unangenehm auf, aber es ist unwahrscheinlich, dass Luca ins Publikum schaut. Warum sollte er auch?

Mein Blick bleibt an ihm hängen, wie er über das Eis gleitet, und ich könnte schwören, dass sich unser Blick einen Sekundenbruchteil trifft. Bestimmt reine Einbildung – trotzdem meine ich, ein Grinsen in seinem Gesicht zu erkennen.

Das bezweifle ich.

Wahrscheinlich ist er begeistert von der Zuschauerzahl beim heutigen Spiel, oder vielleicht hat einer seiner Teamkollegen einen Witz gemacht. Er ist nicht allein auf dem Eis. Seine Kumpels sind bei ihm und warten darauf, dass das Spiel beginnt.

Luca hebt die Hand und winkt in meine Richtung, und ich schaue automatisch in die Menge hinter uns, weil ich annehme, dass er einfach allgemein ins Publikum grüßt. Er ist freundlich – zumindest war er es zu mir immer. Und zu den Mädchen im Kurs oder auf dem Campus, die ihn halb über den Haufen rennen, nur damit er ihnen hilft, ihre Bücher aufzuheben.

Ich habe ihn nie als extrem extrovertiert erlebt, aber er hat viele Freunde und kommt mit seinen Mitbewohnern blendend klar.

Ich weiß nicht, wie sich so etwas anfühlt.

Darauf bin ich tatsächlich ein bisschen neidisch – und das gebe ich auch zu.

Quinn. Sie ist nur eine nervige Ablenkung.

Und dann sehe ich sie: in der ersten Reihe hinter der Plexiglasscheibe, wie sie ihm zuwinkt und mit den Händen ein Herz formt.

Ich ertrage den Anblick nicht. Ich lasse mich in meinen Sitz zurücksinken und lasse die Menschenmenge wie einen Schutzschild um mich herumwachsen, damit ich nicht mitansehen muss, wie Quinn sich an Luca heranschmeißt.

Was zum Teufel habe ich mir nur dabei gedacht, heute Abend mit Kensley hierherzukommen? Ich halte es kaum aus, Quinn beim Flirten mit ihm zuzusehen.

„Was ist los?" Kensley lässt sich wieder neben mich fallen.

Ich würde ihr gern sagen, sie soll sich nur umschauen, aber sie beobachtet Quinn nicht so wie ich. Sie spürt weder das scharfe Brennen der

Eifersucht in meiner Brust noch die Wut, die langsam in mir hochkocht. Warum muss es ausgerechnet Luca sein? Sie könnte sich jeden Typen an dieser Schule aussuchen. Warum gerade ihn?

Das Publikum nimmt Platz, ein richtiger Lärmpegel bleibt, aber allmählich verlassen die Spieler das Eis. „Wo gehen die hin?", frage ich Kensley.

„Vermutlich in die Kabine. Gleich werden sie das Team und die Spieler ankündigen, wenn sie wieder aufs Eis kommen."

„Harper!", ruft Luca plötzlich, winkt mir heftig zu, bevor seine Teamkollegen ihn lachend vom Eis zerren.

Quinn wirbelt herum, die Stirn in Falten, und lässt ihren Blick suchend durch die Reihen schweifen. Ich rutsche tiefer in meinen Sitz, verstecke mich hinter dem breiten Rücken des Mannes vor mir und versuche, aus ihrem Sichtfeld zu verschwinden – hauptsächlich aus ihrem. Nicht, dass Luca mich mit dieser Aktion nicht schon genug in Verlegenheit gebracht hätte.

Warum hat er meinen Namen gerufen?

SECHS

LUCA

Meine Augen täuschen mich nicht. Dort auf der Tribüne ist eindeutig Harper McKenna, die zusieht, wie wir uns vor dem Spiel aufwärmen.

Als ich nicht aufhöre, hinzustarren, greift Ashton in mein Trikot und zieht mich vom Eis, bevor wir noch Ärger bekommen.

„Hast du sie gesehen?" Ich kann nicht glauben, dass Harper aufgetaucht ist, *die kleine Miss „Ich hasse Sport"*.

„Wen? Harper?" Ashton schüttelt den Kopf, als wir den Gang hinunterlaufen. „Nein, aber ich habe gehört, wie du ihren Namen gebrüllt hast, wie ein Irrer. Du blamierst dich wegen eines Mädchens."

„Halt die Klappe." Ich rempele ihn an, als wir den Umkleideraum betreten.

Ashton verdreht die Augen und lacht. „Blöd nur, dass wir auf dasselbe Mädchen stehen."

Bei seinen Worten wird mir flau im Magen. „Du stehst auf Harper?"

Ich wusste, dass er ein bisschen in sie verknallt war, aber ich dachte, er wäre darüber hinweg.

Seine dunklen Augen funkeln, als er mir ein seltenes Lächeln schenkt. „Keine Sorge, ich bin nicht so dumm, dir etwas wegzunehmen, das dir gehört."

Streng genommen gehört sie mir nicht. Auch wenn ich mir genau das wünsche. Aber wenn Ashton kapiert hat, dass Harper für ihn tabu ist, umso besser.

„Gut", brumme ich.

„Dann find wenigstens raus, ob sie eine Schwester hat", fügt Ashton mit einem schiefen Grinsen hinzu.

Ich werde sicher nicht seinen Laufburschen spielen. Wenn er ein Mädchen will, soll er selbst eins finden. „Frag sie doch selbst, wenn sie das nächste Mal da ist."

„Oder ich frage sie direkt nach einem Date", provoziert er weiter.

Ich stürze mich auf ihn, und mehrere unserer

Teamkollegen halten mich davon ab, ihn körperlich anzugreifen.

„Spar dir das für das Eis auf, Ricci!", schreit mich der Trainer an.

Ich weiß, dass der Trainer recht hat. Ich sollte mich nicht mit Ashton anlegen – schon gar nicht kurz vor einem Spiel. Aber es fällt mir verdammt schwer, wegzuhören, wenn er über sie redet.

Harper ist zwar offiziell nicht meine Freundin, aber allein der Gedanke, dass ein anderer Typ auf die Idee kommen könnte, mit ihr auszugehen, macht mich wahnsinnig.

Denn die Wahrheit ist: Ich will sie. Und das ist längst mehr als nur ein flüchtiges Interesse. Der bloße Gedanke daran, dass jemand anderes sie berührt, treibt mir Übelkeit in den Magen.

Ich hasse diese Wut, die in mir hochkocht – dieses brennende Ziehen in der Brust, das mit jedem tiefen Atemzug schwerer wird und tiefer sinkt. Ich ertrinke in dem Gefühl, jedes Mal, wenn ich mir vorstelle, dass ein anderer Kerl sie auch nur ansieht.

Ich bin eine wandelnde rote Flagge, und das ist mir klar. Ich schiebe die Schuld meinem Vater zu. So sehr ich mir schwöre, nicht wie er zu werden – ich verachte diesen Mann –, bin ich doch unter seinem

Dach großgeworden. Zu glauben, davon hätte nichts auf mich abgefärbt, wäre naiv.

Deshalb spiele ich Hockey. Ausgerechnet den Sport, den er am meisten hasst. In seinen Augen macht mich das schwach und dumm, weil ich nicht bereit bin, in seine Fußstapfen zu treten. Er will, dass ich eines Tages sein Imperium übernehme.

Auf keinen Fall.

Auch wenn er mir eine Million Dollar hinlegen würde – ich würde trotzdem nein sagen.

Ich weiß zu viel über die Mafia, über „die Familie", über die Geschäfte, die sie im Hintergrund abwickelt. Ich wünschte, ich wüsste von all dem nichts.

Ich wünschte, ich hätte als Kind nicht mit ansehen müssen, wie mein Vater im Keller unseres Hauses einen Mann umgebracht hat. Einen unschuldigen Mann. Dieses Bild verfolgt mich bis heute. Seitdem weigere ich mich, überhaupt eine Waffe anzufassen. Schon der Geruch von Schießpulver dreht mir den Magen um.

Ich bin mir sicher, dass Dante – mein Vater – auf mich herabschaut, weil ich nicht in sein „Geschäft" einsteige. Eigentlich muss ich mir da nicht einmal sicher sein. Er hat es mir oft genug ins Gesicht gesagt. Es ändert trotzdem nichts für mich.

Ich fahre so selten wie möglich nach Hause. In dem Moment, als ich die Zusage für die *Evergreen University* und das Vollstipendium bekommen habe, war ich weg aus diesem Albtraum.

Ich habe meine Mutter weinen hören, als der Brief kam. Sie ist der einzige Grund, aus dem ich überhaupt jemals darüber nachdenken würde, zurückzugehen. Aber ich kann es nicht. Und ich werde es nicht tun.

Mein Herz hämmert in der Brust, während die Menge jubelt und schreit. Der Stadionsprecher heizt alle an, als wir zurück aufs Eis gehen. Ich lasse den Blick durch die Ränge schweifen, suche nach Harper. Ein Meer aus Türkis und Schwarz, unsere *Narwhals*-Farben, starrt auf uns herunter. Sie trägt grelles Pink – eigentlich müsste sie auffallen, und doch kann ich sie nicht entdecken.

Die Zuschauer stehen, klatschen, pfeifen; der Lärm ist überwältigend, und ja – es fühlt sich großartig an. Heimspiele liebe ich.

Aber in meinem Hinterkopf nagt nur eine Frage: Ist Harper schon gegangen? Sie hat mehr als deutlich gesagt, dass sie Sport hasst. Vielleicht hat sie sich den Aufwärmteil angesehen, meine Aktion mit ihrem Namen mitbekommen – und ist anschließend verschwunden.

———

Wir gehen gnadenlos unter. Es ist brutal – und zum Teil geht das auf meine Kappe. Ich spiele weit unter meinem Niveau, seit ich sie auf der Tribüne gesehen habe und Ashton mich damit aufzieht, ich solle sie endlich um ein Date bitten.

„Abgelenkt" trifft es nicht einmal annähernd. Ich suche sie ständig mit den Augen. Mehr als einmal knalle ich mit dem Gesicht gegen die Plexiglasscheibe, verliere den Puck, kassiere Checks, die ich sonst locker umfahren würde.

Harper war nirgends zu sehen.

Sicher, es sind viele Leute im Stadion. Es ist voll, und wahrscheinlich steht sie einfach hinter jemandem, der größer ist als sie. Das vereinfacht es für mich nicht, zu wissen, dass sie da draußen steht und zusieht, wie ich vernichtet werde.

Oder schlimmer: Sie hat mich ihren Namen rufen hören, hat gesehen, wie ich ihr zugewinkt habe – und es war ihr so peinlich, dass sie einfach gegangen ist.

Diese Vorstellung hat mich das ganze Spiel über verfolgt.

So sehr, dass ich mich nicht auf den blöden Puck konzentrieren konnte, der über das Eis glitt, oder auf die gegnerische Mannschaft, die darauf zustürmte. Ich habe nicht die gleiche Energie in das Spiel gesteckt wie sonst. Es ist, als wäre mein Herz einfach nicht dabei, weil ich mich auf die falsche Sache konzentriere.

Nach dem Spiel bemerkt der Trainer das, nimmt mich beiseite und schimpft mich gut zehn Minuten lang aus.

Er ist sauer, weil ich es richtig vermasselt habe.

Ich habe nichts zu sagen. Ich versuche nicht einmal, Ausreden zu finden, weil ich weiß, dass er recht hat, und das ist das Einzige, was mich noch mehr trifft. Ich habe versagt, weil ich von einem Mädchen abgelenkt war.

Verdammt.

Ich muss Harper aus meinem Kopf bekommen. Sie ist gefährlich – zumindest für meinen Verstand und mein Spiel.

In der Umkleide gehe ich unter die Dusche, lasse das heiße Wasser über mich laufen, bis die Muskeln brennen und der Lärm der Kabine nur noch dumpf im Hintergrund existiert. Als ich mich abtrockne, merke ich, wie Ashton mich anstarrt. Sein Blick brennt sich in meine Haut wie Hitze, die vom Asphalt aufsteigt.

„Was?", knurre ich, als ich das Handtuch weglege. Ihn zu ignorieren, ist unmöglich.

„Du hast heute Abend grottig gespielt."

„Danke", murmele ich und ziehe mir frische Klamotten über. „Richtig aufbauend, Mann."

„Ich bin nicht hier, um dir in den Arsch zu kriechen." Er starrt mich an, ohne seinen Blick abzuwenden.

Ich habe nicht erwartet, dass er mich versteht – und irgendwie macht genau das alles nur noch beschissener. „Schon gut", sage ich leise. „Tut mir leid."

Ashton verfolgt jede meiner Bewegungen mit dieser stillen, bohrenden Intensität, während ich meine Sneakers zubinde und meinen Spind ausräume.

Normalerweise würde ich ihn jetzt anpflaumen und fragen, was zum Teufel er so glotzt. Aber nach diesem Abend bin ich einfach leer. Wenn er etwas loswerden will, sagt er es ohnehin. Ich kenne ihn gut genug, um zu wissen, dass er sich nie lange zurückhält.

Und ich werde nicht enttäuscht.

„Hast du dich in die süße Blondine verknallt?", fragt er schließlich. Er muss ihren Namen nicht sagen. Er sieht sie oft genug bei uns in der Wohnung, wenn wir zusammen lernen.

Ich beiße mir auf die Zunge, zwinge mir das Schweigen auf. Ein bisschen Schmerz kann ich gerade gut gebrauchen. Ich hab's verdient – nach der Leistung heute.

„Verdammt, du widersprichst nicht mal", stellt Ashton fest, ein breites Grinsen breitet sich auf seinem Gesicht aus. „War mir klar. Diese ‚Lernsessions' sind deutlich interessanter, als du vorgibst."

Ich verdrehe die Augen, schnappe mir Handy und Schlüssel und verlasse die Kabine, laufe durch den Gang Richtung Ausgang, um zu meinem Auto zu kommen.

Ashton ist mir dicht auf den Fersen, nervt mich schon mit seiner bloßen Anwesenheit, während er versucht, mit meinen Schritten mitzuhalten. „Du fährst mich heute Abend schon noch heim, oder?"

Eigentlich sollte ich den Idioten zu Fuß laufen lassen. Er schießt zwei Tore, ich lege dem Gegner praktisch eins auf – und ich bin derjenige, der Taxi spielt. Trotzdem reiße ich die Tür zum Stadion auf und mir schlägt sofort die beißende Kälte entgegen.

Draußen ist es eiskalt, der Weg zum Auto zieht

sich. Mein Atem steht als weißer Nebel in der Luft, während ich in der Jackentasche nach meinen Schlüsseln krame. „Steig ein, aber lass mich nicht auf deinen Arsch warten", knurre ich.

Ashton beeilt sich; er weiß genau, dass ich in meiner aktuellen Laune nicht zweimal frage, sondern einfach ohne ihn abfahre.

Was ich nicht erwartet habe: An der Fahrerseite meines Wagens lehnt eine fremde Blondine. Sie trägt mein Trikot und eine schwarze Leggings, zittert und hat die Arme vor der Brust verschränkt – was aber offensichtlich nicht viel Wärme bringt.

„Kann ich dir helfen?" Mein Tonfall ist so scharf und kalt wie die Luft, die mir die Fingerspitzen gefrieren lässt.

Ich kenne sie nicht. Und wenn sie ein Hockey-Bunny ist, interessiert mich das ungefähr gar nicht.

Ihre Wangen sind gerötet; ich kann nicht sagen, ob von der Kälte oder von meiner brüsk-abweisenden Art.

Der Parkplatz ist fast leer, die meisten Autos sind schon weg. Mein Wagen steht ganz hinten – ohne Nachbarn links oder rechts. Es war nicht schwer, ihn zu finden.

„Wir haben zusammen Chemie", flüstert sie und

sieht zu mir auf. Eyeliner, Mascara – ihre Augen sind eindrucksvoll geschminkt. „Ich hatte gehofft, ich könnte dir ein Getränk ausgeben", fügt sie mit weicher, betont sinnlicher Stimme hinzu.

Sie ist hübsch, keine Frage, aber das Ganze hat einen leichten Stalker-Vibe – allein die Tatsache, dass sie hier an meinem Auto wartet. Woher weiß sie überhaupt, welches mir gehört? „Schmeichelhaft, aber ich bin nicht interessiert", sage ich ruhig. Ich kann mich nicht einmal an ihren Namen erinnern, und obwohl ich Chemie 201 belege, ist sie mir noch nie aufgefallen.

Im Hörsaal ist sie sicher nicht mit meinem Trikot herumgelaufen.

„Willst du sie mitnehmen?", ruft Ashton, reißt die Beifahrertür auf und lässt sich ins Auto fallen, bevor ich irgendetwas erwidern kann. Die Tür knallt zu.

Die Blondine verzieht schmollend den Mund und zittert wieder – dieses Mal deutlich übertrieben. Unwillkürlich frage ich mich, ob das Absicht ist, als wolle sie mir mit ihrem Körper ins Gesicht schreien, wie kalt ihr ist. Bei dem Outfit wundert mich das nicht.

„Könntest du mich vielleicht mitnehmen?", fragt

sie hoffnungsvoll und durchbohrt mich regelrecht mit ihren blauen Augen. „Ich wohne im Wohnheim, das ist nicht weit."

Ich schaue über die Schulter über den Parkplatz. Von Harper, dem Mädchen, das ich heute Abend eigentlich wiedersehen wollte, keine Spur. Vermutlich ist sie früh gegangen oder mit Freunden verschwunden – ich glaube kaum, dass sie allein zu einem Spiel gekommen wäre.

Ich seufze und öffne die hintere Tür. „Steig ein. Ich fahre dich rüber."

„Danke!", quietscht sie begeistert und klettert auf den Rücksitz. „Ich bin Quinn", stellt sie sich hastig vor.

Ich schlage die Tür zu, rutsche auf den Fahrersitz und starte den Motor, damit die Heizung anspringt. „Ich gehe mal davon aus, du kennst unsere Namen schon", sage ich und deute auf ihr Trikot, das eindeutig handgemacht aussieht.

„Luca Ricci und Ashton Rinaldi", antwortet sie, ohne zu zögern. „Euch nicht zu kennen, ist weitestgehend unmöglich. Ihr seid die besten Spieler im *Evergreen*-Team."

Das Mädchen weiß genau, wie man einem das Ego streichelt.

„Ich bin besser", wirft Ashton ein und dreht sich zu ihr um, ein breites Grinsen im Gesicht. „Du hast das falsche Trikot an, Quinn. Der Typ hier verbringt mehr Zeit auf der Strafbank als auf dem Eis." Er deutet mit dem Daumen auf mich.

Normalerweise würde ich sofort kontern und klarstellen, wer hier der bessere Spieler ist – nämlich ich – aber heute fehlt mir der Nerv dazu. Meine Gedanken hängen an Harper fest, an dem kurzen Blick von der Tribüne. Und ich komme einfach nicht davon los.

Warum geht sie mir so unter die Haut?

„Also ... das Spiel heute Abend. Ganz schön hart", sagt Quinn. Sie ist noch voll Adrenalin und Energie – das genaue Gegenteil von mir. Normalerweise bin ich nach einem Spiel high auf Endorphinen.

Heute war es nur eine schmerzhafte Klatsche. Ein klarer Weckruf, dass ich mich bis zum nächsten Match zusammenreißen muss. Ich muss die Sache mit Harper auf die Reihe bekommen, was auch immer das genau heißen soll. Ich bin mir nicht einmal sicher.

Ich fahre zurück zum Campus und lasse den Blick zu Harpers Wohnheim hochwandern. „Gib mir eine Minute. Ich will noch kurz mit jemandem reden", sage ich zu Ashton.

„Ernsthaft? Jetzt?" Ashton schnaubt und lässt den Kopf gegen die Kopfstütze sinken. „Lass den Motor laufen, ja?"

Ich lasse den Wagen an und steige in die kalte Nachtluft. „Ich bin in Gebäude B", ruft Quinn von hinten.

Harper wohnt auch in Gebäude B.

„Da will ich auch hin", antworte ich. Ich folge Quinn, und weil es schon spät ist, zieht sie ihren Studentenausweis durch, um die Tür zu öffnen. Sie hält sie für mich auf, ich schleuse mich mit hinein – so spare ich mir den ganzen Sicherheitskram – und wir laufen gemeinsam Richtung Aufzüge.

„Welche Etage?", fragt Quinn, als ich in die Kabine steige.

„Acht."

Sie drückt den Knopf für die achte Etage und lehnt sich an die Wand des Aufzugs. „Danke, dass du mich nach Hause bringst", sagt sie. „Wenn du mal Lust auf ein Getränk hast ..." Das Lächeln verschwindet nicht aus ihrem Gesicht, ihre saphirblauen Augen leuchten hoffnungsvoll, als sie zu mir hochblickt.

„Nett von dir, aber ich bin ziemlich beschäftigt."

Ich versuche, es nicht härter klingen zu lassen als nötig. Sie ist hübsch, wirkt freundlich – aber irgendetwas an der ganzen Situation fühlt sich falsch an.

Vielleicht liegt es daran, dass sie nach dem Spiel an meinem Auto auf mich gewartet hat.

Ein deutliches Warnsignal.

Man muss kein Genie sein, um das zu erkennen.

Der Aufzug klingelt, und ich lasse ihr den Vortritt. Ich folge ihr – und stelle fest, dass wir in die gleiche Richtung gehen.

Quinn ist fast am Hüpfen, als würde sie immer noch auf einem Adrenalinrausch von diesem Abend schweben. Ich weiß nicht, warum. Dieses Mädchen ist ein Rätsel – und ich habe absolut kein Bedürfnis, es zu entschlüsseln.

Bist du dir ganz sicher, dass ich dir kein Getränk ausgeben darf?", fragt sie und wirft mir einen vielsagenden Blick über die Schulter zu.

Glaubt sie etwa, ich sei ihretwegen hier?

Ich dachte, ich hätte klar gemacht, dass ich eine Freundin besuchen wollte.

„Es war süß von dir, meinen Ruf vor deiner Freundin zu retten", meint sie plötzlich. „Aber ich bin kein unschuldiges kleines Mädchen, Luca. Ich kann sehr gut auf mich selbst aufpassen."

Wovon redet sie?

Quinn spielt mit dem Schlüssel in der Hand und bleibt vor Tür 802 stehen – dem Zimmer, in das ich gehen will, um Harper zu besuchen. Sie steckt den Schlüssel ins Schloss, dreht sich noch einmal zu mir um, greift dann in meinen Pullover, zieht mich zu sich heran – und presst ihre Lippen hart auf meine.

SIEBEN

HARPER

Seit ich die Arena verlassen habe, kocht es in mir. Ich bin wütend auf Luca, weil er mich vor allen bloßgestellt hat – und noch wütender auf Quinn, weil sie so offensichtlich versucht hat, seine Aufmerksamkeit auf sich zu ziehen.

Im Wohnheim habe ich gefühlt schon ein Loch in den Teppich getrampelt, während ich darauf warte, dass Quinn endlich auftaucht. Der Gedanke, dass sie ihren Willen bekommen und sich tatsächlich an Luca rangemacht hat, frisst an mir.

Es ist nur allzu deutlich, dass sie ihn will – und Quinn bekommt immer, was sie will. Jedes. Verdammte. Mal.

Es widert mich an.

Ich höre ihren Schlüssel im Schloss, aber als sich die Tür nicht sofort öffnet, reiße ich sie selbst auf und frage mich, was zur Hölle so lange dauert. Eigentlich sollte ich gar nicht wollen, dass sie zurückkommt, aber jetzt, wo ich weiß, dass sie irgendwo da draußen ist, fühlt sich alles an wie eine tickende Zeitbombe, auf deren Explosion ich warte.

Ich habe noch nie jemanden in meinem Leben so unendlich gehasst.

Streich das.

Meine Augen brennen, als ich in den Flur spähe und sehe, wie Quinn dort mit jemandem herumknutscht. Sie lösen sich voneinander, vermutlich nur, um Luft zu holen, und in dem Moment zerspringt mein Herz in tausend Teile. Ich knalle die Tür zu.

„Harper!", ruft Luca mir zu, und Tränen steigen mir in die Augen.

Ich weigere mich zu weinen.

Ich habe keinen Ort, wohin ich fliehen kann. Das Bad liegt draußen im Flur. Also schnappe ich mir meine Kopfhörer, setze sie mir auf und drücke sie fest über die Ohren. Ist es nicht genau das, was Quinn will?

Ich schließe die Augen, drehe meine Metal-Playlist bis zum Anschlag auf und ziehe mir ein Kissen über den Kopf, als könnte ich mich damit selbst ersticken.

Warum muss ich mich immer in den falschen Kerl verlieben?

Gedämpfte Stimmen dringen durch die Musik, die Matratze gibt nach, als sich jemand auf mein Bett setzt. Ich will gerade losbrüllen – Quinn, Luca, egal, Hauptsache weg –, da ziehe ich das Kissen von meinem Gesicht, öffne die Augen und starre direkt in Lucas Augen.

Er tippt auf meine Kopfhörer, und widerwillig ziehe ich sie ab. Ich schnappe leise nach Luft und hoffe inständig, dass man mir die paar Tränen nicht ansieht, die eben noch in meinen Augen gebrannt haben.

„Was?" Meine Stimme ist scharf, brüchig und voller Schmerz.

„Ich bin hergekommen, in der Hoffnung, dass wir reden können."

Ich lache bitter und spüre ein flaues Gefühl in meinem Magen. „Reden?", wiederhole ich. „Das kann ich mir kaum vorstellen, wenn du Quinn gerade deine Zunge in den Hals steckst."

Er seufzt und wirft Quinn einen bösen Blick zu,

bevor er seinen Blick wieder auf mich richtet. „So war es nicht."

„Du bist mit ihr in ihr Zimmer gegangen. Lass mich raten, du hast sie nach dem Spiel auch nach Hause gefahren?"

Es herrscht Stille zwischen uns.

„Du bist eifersüchtig", sagt er, als würde ihm plötzlich etwas klar werden. Der Gedanke allein lässt mich noch unruhiger werden.

„Bin ich nicht. Ich weiß nicht, wovon du sprichst." Ich setze mich im Bett auf und schwinge meine Beine über die Matratze. „Ich habe keinen Grund, eifersüchtig zu sein", sage ich und stelle damit das Offensichtliche fest.

Ich tue so, als wäre ich über seine Anschuldigung verärgert, obwohl er vielleicht etwas erkannt hat. Ich weigere mich jedoch, ihm das zu gestehen.

„Du spinnst. Und warum bist du überhaupt hier, um mit mir zu reden?", frage ich und versuche, den Spieß umzudrehen.

Er sollte derjenige sein, der sich rechtfertigen muss – dafür, dass er meine Mitbewohnerin geküsst hat.

„Wie lange läuft da schon was zwischen euch?", hake ich nach und deute mit einer vagen

Handbewegung zwischen den beiden hin und her. Allein der Gedanke, dass sie sich regelmäßig in diesem Zimmer aneinander vergreifen, schnürt mir die Kehle zu.

„Ich bin schon seit Wochen in ihn verliebt", sagt Quinn mit einer Stimme, die wie Honig tropft, süß, zuckersüß und voller Verlangen.

„Zwischen ihr und mir läuft nichts", erklärt Luca und zeigt auf Quinn. Er nennt ihren Namen nicht. Ich bin mir nicht sicher, ob er ihn überhaupt kennt, aber das wäre keine große Überraschung. Quinn schläft gerne mit jedem Mann, der einen Puls hat, und ich bezweifle, dass sie die Namen aller Männer kennt, mit denen sie geschlafen hat.

„Außer heute Abend", gurrt Quinn, und mein Magen macht einen Salto. Ich scharre mit den Füßen, warte darauf, dass jemand Näheres sagt, und hoffe, dass es Luca ist.

„Ich habe dich nach Hause gefahren. Das war schon mein erster Fehler heute Abend", sagt er knapp. In seiner Hosentasche beginnt das Handy zu vibrieren, und er flucht leise. „Ich habe Ashton im Auto sitzen lassen."

Quinn lächelt, aber ihre süße, kokette Art verschwindet. „Lade ihn doch ein. Dann wird es eine *richtige* Party."

Luca schnaubt. „Das wird nicht passieren. Harper, können wir reden?"

„Du solltest nach unten gehen, du kannst Ashton nicht ewig warten lassen", sage ich. Ich will nicht, dass er verschwindet – aber ich will dieses Gespräch auch nicht im Beisein von Quinn führen.

Er streckt die Hand aus, schiebt mir sanft eine Haarsträhne aus dem Gesicht und hinter das Ohr. Seine Finger sind warm, und ein Schauder läuft mir über den Rücken. Ich lehne mich unwillkürlich in seine Berührung hinein und schaue zu ihm auf. Ich möchte ihn anschreien. Ich will ihn küssen. Beides gleichzeitig.

Ist es normal, wegen eines Mannes so durcheinander zu sein?

„Du hast wahrscheinlich recht", flüstert er, aber er bewegt sich nicht. „Dieses Wochenende, du, ich, eine ruhige Nacht an einem romantischen Ort. Ein richtiges Date", sagt er und macht seine Absichten damit mehr als deutlich.

Seine Finger streichen über meine Wange, als würden sie eine Spur aus Wärme hinterlassen, und mein Körper bekommt einen Vorgeschmack darauf, wie gefährlich schön das werden könnte. Ich atme leise aus, froh, dass ich sitze, sonst würden mir vermutlich die Knie nachgeben.

Wie schafft er es, so eine Macht über mich zu haben?

Es ist nur eine Schwärmerei, rede ich mir ein. Aber es fühlt sich nach mehr an. Viel mehr. Und ich versuche verzweifelt, nicht tiefer hineinzurutschen.

Ich mag dich, Harper – falls dir das entgangen sein sollte." Er legt seine Karten offen auf den Tisch, falls die Sache mit dem Date noch nicht deutlich genug war. „Ich möchte die Chance haben, dich wirklich kennenzulernen."

Ich lehne mich seiner Berührung entgegen, als seine Finger mein Kinn streicheln.

Ich möchte ihn so gerne küssen, aber ich halte mich zurück. Er hat gerade Quinn geküsst.

Und wenn ich ehrlich bin, habe ich Angst, dass ich sie auf seinen Lippen schmecken würde. Und wenn nicht – was passiert, wenn ich mich dann nur noch schneller in ihn verliebe?

Das darf nicht passieren.

Ich muss die Dinge langsam und vorsichtig angehen.

Denn es ist Luca Ricci.

Er ist heiß.

Klug.

Sportlich.

Und, was noch schlimmer ist: Jede will ihn. Ich

will nicht nur ein weiterer Strich auf seiner Liste sein.

Es ist mehr als das – so viel mehr, dass ich nicht sicher bin, ob ich es noch einmal überlebe, wenn es schiefgeht.

„Also? Wie sieht's aus mit einem Date am Wochenende, nur wir zwei? Oder wir machen direkt ein ganzes Wochenende daraus", sagt Luca und grinst.

Seine Hartnäckigkeit muss man ihm lassen. „Zählt unser erstes ‚Date' mit deiner kleinen Schwester nicht?", necke ich ihn und spiele auf Nova an – in der Hoffnung, damit die knisternde Spannung ein bisschen zu entschärfen.

„Das zählt definitiv nicht." Er lächelt ironisch. „Also, Samstag oder Sonntag? Such dir was aus", scherzt er.

Kann ich ihm mein Herz anvertrauen?

Ich kann das Bild ihrer Lippen auf *seinen* nicht aus meinem Kopf bekommen, aber ich glaube Luca, dass sie sich ihm an den Hals geworfen hat. Das klingt ganz nach Quinn.

Ich mag Luca wirklich – vielleicht mehr, als mir lieb ist –, aber ihm zu vertrauen, fällt mir schwer. Ich habe meine Lektion schon einmal schmerzlich gelernt, mit meinem Freund aus der Highschool. Er hat mir geschworen, dass er mich liebt, dass wir gemeinsam an die *Evergreen University* gehen würden, dass er nur Augen für mich hätte. Ich wäre der Mittelpunkt seiner Welt.

Das war alles absoluter Blödsinn. Ich habe ihn mit zwei Cheerleadern im Bett erwischt, und dann hatte er auch noch die Frechheit, mich einzuladen, mitzumachen!

Schon der Gedanke daran lässt mein Blut wieder hochkochen. Diese Szene verfolgt mich bis heute.

Ja, ich habe Vertrauensprobleme. Er ist der Grund dafür. Und obwohl ich weiß, dass nicht alle Männer komplette Idioten sind, war er Footballspieler – und genau deshalb halte ich mich seitdem von Sportlern fern.

Und Luca? Er ist Hockeyspieler. Es fällt schwer, die Parallelen zu übersehen. Mädchen werfen sich ihm ständig an den Hals. Die Konkurrenz ist groß, und ich habe Angst, dass ich am Ende wieder verliere. Wieder mit gebrochenem Herzen dastehe.

Luca wird unweigerlich jemand anderen finden, der keine Vertrauensprobleme hat, mit dem es mehr Spaß macht, jemand, der Sport liebt und seine Welt bereitwillig teilt.

Wir haben nichts gemeinsam. Das hat sich nicht geändert und wird sich auch nie ändern.

Trotzdem flattert mein Herz, als ich in diese kühlen, grauen Augen sehe, die mir Schmetterlinge im Bauch bereiten.

Was kann ein einziges Date schon schaden?

„Sonntag", sage ich schließlich. Wir hatten Anfang der Woche schon darüber gesprochen, und der Plan steht offenbar noch. „Dieses Wochenende bin ich auf Novas Geburtstagsparty, aber am Sonntag bin ich für ein Date wieder hier. Die Party ist am Freitagabend, also komme ich Samstag vielleicht spät zurück – ich weiß noch nicht genau, wann."

Ich stehe auf und schiebe ihn sanft Richtung Tür, ein schelmisches Lächeln auf den Lippen. Allein der Gedanke an ein Date mit ihm hebt meine Stimmung.

Vorsichtig optimistisch – so fühlt es sich an.

„Du kommst zu mir nach Hause?", fragt er mit belegter Stimme, als ich ihn praktisch aus der Tür schiebe.

„Ja, Nova hat Geburtstag. Erinnerst du dich?" Ich lächle schwach und winke ihm, er solle gehen. „Ashton wartet auf dich."

Sein Handy vibriert erneut, als hätte es darauf gewartet.

„Stimmt", sagt Luca und seufzt. Er sieht verwirrt

aus. Ich weiß nicht warum.

„Gute Nacht, Luca", sage ich und schließe die Tür hinter ihm. Ich drehe mich auf dem Absatz um und starre Quinn an. Wenn Blicke töten könnten, würde ich gerade eine Leiche beseitigen.

ACHT

LUCA

Es wäre mir unmöglich, Novas Geburtstag zu vergessen. Vor allem, weil sie seit einer Woche davon schwärmt.

Ist sie aufgeregt?

Ja.

Ich glaube, das hat mehr damit zu tun, dass sie erwachsen wird, als mit irgendetwas anderem. Sie redet ununterbrochen über Colleges und darüber, dass sie für das nächste Semester an der *Evergreen University* angenommen wurde.

Das überrascht mich nicht – sie ist ja ohnehin ständig auf dem Campus. Gut, dass wir uns verstehen, sonst hätte ich sie längst hinausgeworfen und Moreno gesteckt, dass sie sich hier herumtreibt.

Moreno und Paige haben garantiert keine Ahnung, wie viel Zeit sie wirklich hier verbringt. Die würden niemals wollen, dass ihre Tochter mit College-Typen abhängt.

Nach ihrem Wissensstand hatte Nova noch nie ein Date.

Ich weiß es besser.

Nova kann ein Geheimnis bewahren.

Wie sich herausstellt, ich auch.

Die Wahrheit ist: Mit Moreno komme ich besser klar als mit meinem eigenen Vater – was nicht viel heißen will, wenn man bedenkt, dass Moreno alles andere als herzlich oder sanft ist. Ich nehme an, das ist das Ergebnis, wenn man die Mafia unter einem Dach beherbergt und dann versucht, eine Familie zu gründen.

Die Antwort: verkorkste Kinder.

Ich habe es vermieden, nach Hause zu fahren. Ich habe jede Gelegenheit genutzt, auf dem Campus zu bleiben. Aber Nova feiert ihren achtzehnten Geburtstag zu Hause, und als Harper mir erzählt, dass sie hingeht, habe ich nur einen Gedanken: dass *das eine schlechte Idee ist.*

Ich habe Nova geschrieben und vorgeschlagen, die Feier zu verlegen. Sie könnte an ihrem Geburtstag bei uns übernachten, die Mädchen können auf dem Wohnzimmerboden oder der Couch schlafen.

Die Antwort, die ich bekam, war ein weinendes Lach-Emoji.

Nova ist genauso stur wie ihr Vater.

Das bedeutet, dass ich eine Tasche für das Wochenende packe, bevor ich nach Hause fahre, an den einzigen Ort, an den ich geschworen hatte, niemals zurückzukehren, egal was passiert.

Ashton klopft an die offene Schlafzimmertür, während ich die letzten paar Sachen in meine Reisetasche stopfe. „Bist du fertig?", fragt er.

Er stammt nicht aus dieser Gegend. Er ist in Chicago aufgewachsen, sozusagen als Teil der Familie, zwar nicht blutsverwandt, aber dennoch wie Brüder. Die Mafia ist immer eine Familie, entweder sie lieben dich oder sie töten dich.

Wie sich herausstellt, verstehen sich unsere Familien gerade gut genug, um sich nicht gegenseitig umzubringen. Es hilft, dass wir in unterschiedlichen Teilen des Landes aufgewachsen sind – so gibt es keine territorialen Machtspielchen zwischen den „Brüdern".

„Ja, lass uns fahren." Begeistert bin ich nicht davon, auf das Anwesen zurückzukehren, auf dem ich großgeworden bin. Aber Nova feiert dort ihre

Party, und die Wahrheit ist: Harper wird ebenfalls da sein. Und jemand muss ein Auge auf sie haben.

―――――

Wir fahren zum Anwesen, und Ashton ist ungewohnt still. Er war früher schon einmal hier, als wir Kinder waren. Damals haben wir uns überhaupt erst kennengelernt. Ich frage mich, ob er sich daran erinnert – wir waren echt noch klein.

Draußen sehe ich Novas Auto nicht, und ich habe keine Ahnung, wie Harper herkommen will. Wahrscheinlich hätte ich ihr anbieten sollen, sie mitzunehmen, aber der Gedanke, sie aktiv zu dieser Party zu bringen, gefällt mir genauso wenig.

Dass Nova und Harper sich anfreunden, stört mich nicht. Im Gegenteil, es ist gut, wenn Nova jemanden wie sie in ihrem Leben hat. Was mir allerdings gar nicht passt, ist, Harper ausgerechnet an diesen Ort zu bringen.

Sie hat nicht den Hauch einer Ahnung, was hinter meiner Familie steckt, und ich habe nicht vor, ihr zu erzählen, dass mein Vater die Mafia anführt. Es gibt keinen Grund, dass sie erfährt, was für ein Mann er ist, wie er seinen Leuten befiehlt, Feinde zu töten und auszuplündern. Er ist kein guter Mensch.

Mutter spielt das Spiel mit, weil sie behauptet, ihre Familie wäre keinen Deut besser gewesen – was schon alles sagt. Kennengelernt habe ich sie nie.

Es fällt immer noch schwer zu glauben, dass sie aus einer verfeindeten Mafiafamilie stammt, aber damals in der Mittelschule habe ich angefangen zu recherchieren. Ich habe Namen gegoogelt, alte Zeitungsartikel gelesen, nach Verbindungen gesucht – und sie hat nicht gelogen. Eine Zeit lang dachte ich, Dad hätte ihre Familie längst „beseitigen" lassen, aber sie sind noch immer aktiv, verbreiten Chaos und haben selbst Blut an den Händen.

„Wir sind wohl zu früh", meint Ashton und sieht offenbar dasselbe wie ich: kein Nova-Auto in der Einfahrt, und vor dem Haupteingang ist verdächtig wenig los. Wenn ihre Freundinnen schon da wären, müsste hier deutlich mehr los sein.

Wir parken, und ich zögere, weil sich in mir alles sträubt, dieses Anwesen zu betreten. „Wann soll die Party überhaupt anfangen?", frage ich.

Ashton zuckt nur mit den Schultern, steigt aus und lässt sich von der Uhrzeit nicht im Geringsten stressen. Er holt seinen Rucksack und eine Reisetasche vom Rücksitz.

Ich nehme meine eigene Tasche, werfe sie mir über die Schulter. Eigentlich habe ich keine Lust, über Nacht zu bleiben, aber wenn Harper hier schlafen soll, werde ich in der Nähe sein – ob es mir passt oder nicht.

Heute Nacht wird es kalt werden, und das bringt mich auf eine Idee – und liefert gleichzeitig einen Vorwand, sie so lange wie möglich vom Haus fernzuhalten.

Statt zur Vordertür zu gehen, schlage ich den Weg nach hinten ein. Ashton folgt mir mit seinen Taschen, als würde ich zur Hintertür wollen. Das kommt ihm wahrscheinlich ganz gelegen – ich habe nicht vor, mehr Zeit mit meinem Vater unter einem Dach zu verbringen als unbedingt nötig.

Mit etwas Glück ist er heute Nachmittag und Abend „geschäftlich unterwegs".

Ich wäre allerdings dumm, auch nur im Ansatz auf dieses Glück zu vertrauen.

Ich lasse meine Reisetasche auf die hintere Veranda fallen. Darum kümmere ich mich später, wenn es sich wirklich nicht mehr vermeiden lässt, das Haus zu betreten.

Auf dem Boden liegen ein paar abgebrochene Äste. Ich hebe sie auf, gehe ein Stück weiter und halte Ausschau nach mehr.

„Stell deine Taschen an die Tür und hilf mir", sage ich zu Ashton und steuere auf die Baumgrenze zu, dort, wo der Wald das Grundstück umrahmt. Ein hoher Zaun sichert das Gelände, aber dahinter erstreckt sich nur dichter Wald.

„Dir helfen?", murmelt Ashton und kommt hinterher. „Wobei denn genau?"

Wir machen ein Lagerfeuer", erkläre ich, trage einen ordentlichen Stapel Äste heran und werfe ihn in die steinerne Feuerstelle im hinteren Garten. Danach gehe ich wieder an den Waldrand und sammle alles ein, was trocken und halbwegs brauchbar aussieht. Ich werde eine Menge Holz brauchen, wenn ich die Mädchen später draußen halten will – vor allem, weil es heute Nacht kalt wird.

Ashton hebt einen Stock auf und zeigt damit auf mich. „Weißt du überhaupt, wie man ein Feuer macht?"

„Meine Mutter hat mich als Kind zu den Pfadfindern geschickt", sage ich. „Sie dachte, das könnte nützlich sein, falls ich mich irgendwann im Wald verlaufe."

Ashton schnappt sich einen weiteren Ast. „Und dein Vater?"

Ich atme scharf ein, weil ich am liebsten gar nicht über ihn reden würde. „Er ..."

„Du bist also doch nach Hause gekommen", sagt

Dante, als er auf die Veranda tritt und mich mit zusammengekniffenen Augen aus dem Sonnenlicht heraus mustert. „Und du hast Gesellschaft mitgebracht."

Das ist ungefähr so herzlich, wie ich es von ihm gewohnt bin. Soweit ich zurückdenken kann, war er nie besonders liebevoll. Schwer, wenn dein Alltag daraus besteht, Männer loszuschicken, um für dich zu töten.

„Guten Tag, Mr. Ricci. Ich hoffe, es ist in Ordnung, dass ich unangemeldet vorbeikomme", platzt Ashton hervor. Die Worte stolpern fast ineinander, und ich könnte schwören, dass ich sein Herz förmlich über den Rasen hämmern höre.

Ich nehme an, er versteht ganz gut, wie es ist, einen Don als Vater zu haben – Aurelio führt die Mafia von Chicago. Anders als bei mir verstehen die beiden sich jedoch. Sie telefonieren mindestens einmal im Monat.

Mein Vater ruft mich nie an.

Und selbst wenn er es täte, würde ich wohl nicht drangehen.

„Du bist da!" Meine Mutter ruft quer über den Rasen, ihre Freude sprudelt praktisch über, als sie barfuß aus dem Haus rennt, um mich zu umarmen. „Du hast gar nicht gesagt, dass du kommst – aber es ist ja Novas Geburtstag", murmelt sie mehr zu sich selbst als zu mir.

Sie zieht mich an sich, und für einen Moment frage ich mich, ob sie mich überhaupt jemals wieder loslässt. „Wie schön, dich zu sehen – und Ashton auch", sagt sie und wirft meinem Freund einen warmen Blick zu.

Mutter hatte Ashton wiedergetroffen, als wir in die Apartments auf dem Campus gezogen sind. Sie hatte angeboten, uns beim Auszug aus den Wohnheimen zu helfen, und obwohl ich dankend abgelehnt hatte, ist sie trotzdem aufgetaucht – und hat am Ende ein paar Kisten für uns von A nach B geschleppt.

„Danke, ich habe schon mal ein Lagerfeuer für heute Abend vorbereitet", sage ich und deute auf den Haufen aus Stöcken und Ästen, die eher chaotisch in der Feuerstelle gelandet sind.

„Die perfekte Nacht für ein Lagerfeuer", meint Mama. „Ich werde die Jungs bitten, genügend Stühle mitzubringen, und dafür sorgen, dass es Marshmallows und Snacks gibt."

Ashtons Augen leuchten auf. „Mensch, Marshmallows habe ich seit meiner Kindheit nicht mehr gegessen."

Mama lächelt und sieht mich an. „Soll ich sie noch etwas aus dem Laden mitbringen lassen?"

„Das musst du Nova fragen", sage ich. „Es ist ihre Party."

Sie lacht und nickt. „Ich werde mich bei Paige erkundigen, ob sie noch etwas braucht."

Paige ist Novas Mutter und meine Tante. Wir sind im selben Haushalt unter einem Dach aufgewachsen. Eine große, nicht ganz so glückliche Familie.

„Schön, dich hier zu haben. Wie läuft's in der Uni?", fragt Mama. Sie wartet einen Moment, bis Dante wieder im Haus verschwindet. „Ich war diese Woche beim Spiel und habe mir die *Narwhals* angesehen."

„Das meinst du nicht ernst", murmele ich, und mein Magen sinkt. Sie hat also gesehen, wie miserabel ich gespielt habe. Großartig. „War Dante auch da?"

„Dein Vater konnte nicht kommen", sagt Mama. „Er hatte andere dringende Angelegenheiten zu erledigen. Du weißt, dass ich es wirklich hasse, wenn du ihn so nennst."

„Das ist doch sein Name, oder?", gebe ich zu bedenken.

Mama nickt und schüttelt den Kopf, resigniert.

„Ja, ich wünschte nur, ihr zwei könntet euch verstehen."

„Vielleicht, wenn er kein Mörder wäre ..." Weiter komme ich nicht, denn in diesem Moment sehe ich Harper im knallroten Kleid die lange Auffahrt hinaufkommen.

„Entschuldige mich kurz", murmele ich und dränge mich an Mama vorbei, ohne das Gespräch zu Ende zu führen.

„Luca", ruft sie mir noch nach, aber ich ignoriere es und beeile mich, Harper abzufangen, bevor sie die Vordertür erreicht – und womöglich direkt Dante in die Arme läuft.

Ich renne über den Rasen, die kalte Luft brennt angenehm in meinen Lungen. „Harper!"

Sie dreht sich um, ihre Augen werden groß, und ein vorsichtiges Lächeln legt sich auf ihre Lippen. In der einen Hand hält sie eine Geschenktüte, über der Schulter hängt eine kleine Reisetasche. „Lass mich dir das abnehmen", sage ich, greife nach dem schwereren Teil und hänge mir die Tasche über den Arm.

„Danke. Ich hätte nicht damit gerechnet, dich heute Abend hier zu sehen", sagt Harper. „Ich dachte, du hättest vielleicht Training oder irgend so etwas."

Ich zucke innerlich zusammen und frage mich, ob sie dabei an das katastrophale Spiel letzte Woche denkt.

„Ich würde Novas Geburtstagsparty niemals verpassen."

„Auch wenn sie gesagt hat, dass es eine Übernachtungsparty nur für Mädchen ist und keine Jungs erlaubt sind?", witzelt Harper. Sie lächelt, und ich habe fast das Gefühl, dass sie mich neckt.

„Wir sind hier so gut wie Familie – und das da war mein Zuhause, als ich aufgewachsen bin", erkläre ich und deute auf das Anwesen, das eher wie eine Villa wirkt. Bis jetzt habe ich noch keinen Fuß hineingesetzt und will das auch so lange wie möglich hinauszögern. Vielleicht kann ich die Mädchen überreden, heute Nacht draußen zu zelten. Dann passe ich auf das Zelt auf und halte sie vom Haus fern.

„Wow", sagt Harper leise und lässt den Blick über alles schweifen. „Es ist wirklich wunderschön. Was macht deine Familie beruflich?"

Die Millionen-Dollar-Frage.

„Das fragst du hier besser nicht", flüstere ich und stupse sie an, während ich sie in den Hinterhof führe.

Sie seufzt, und ihre Absätze versinken im

weichen Gras. Ich fasse sie am Ellbogen, damit sie nicht stolpert. Ihre Beine sind nackt, das Kleid reicht ihr knapp über die Knie. Sie muss frieren. Sie hat sich nicht einmal die Mühe gemacht, ihren Mantel zuzuknöpfen. „Du wusstest nicht, dass die Party draußen stattfinden würde, oder?"

„Nova hat nichts davon erwähnt", sagt Harper. „Ich hätte wohl nachfragen sollen. Für eine Pyjamaparty bin ich vielleicht etwas overdressed, aber ich komme gerade von ..."

„Einem heißen Date?", vermute ich und hoffe, dass ich mich gründlich irre.

Harper schüttelt den Kopf und lächelt. „Ein Vorstellungsgespräch für ein Praktikum im nächsten Semester."

Dafür hat sie dieses Kleid angezogen? Es ist sexy, atemberaubend und lässt sie verdammt gut aussehen – und ja, man könnte es als professionell durchgehen lassen. Es glitzert nicht, der Ausschnitt ist dezent, nichts ist zu knapp. Aber dieses Rot schreit für mich nur nach heiß und gefährlich, und alles, was sie trägt, wirkt an ihr ohnehin wie für sie gemacht.

Ich habe sie vor heute noch nie in einem Kleid gesehen, und je länger ich sie anstarre, desto mehr fühle ich mich wie ein Stier, der direkt auf die rote Flagge losgehen will.

Mein Schwanz registriert jede einzelne Kurve ihres Körpers sehr genau.

„Ich habe einen Pyjama für heute Abend dabei, um mich umzuziehen, aber ich habe vergessen, zusätzliche Klamotten einzupacken. Außer ich trage das hier morgen noch einmal …", sagt sie und bricht ab, als ihr klar wird, was sie da gerade laut überlegt.

„Du kannst dir was von mir leihen", biete ich sofort an.

Harper atmet hörbar auf und strahlt. „Bist du sicher?"

„Kein Problem. Ich habe hinten eine Reisetasche. Nimm dir, was du brauchst." Ich habe zwar keine zusätzlichen Kleider mitgebracht, aber ich werde mit dem auskommen, was ich habe.

„Danke."

„Komm, ich bringe dich rein und zeige dir, wo du dich umziehen kannst", sage ich. Ich würde zwar am liebsten keinen Fuß in dieses Haus setzen, aber mir bleibt nichts anderes übrig. Und ich bin lieber in ihrer Nähe und habe ein Auge auf sie, als irgendwo draußen herumzuhängen und mir auszumalen, was passieren könnte. Nicht, dass ich glaube, mein Vater würde ihr jemals direkt etwas antun.

Er ist nicht diese Art von Monster.

Er gibt Mordaufträge und lässt andere Männer töten.

Ich schnappe meine Reisetasche von der Veranda und führe Harper ins Haus.

„Ist Nova schon da?", fragt sie und hält immer noch das Geschenk in der Hand.

„Noch nicht", antworte ich und schüttle den Kopf. „Ich habe sie zumindest noch nicht gesehen, aber sie wird sicher bald hier sein."

„Ich bin etwas zu früh", sagt sie. „Das Vorstellungsgespräch war schneller vorbei als gedacht, und dann habe ich noch den früheren Zug erwischt. Offen gesagt hatte ich gehofft, mich ein paar Minuten hinsetzen und durchatmen zu können, bevor ihre ganzen Freundinnen auftauchen. Ich werde manchmal nervös, wenn ich neue Leute kennenlerne."

Ich wusste gar nicht, dass Harper unter Angstzuständen leidet. Kommt sie deshalb nicht zu den Partys, die wir veranstalten?

„Nun, ich bin hier", sage ich und führe sie hinein. „Ich bin nicht neu." Ich halte ihr die Tür auf, und sobald sie drinnen ist, schließe ich sie und führe sie den Flur entlang, vorbei an der ersten Tür links und zur zweiten Tür, die zum Gästebad führt.

Ich biete ihr meine gesamte Garderobe und meine Reisetasche an, bringe sie ins Badezimmer und stelle sie für sie auf den langen Waschtisch. „Nimm dir, was du brauchst. Zieh dich warm an, denn wir werden eine Weile draußen sein. Ashton und ich werden bald ein Lagerfeuer für euch Mädchen anzünden."

„Oh, das klingt perfekt", sagt Harper mit einem Lächeln, während sie meine Tasche öffnet und die Schachtel mit Kondomen herausholt, die obenauf liegt. „Hattest du was geplant?", fragt sie trocken und legt den Kopf leicht schief, während sie zu mir hochschaut.

„Sicher ist sicher", lache ich und verlasse das Badezimmer, während sie meine Tasche durchsucht und ich im Flur warte, bis sie sich umgezogen hat.

Ich lehne mich an die Wand und verfluche mich innerlich dafür, dass ich die ganze Packung mitgeschleppt habe. Zwei Stück hätten locker gereicht – zumal zwischen Harper und mir bisher nichts passiert ist.

Ja, ich will, dass etwas passiert. Jedes Mal, wenn ich in ihre Augen sehe, ihren Duft einatme oder sie berühre, habe ich Bilder im Kopf, die alles andere als unschuldig sind – wie sie nackt in meinen Laken liegt, sich unter meinen Händen windet. Ich reiße mich zusammen, weil ich weiß, dass sie das braucht. Aber es frisst mich auf, dieses zurückgehaltene Verlangen, das sich anfühlt wie ein Vulkan kurz vor dem Ausbruch.

Und ich schwöre, dass sie es auch spürt.

„Luca", sagt Moreno, als er mit einem Stapel Unterlagen den Flur entlangkommt. „Schön, dass du zu Novas Geburtstag nach Hause gekommen bist."

„Das würde ich um nichts verpassen", antworte ich und zwinge mir ein Lächeln auf. Ich liebe Nova, klar. Aber wenn Harper nicht zugesagt hätte, wäre ich sicher nicht hier.

Vergangenes Jahr haben Nova und ich ihren Geburtstag am See verbracht. Ich habe ihr neue Schlittschuhe geschenkt, und wir sind stundenlang über das Eis gefahren – ein perfektes Geschenk und eine unkomplizierte Möglichkeit, dieses Anwesen zu meiden. Dieses Jahr habe ich nicht so viel Glück.

Dante wird sich freuen, dich zu sehen", sagt Moreno, doch seine leicht verengten Augen verraten, dass er selbst nicht so recht an seine Worte glaubt.

„Wir beide wissen, dass das nicht stimmt."

„Er mag dich auf seine eigene Weise", entgegnet er.

Natürlich verteidigt er Dante. Er arbeitet für ihn,

ist seine rechte Hand und würde ohne zu zögern alles tun, um den Don zu schützen.

„Wir wissen beide, dass ich für ihn eine Enttäuschung bin", sage ich ruhig. Ich mache mir da nichts vor. Es wäre naiv zu glauben, dass Dante mich liebt. Er liebt meine Mutter – warum, ist mir ein Rätsel, wenn man bedenkt, wie eiskalt er sein kann. Ich verschränke die Arme vor der Brust und lehne mich an die Wand.

In diesem Moment öffnet sich die Badezimmertür, und Moreno blickt hinüber. Harper tritt heraus – in meinem *Evergreen*-Sweatshirt, viel zu groß, aber sündhaft gut an ihr, und in meiner Jogginghose, die ich eigentlich nur hier im Haus zum Schlafen tragen wollte. Normalerweise schlafe ich in Boxershorts oder nackt. Das könnte heute Nacht immer noch passieren.

„Und wer ist diese junge Dame?", fragt Moreno und mustert erst Harper, dann mich.

„Ich bin Harper", sagt sie und reicht ihm höflich die Hand.

„Sie ist meine Freundin", erkläre ich und trete automatisch näher an sie heran. Ich glaube nicht, dass Moreno ihr etwas tun würde, aber ich gehe ungern Risiken ein. Außerdem wissen Novas Eltern nichts davon, dass sie Zeit mit uns an der Uni verbringt, und ich möchte keine zusätzliche Aufmerksamkeit auf sie lenken.

Harper bemerkt meinen Blick, wirkt kurz irritiert – dann nickt sie nur. „Ja", bestätigt sie schlicht, ohne nachzufragen. Sie drückt mir meine Reisetasche mit den Sachen in die Hand. „Danke", sagt sie leise, sieht mich an, beugt sich vor und küsst mich sanft auf die Wange.

Wenn sie hier die Rolle der liebevollen Freundin spielt, könnte ich mich daran gewöhnen.

In diesem Moment fliegt die Hintertür auf, und Mama kommt herein, dicht gefolgt von Nova.

„Nova!", sagt Moreno erfreut, als er seine Tochter sieht. „Du bist spät dran. Deine Gäste sind schon da."

„Von Gästen kann kaum die Rede sein", entgegne ich. „Nur meine Freundin und ich." Ich schnappe mir Harpers Hand, noch bevor sie überhaupt anfangen kann, die Situation zu hinterfragen, und verschränke unsere Finger ineinander.

Nova legt den Kopf leicht schief, der Ausdruck in ihrem Gesicht sagt deutlich, dass sie nicht sicher ist, welches Spiel wir hier gerade zu ihrem Wohl spielen.

„Liebling, du hast mir gar nicht erzählt, dass du eine Beziehung hast", ruft Mama begeistert, ihre

Augen vor Neugier weit aufgerissen, während sie über den Flur auf Harper zueilt.

Ich würde mich gern bei Harper entschuldigen, aber mir fehlen die Worte – und im nächsten Moment reißt Mama sie schon in eine überschwängliche Umarmung, löst unsere Hände voneinander, und die Reisetasche rutscht zwischen uns zu Boden. Sie landet mit einem dumpfen Plumps – genauso wie mein Magen. Dass sich das alles so überstürzt anfühlt, ist allein meine Schuld.

Nova kommt zu mir herüber und wirft mir einen Blick zu, der klar sagt: Was zur Hölle hast du vor? Meinst du das ernst?

Ich trete zu ihr, ziehe sie kurz in eine Umarmung. „Lange nicht gesehen", murmele ich und beuge mich zu ihrem Ohr. „Ich spiele das nur, um dich zu schützen. Sie wissen nicht, dass du bei uns an der Uni warst."

„Danke", haucht Nova zurück.

„Wir haben dir ein Geschenk mitgebracht", sage ich und nicke in Richtung des Geschenks, das Harper in der Hand hält.

Harper wirft mir einen vernichtenden Blick zu, als sie Nova die Geschenktüte überreicht. „Du hast mir bei diesem Geschenk überhaupt nicht geholfen", verrät mich meine falsche Freundin. „Ich habe dich gefragt, was ich ihr kaufen soll, und du hast mich abgewimmelt."

„Das klingt ganz nach meinem Sohn", sagt Mama trocken. „Kommt, wir gehen in die Küche und holen uns eine heiße Schokolade."

„Mama, Ashton ist draußen, und wir sollten bald mit dem Lagerfeuer anfangen."

„Lagerfeuer?", fragt Nova und sieht mich verwirrt an.

„Du wolltest eine Übernachtungsparty, hast mir ständig geschrieben, dass du einen richtigen Mädelsabend willst", erkläre ich. „Da dachte ich, es wäre perfekt, draußen ein großes Feuer zu machen – eine Geburtstagsnacht unter Sternenhimmel."

Dafür ist es allerdings ziemlich kalt draußen", gibt Mama zu bedenken, und ich kann ihr da schwer widersprechen.

„Ich kann schnell in den Laden fahren und ein paar Zelte holen", schlägt Moreno vor. „Für die Kinder."

„Wir sind keine Kinder mehr", faucht Nova. „Wir setzen uns ans Feuer und später schlafen wir in meinem Zimmer. Da ist genug Platz. Ember und Violetta haben abgesagt – aktuell sind wir nur zu dritt."

„Zu viert", korrigiere ich.

Nova sieht mich verwirrt an.

„Ashton ist draußen", sage ich.

Nova nickt. „Oh, stimmt."

Moreno streicht sich nachdenklich über das Kinn. „Wenn deine Freundinnen doch nicht über Nacht bleiben, werden die Jungs kaum alle in deinem Zimmer schlafen wollen. Ich lasse die Gästezimmer vorbereiten."

„Das ist nicht nötig", sage ich.

„Wo wollt ihr denn sonst schlafen?", fragt meine Mama.

„Nach dem Lagerfeuer wollten wir zurück zur Universität fahren und zu Hause übernachten", sage ich.

„Unsinn", winkt Mama ab. „Das hier ist dein Zuhause."

Moreno räuspert sich. „Warum haben du und Ashton dann beide Reisetaschen mitgebracht?" Allein sein Blick erinnert mich daran, dass er beruflich Männer verhört hat.

„Wir würden gerne über Nacht bleiben", sagt Harper und löst mit einem Lächeln die Spannung. Sie legt ihren Arm um meine Taille und zieht mich an sich. „Nicht wahr, Schatz?" Sie stellt sich auf die Zehenspitzen und gibt mir einen weiteren sanften, keuschen Kuss auf die Wange.

Sie weiß nicht, was hier vor sich geht, wie sehr ich unter diesem Dach jede Minute innerlich sterbe, wie sehr mich das an die Hölle erinnert, die ich miterlebt habe, und an das Blutvergießen, das ich gesehen habe. Ich habe versucht, es zu begraben, weiterzumachen und die Dinge zu vergessen, die ich als Kind im Keller gesehen habe.

Harper weiß nichts davon, weil ich ihr nie davon erzählt habe.

Warum sollte ich auch?

Wir sind nicht zusammen. Wir sind Freunde, und solche Geheimnisse kann man einem Freund nicht anvertrauen. Es ist die Art von Geheimnis, die jemanden das Leben kosten kann.

Mama beobachtet uns mit einem warmen Lächeln im Gesicht. Ich bin mir nicht sicher, aber es scheint, als würde sie mir die Freundin-Nummer abkaufen.

Moreno hingegen scheint etwas misstrauischer zu sein, wahrscheinlich weil es sein Job ist. Er ist jedem gegenüber misstrauisch.

Wir sitzen draußen auf Gartenstühlen um das Lagerfeuer herum, Harper sitzt neben mir. Sie beugt sich in ihrem Stuhl nach vorn und röstet einen Marshmallow. Ich möchte sie auf meinen Schoß ziehen, damit sie sich zu mir setzt, aber wir sind nur zu viert draußen, und ich bezweifle, dass sie sich wohlfühlen würde, wenn sie draußen *die falsche Freundin* spielen müsste.

„Es tut mir leid, dass deine anderen Freunde nicht gekommen sind", sagt Harper. „Aber ich bin hier und bereit, alles zu machen, was du noch für eine verrückte Pyjamaparty vorhast. Haare. Nägel ...“

„Kissenschlacht", witzelt Ashton mit einem Grinsen.

„Ich werfe dir ein Kissen ins Gesicht", sagt Nova und streckt ihm die Zunge heraus. „Jungs sind immer so pervers!“

„Nicht alle Jungs", sage ich. „Nur die aus dem Hockeyteam, also halte dich von denen fern.“

Nova verdreht die Augen. „Schon klar. Du hast mir mehr als deutlich gemacht, dass ich mich weder mit jemandem aus deinem Team noch mit deinen Mitbewohnern oder sonstwem aus deinem Umfeld einlassen soll. Aber weißt du was? Nächstes Semester bin ich selbst an der *Evergreen*.“

Ich stöhne. Der bloße Gedanke daran, dass sie dort anfangen könnte, jemanden anzubaggern, jagt mir einen Schauer über den Rücken. „Tu mir den Gefallen und spar dir das bis zur Hochzeit auf."

Harper lacht. „Na klar – so wie du es gemacht hast. Ihr seid doch alle gleich. Ein Haufen Heuchler."

Ich ziehe die Stirn kraus, rutsche auf meinem Stuhl hin und her und drehe mich zu Harper. „Warum glaubst du das?"

„Ach komm. Als hättest du dich nicht einmal quer durch die EU gevögelt." Sie fixiert mich und wartet nur darauf, dass ich widerspreche – und das Problem ist: Im Kern hat sie recht.

Ich habe mit vielen Mädchen geschlafen. In letzter Zeit mit keiner mehr, seit ich mein Augenmerk auf Harper gelegt habe, aber in meinem ersten Studienjahr hatte ich definitiv meinen Spaß.

„Nicht mit allen", erwidere ich und halte ihrem Blick stand. „Es gibt da eine, die ich noch gern vögeln würde."

Sie starrt mich an, dann versenkt sie ihr Marshmallow so tief im Feuer, dass er blitzschnell Flammen fängt. „Verdammt", flucht sie, als er in die Glut fällt. Sie zieht den leeren Spieß wieder heraus und richtet ihn wie eine Waffe auf mich.

„Ablenkung?", frage ich grinsend und lehne

mich ein Stück zurück, um nicht von dem heißen Spieß erwischt zu werden.

„Also, seid ihr jetzt eigentlich zusammen, oder was?", wirft Nova ein und fischt ein neues Marshmallow aus der Tüte. Sie hilft Harper, ihn auf den Stock zu spießen – eine Aufgabe, die ich nur zu gern übernommen hätte, wenn sie mir nicht gerade den Feuerspieß entgegenstrecken würde.

„Danke", murmelt Harper und hält ihr zweites Marshmallow des Abends über die Flammen.

Zum Glück ist die Tüte voll mit Jumbo-Marshmallows, ich habe das Gefühl, wir werden heute Nacht noch einige davon opfern.

Nova nimmt sich selbst einen, steckt ihn sich ungeröstet in den Mund und kaut zufrieden. Geduld ist definitiv nicht ihre Stärke.

„Du röstest die nicht erst?", fragt Ashton und hebt eine Augenbraue.

Nova zuckt nur mit den Schultern. „Könnte ich. Dauert aber zu lange."

Ashton schüttelt den Kopf, steht auf und holt sich noch einen Spieß. Er steckt gleich drei Marshmallows darauf und hält sie über die Flammen. „Wie dunkel sollen sie werden?"

„Nicht verbrannt", sagt Nova. „Mach nicht den Harper-Move und fackle sie komplett ab."

„Ich war abgelenkt", verteidigt Harper sich sofort.

„Was uns zurück zur Ausgangsfrage bringt", hakt Nova nach und lässt ihren Blick zwischen uns hin und herwandern. „Also: Seid ihr zwei jetzt zusammen oder nicht?"

„Man kann schwer mit einem Typen zusammen sein, wenn er deine Mitbewohnerin nach Hause bringt und sie direkt vor deiner Zimmertür küsst", sagt Harper trocken.

Mein Kiefer verkrampft. Verdammt. Ist sie deswegen immer noch sauer? Ich war sicher, wir hätten die Nacht inzwischen hinter uns gelassen.

Ashtons Augen werden groß. „Du hast mir nicht erzählt, dass du Quinn geküsst hast."

„Quinn also", sagt Nova langsam und wiederholt ihren Namen. „Und du wusstest davon?" Sie sieht Ashton fassungslos an.

„Ich saß im Auto und habe gewartet, bis er mich heimfährt", erklärt er.

„Ich wette, du fragst mich nach einem Spiel nie wieder nach einer Mitfahrgelegenheit", murmele ich. Es soll nicht schroff klingen, hört sich aber eindeutig so an. Ich bin genervt, dass Harper die Quinn-Sache auspackt – und noch genervter, dass Ashton das Thema breittritt, statt mir als Freund beizuspringen. Er war dabei. Er hat gesehen, wie sie draußen in der Kälte stand. Sollte ich sie etwa auf dem Parkplatz erfrieren lassen?

„Bitte fangt an meinem Geburtstag keinen Streit an", sagt Nova leise und sieht mich mit einem Blick an, der jedem das Herz zerreißen könnte.

„Ich streite mich nicht", behaupte ich.

„Das hätte ich dir fast abgenommen", kommentiert Ashton trocken. „Also seid ihr zwei nicht zusammen?" Sein Blick wandert von Harper zu mir, und ich könnte schwören, da flackert ein Funke Hoffnung in seinen Augen.

Ich springe auf, bereit klarzustellen, dass Harper zu mir gehört. Auch wenn wir offiziell kein Paar sind – Ashton hat bei ihr keine Chance.

„Setz dich", faucht Harper mich an, und ich könnte schwören, über ihr steigt Dampf auf.

Oder es ist nur der Rauch vom Feuer, der in ihre Richtung zieht. Könnte beides sein.

„Wir lassen es langsam angehen", sagt Harper dann, ihre Stimme nun viel ruhiger, als es ihr Tonfall vor ein paar Sekunden vermuten ließ.

„Das ist noch schmeichelhaft formuliert", murmele ich. Sie hat nicht Unrecht – „eiszeitlich" trifft ziemlich genau, was immer das hier zwischen uns ist. Wir haben uns geküsst, und es war alles, was ich mir ausgemalt hatte – nur besser. Seitdem will ich mehr. Und ich weiß, dass sie das auch will. Also, was bremst sie?

„Wenn du Quinn nicht geküsst hättest, wäre es vielleicht nicht ganz so frostig", merkt Nova trocken an.

Ich fasse es nicht, dass sie sich auf Harpers Seite schlägt. Sie müsste besser als jeder andere wissen, dass ich dieses Semester weder Quinn noch sonst irgendein Mädchen hergeschleppt habe. Sie ist oft genug hier gewesen, um zu sehen, dass Harper die Einzige ist, mit der ich wirklich Zeit verbringe.

„Ich passe nur auf mein Herz auf", flüstert Harper – leise, aber laut genug, dass der Wind ihre Worte einmal um den Kreis trägt.

„Luca wird dir nichts antun", sagt Nova genauso leise. „Und wenn doch, erledige ich ihn für dich."

Sie bohrt ihren Blick in mich.

„Ist angekommen", sage ich und atme tief aus.

„Hey, Freund", stichelt Harper und reicht mir den Schürhaken, an dem ihr Marshmallow langsam goldbraun wird. „Deine Mama hat heiße Schokolade erwähnt. Meinst du, ich kann schon mal rein und welche machen?" Sie steht auf, streckt die Beine, und ich nehme ihr den Metallstab ab, um weiter über das Feuer zu wachen.

Ich mag den Gedanken gar nicht, sie allein ins Haus zu lassen.

„Kann das nicht noch eine Minute warten?", frage ich und nicke zu dem Marshmallow. „Der ist gleich fertig. Dann komme ich mit rein und wir machen zusammen heiße Schokolade."

„Wie romantisch", wirft Nova ein. „Aber sie ist meine Freundin, also mache ich mit ihr heiße Schokolade." Sie steht auf und winkt Harper, ihr zu folgen.

„Wenn der fertig ist, esse ich deinen Marshmallow", drohe ich gespielt empört.

Harper zuckt nur mit den Schultern. „Es gibt genug Nachschub. Ich hab die Riesentüte gesehen. Ich bin tiefenentspannt."

Sie verschwindet mit Nova im Haus, und ich halte unwillkürlich den Atem an, während ich ihnen nachsehe, wie sie die Tür durchqueren.

„Alles klar bei dir?", fragt Ashton. Wir sitzen jetzt nur noch zu zweit am Feuer – auch wenn wir hier eigentlich nie wirklich allein sind. Überall am Haus, drinnen wie draußen, hängen Kameras.

„Klar", sage ich – und belüge Ashton, ohne mit der Wimper zu zucken. Ich kann ihm das nicht erklären, er würde es einfach nicht nachvollziehen. Ja, sein Vater ist auch in der Mafia, aber Ashton redet ernsthaft davon, nach dem Abschluss bei ihm einzusteigen und fürs Familiengeschäft zu arbeiten. Deswegen studiert er Kriminologie mit Schwerpunkt forensische Buchhaltung. Für mich klingt das alles nach maximaler Langeweile.

Keine zwei Minuten später höre ich die beiden drinnen reden, dann kommen ihre Stimmen näher. Ich werfe einen Blick über die Schulter, als sie zurück zum Feuer laufen. „Das war irgendwie komisch", sagt Nova.

„Ist er immer so?", fragt Harper Stirn runzelnd, während sie sich wieder neben mich setzt und die Hand nach dem Schürhaken ausstreckt, auf dem inzwischen ein perfekt gebräunter Marshmallow wartet.

Nur dass ich in dem Moment beschließe, ein bisschen fies zu sein. Ich ziehe den Marshmallow vom Spieß und führe ihn mir demonstrativ an den Mund.

„Hey! Der gehört mir!" Ihre Augen werden riesig vor Empörung.

„Ich hab dich gewarnt: Wenn du ihn liegen lässt, esse ich ihn", kontere ich und schiebe mir die klebrige Süßigkeit in den Mund, bevor sie reagieren kann.

Harper kneift die Augen zusammen – und im

nächsten Moment klettert sie auf meinen Stuhl und setzt sich rittlings auf meinen Schoß.

Überrumpelt lasse ich vor Schreck den Schürhaken fallen; der glühende Stab landet im Gras. Brauche ich ohnehin nicht mehr. Die Hand, in der ich eben noch den Marshmallow gehalten habe, wird von ihren Fingern gepackt, doch da ist es schon zu spät – der Bissen ist längst in meinem Mund verschwunden.

„Das war mein Marshmallow", faucht Harper, streckt die Zunge aus, leckt die klebrige Spur an meinem Mundwinkel weg – und schließt dann den Abstand zwischen uns.

Mein Mund ist noch voll mit heißem, zähem Zucker, und sie klammert sich an mich wie eine Raubkatze, die ihre Beute fixiert hat.

Verdammt. Hätte ich geahnt, dass sie bei gerösteten Marshmallows so aus der Reserve kommt, hätte ich sie schon viel früher damit gereizt.

Ihr Mund fordert meinen, ihre Zunge drängt meine Lippen auseinander, als wolle sie sich ihren Anteil zurückholen. Dieser Kuss ist weder sanft noch vorsichtig. Er ist wild, fordernd und durch und durch entschlossen. Sie nimmt sich einfach, was ich ihr vorenthalten wollte.

Ich greife mit meinen Händen nach ihren

Hüften und ziehe sie näher und fester an mich. Hat sie auch nur die geringste Ahnung, was sie da mit mir anstellt?

„Niemand kommt ins Haus, bevor Moreno oder ich sagen, dass es so weit ist. Haben wir uns verstanden?" Dantes Stimme hallt hinter mir wider.

Harper zieht sich sofort zurück, bleibt aber auf meinem Schoß sitzen, meine Hände halten sie fest an mich gedrückt.

Wann zum Teufel ist er nach draußen gekommen?

„Wir wissen es", sagt Nova mit einem genervten Seufzer. „Du hast uns schon rausgejagt, als wir heiße Schokolade gemacht haben." Ihr Tonfall ist etwas schnippisch, und ich kann es ihr nicht verübeln.

Ich bin Dante gegenüber auch immer schnippisch.

Es gibt nur einen Grund, warum Dante uns aus dem Haus fernhalten würde, und zwar, weil sich darin Ärger zusammenbraut.

„Ich wollte nur sicherstellen, dass die Ansage auch wirklich bei allen ankommt", fügt er hinzu.

„Verstanden, Sir", sagt Ashton.

„Sohn?"

Es schmerzt mich, wenn er mich *so* nennt. Ich zucke zusammen. „Ja, ich habe dich gehört, Dante."

Er hasst es, wenn ich ihn so nenne. Dante ist mein leiblicher Vater. Er ist nicht mein Stiefvater, und ich kann gar nicht zählen, wie oft er mich schon gescholten oder angeschrien hat, weil ich ihm nicht den Respekt entgegengebracht habe, den er verdient. Ich warte darauf, dass er mich erneut beschimpft. Er hat mich nie körperlich misshandelt. Das muss er auch nicht, damit ich weiß, dass er ein Monster ist.

Dante schüttelt den Kopf. „Ich habe keine Zeit für deine Spielchen", murmelt er und geht zurück ins Haus. Die Glasschiebetür fällt mit einem lauten Knall zu, und ich kann fast hören, wie die Vorhänge von innen zugezogen werden, um neugierige Blicke fernzuhalten.

Harper zieht sich zurück, aber ich halte sie mit meinen Händen an den Hüften fest. Sie zieht eine Augenbraue hoch. „Die Freundin-Show ist vorbei, dein Vater ist wieder im Haus. Du hast übrigens vergessen zu erwähnen, dass er seltsam ist."

„Warum glaubst du, ich meide ihn wie die Pest?", murre ich.

„Ja, genau deshalb", murmelt Ashton und verdreht die Augen. Ich werfe ihm einen warnenden Blick zu, damit er die Klappe hält. Ich will Harper weder unnötig verunsichern noch sie tiefer in diese ganze Sache hineinziehen, als es ohnehin schon der Fall ist. Dass Dante extra rausgekommen ist, um uns anzufahren, wir sollen uns vom Haus fernhalten, sagt mir alles, was ich wissen muss.

Sie lassen jemanden zum Verhör bringen.

Mir wird übel bei dem bloßen Gedanken an den armen Kerl, der die Familie Ricci verraten hat. Hoffentlich hat er keine Kinder, keine Frau, die auf ihn wartet. Wenn er Glück hat, wird niemand so genau hinschauen oder sich fragen, warum er plötzlich verschwunden ist.

Aber realistisch gesehen wird er nicht lebend nach Hause zurückkehren.

Moreno und Dante halten keine Leute aus Spaß fest. Sie verhören, weil sie Antworten wollen – und sobald sie bekommen haben, was sie brauchen, sind diese Männer für sie wertlos.

„Ich fass es nicht, dass sie mich an meinem eigenen Geburtstag aus dem Haus werfen", mault Nova und stöhnt leise.

„Vielleicht backen sie dir drinnen eine riesige Geburtstagstorte und wollen die Überraschung nicht ruinieren, bevor sie fertig ist?", wirft Harper trocken ein.

Ich schiebe ihr eine Haarsträhne hinters Ohr und streiche mit dem Daumen über ihre Wange.

„Süßer Gedanke", flüstere ich, „aber leider kompletter Quatsch."

Harper lächelt und zuckt mit den Schultern. „Ich bin trotzdem froh, dass du mir dein Sweatshirt gegeben hast. Es ist schweinekalt."

„Ich kenne ein paar Methoden, wie dir wieder warm werden könnte", murmele ich zweideutig.

Sie schlägt mir gegen den Arm, klettert von meinem Stuhl und greift nach einem Spieß, um sich den nächsten Marshmallow aufzustecken. Dann setzt sie sich wieder auf ihren eigenen Stuhl und rückt näher ans Feuer.

Ich stehe auf, sammle ein paar weitere Holzscheite ein und lege sie ins Feuer, damit die Flammen nicht kleiner werden. Die Kälte kriecht uns allen in die Knochen – zum Glück habe ich mich warm eingepackt, bevor wir hergekommen sind.

Ashton räuspert sich und blickt zwischen Harper und mir hin und her. „Also", sagt er langsam, „diese kleine Marshmallow-Aktion eben – war das nur Show für deinen Vater, oder was?"

Das ist sicherlich eine Frage, die mir im Moment durch den Kopf geht. Ich lobe Ashton dafür, dass er sie angesprochen hat.

„Du hast gesagt, ich sei deine Freundin", lächelt

Harper mich an. „Ich habe nur meine Rolle gespielt."

Nova prustet vor Lachen. „Klar, rede dir das nur weiter ein, Harper."

Harper verengt die Augen. „Ich dachte, du stehst auf meiner Seite, beste Freundin."

Meine kleine Schwester wirft theatralisch die Arme in die Luft. „Waffenstillstand. Zwingt mich nicht, mich zu entscheiden. Es ist immer noch mein Geburtstag, schon vergessen?"

„Schon gut", lacht Harper. „Willst du dein Geschenk aufmachen?" Sie deutet auf die Geschenktüte zu Novas Füßen.

„Oh, stimmt! Normalerweise mache ich das erst nach dem Kuchen, aber wer weiß, wann es heute Nacht Dessert gibt." Nova zieht die Tüte zu sich hoch und legt sie auf den Schoß. Zuerst holt sie die Karte heraus und klappt sie auf. Draußen ist es inzwischen stockdunkel, also aktiviert sie die Taschenlampe am Handy, um lesen zu können. „Wie süß."

„Teilst du die mit der Gruppe?", fragt Ashton erwartungsvoll, offensichtlich bereit, über den Text zu lachen, wenn sie die Karte herumreicht.

Nova kichert. „Nein, ganz sicher nicht! Wenn du Geburtstag hast, darfst du deine eigene Karte lesen."

Ihre Hände graben in der Tüte und ziehen ein entzückendes Narwal-Stofftier heraus, und ich frage mich unwillkürlich, ob sie das ausgewählt hat, weil es das Maskottchen meines Teams ist.

Mein Herz füllt sich mit Stolz.

„Oh mein Gott! Ist er nicht süß?", quietscht Nova, hält ihn an ihr Gesicht und stupst mit ihrer Nase an sein Horn. „Ich kann es gar nicht erwarten, nächstes Semester endlich dort anzufangen!"

„Da ist auch eine Geschenkkarte drin", sagt Harper und deutet auf die Tüte.

Novas Augen beginnen noch heller zu leuchten. Sie tastet nach der Karte, fischt sie heraus und hält sie ins Licht ihres Handys. „Buchhandlung! Ja! Wir gehen morgen früh sofort hin, dann kann ich mir ein neues Buch holen."

Ihre Begeisterung ist ansteckend.

„Klingt nach einem guten Plan", sagt Harper und lächelt.

„Was hast du mir geschenkt?", fragt Nova und dreht sich zu mir um.

„Wahrscheinlich hat er dir nur einen Beutel voller dreckiger Socken mitgebracht", witzelt Ashton, steht auf und streckt sich. „Mein Geschenk ist in meiner Tasche. Gebt mir eine Sekunde."

Er stapft zum Haus rüber – seine Taschen stehen

noch auf der Veranda –, wühlt kurz darin herum und kommt wenig später mit einem ordentlich verpackten Päckchen zurück.

Mist.

Ich reibe mir verlegen den Nacken.

Ich habe es nicht geschafft, Nova etwas zu besorgen – nicht, weil ich keinen Bock gehabt hätte, sondern weil ich in den vergangenen Wochen praktisch zwischen Vorlesungen und Eistraining gependelt bin und kaum vom Campus wegkam. Hätte ich mitgedacht, hätte ich rechtzeitig etwas bestellen können ... aber ganz ehrlich: Sie war in letzter Zeit nicht gerade ganz oben auf meiner Prioritätenliste.

Ich werde mir noch etwas einfallen lassen, bevor der Abend vorbei ist. Ich kann Moreno immer noch bitten, im Laden vorbeizufahren und etwas zu besorgen, wenn ich ihm Bargeld gebe. Es wäre nicht das erste Mal, dass er in letzter Minute ein Geschenk besorgt.

Novas Augen beginnen zu glänzen, als Ashton ihr die Schachtel überreicht – groß genug für seine Tasche, aber nicht so klein, dass es Schmuck sein könnte.

Gott sei Dank.

Ich würde ausflippen, wenn er ihr irgendetwas

mit Glitzer und Bedeutung schenken würde. Das wäre eine Spur zu persönlich.

Ashton hält ihr das Paket hin. „Alles Gute zum Geburtstag", sagt er mit einem schiefen Lächeln.

Nova verengt die Augen, nimmt es entgegen, hält es ans Ohr und schüttelt es leicht. „Definitiv kein Welpe."

Ashton lacht laut auf. „Garantiert kein Haustier."

„Reiß es endlich auf, oder willst du uns noch weiter auf die Folter spannen?", mische ich mich ein.

Nova wirft mir einen merkwürdigen Blick zu, als würde sie einen Gedanken wieder wegschieben, und schüttelt dann leicht den Kopf. Ohne ein weiteres Wort reißt sie das Geschenkpapier herunter und legt eine schlichte braune Box frei.

Nova zieht eine Augenbraue in die Höhe, klappt die Schachtel auf und zieht eine Lidschattenpalette sowie ein Parfüm heraus. „Oh mein Gott, das ist ja mega schön!", quietscht sie und packt sofort das Parfüm aus, hebt die Flasche an die Nase und schnuppert. „Danke, Ashton!" Ihre Freude überschlägt sich fast.

„Du hast ihr Make-up gekauft", sage ich, noch unschlüssig, was ich von seiner Geschenkidee halten soll.

„Ich *liebe* es!", ruft Nova begeistert.

„Ich wusste nicht mal, dass du überhaupt Make-up trägst." Ich sehe sie verblüfft an.

„Es gibt eine Menge, die du nicht über mich weißt", meint sie und zuckt mit den Schultern. „Du hängst ja ständig mit deiner *falschen Freundin* ab."

„Wir lernen", korrigiert Harper sie und zieht in aller Ruhe den Marshmallow vom Spieß, bevor sie hineinbeißt und genüsslich die Augen schließt.

Sie sieht verdammt sexy aus.

Ich muss mich sehr zusammenreißen, um nicht zu ihr hinüberzugehen, ihren Mund mit meinem zu erobern, sie zu küssen, sie zu kosten und diesen Marshmallow zusammen mit ihr zu verschlingen.

Verdammt, sie sieht dabei unverschämt sexy aus.

Es kostet mich wirklich alles an Selbstbeherrschung, nicht einfach aufzustehen, zu ihr hinüberzugehen, ihren Mund zu erobern, sie zu küssen, sie zu schmecken – und den Marshmallow gleich mit.

Scheiße.

Wann genau habe ich angefangen, so hoffnungslos in Harper McKenna zu verfallen?

„Du starrst mich an", murmelt Harper mit vollem Mund, ohne die Augen zu öffnen, als ihr mein Blick nicht entgeht.

NEUN

HARPER

„Wann darf ich mein Geschenk von dir aufmachen?", hakt Nova nach und fixiert Luca mit einem Blick, der eindeutig keine Ausreden akzeptiert. Sie wartet nur darauf, dass er ihr endlich etwas überreicht.

Mein Eindruck: Er hat gar nichts. Was nicht zu Luca passen sollte. Vielleicht hat er es vergessen, vielleicht liegt es noch irgendwo im Wohnheim – oder er schämt sich gerade in Grund und Boden, weil er mit leeren Händen dasteht.

„Später", sagt er mit einem frechen Grinsen.

Nova stöhnt und verdreht die Augen. Klassisches Teenager-Theater. „Schon klar. Zur Erinnerung: Du warst noch nicht mal offiziell eingeladen. Das hier sollte ein Mädchenabend werden, weißt du noch?"

„Ich finde es eigentlich ganz schön, dass Luca und Ashton doch gekommen sind", mische ich mich ein, bevor die Stimmung kippt. Ich spare mir den Hinweis, dass ihre Freundinnen kurzfristig abgesagt haben und wir ohne die Jungs jetzt nur zu zweit hier säßen.

Und das Lagerfeuer ist wirklich eine süße Idee.

Ich strecke mich und richte mich vom Stuhl auf, weil mir langsam alles wehtut – Beine steif, Hintern taub, und die Kälte macht es nicht besser. Winter wird nie meine Jahreszeit werden.

Ich vergrabe die Hände in den Ärmeln des Sweatshirts, das ich trage. Es riecht unverkennbar nach Luca, und ich bemühe mich sehr, nicht auffällig daran zu schnuppern. Er würde mich wahrscheinlich aufziehen, ich sei seltsam.

Es riecht nach ihm. Und ich mag diesen Geruch viel mehr, als ich zugeben will.

„Alles okay?", fragt Luca und schaut zu mir hoch, während ich vor ihm im Gras hin- und herwippe.

Er sitzt entspannt im Gartenstuhl, das Feuer wärmt ihm das Gesicht.

„Ja, ich muss nur kurz aufs Klo. Meinst du, es ist ein Problem, wenn ich ins Haus gehe? Falls sie drinnen etwas für Nova vorbereiten, bin ja nicht ich diejenige, die nichts sehen soll, sondern sie."

Luca räuspert sich, seine Augen werden kurz größer, und er kommt auf die Beine. „Du kannst nicht einfach so reinspazieren."

Ich blinzle. Wo ist das Problem? Wir waren doch vorhin im Haus. „Ich muss pinkeln. Entweder hier draußen oder drinnen, such's dir aus."

Ashton und Luca tauschen einen Blick aus, der ganz eindeutig etwas bedeutet.

„Was?", frage ich und schaue von einem zum anderen. Ganz offensichtlich verpasse ich hier einen wichtigen Teil der Story.

„Schon gut, ich bringe dich rein", sagt Luca schließlich, nimmt mich sanft am Arm und führt mich in Richtung Haus.

„Ich finde das Badezimmer auch allein", murmele ich. Mir erschließt sich bisher nicht, warum sie solch ein Drama daraus machen. Luca begleitet mich bis zur hinteren Veranda, kurz bevor wir die Tür erreichen.

„Sie haben uns gebeten, draußen zu bleiben, bis sie fertig sind", erinnert er mich.

Er klopft an die Glastür und öffnet sie einen Spalt, als sich hinter dem geschlossenen Vorhang eine Gestalt abzeichnet.

Der Mann, der erscheint, ist mir vollkommen unbekannt: groß, kräftig, Glatze, schwarze Hose – und als er die Tür weiter aufzieht, sehe ich, dass er einen dunklen Anzug trägt.

Luca beugt sich zu ihm, flüstert ihm etwas zu und wirft mir dabei einen schnellen Seitenblick zu.

Er sieht nicht aus wie ein Butler, eher wie Security oder ein Bodyguard, der zufällig bei einer Familienfeier herumsteht.

„Ich muss auf die Toilette", sage ich und unterbreche die leise Unterhaltung zwischen Luca und dem Fremden. „Lassen Sie mich rein, oder soll ich wie ein streunender Hund auf den Rasen pinkeln?"

Ich scherze – der Mann offensichtlich nicht. Er lacht nicht, und Luca zwingt sich, wie ich schwören könnte, zu einem verkrampften Lächeln.

„Sie macht Witze", sagt Luca schnell. „Aber sie muss wirklich dringend."

Der Mann räuspert sich, schaut über die Schulter ins Haus und knurrt: „Beeil dich. Wenn dein Vater dich hier drin sieht, war's das für mich."

Er zieht die Tür weiter auf und gibt den Weg frei.

Luca schließt wieder seine Hand um meinen Arm und führt mich den Flur entlang. Er läuft fast, als gäbe es einen Preis dafür, wer zuerst am Bad ist.

„Ganz ruhig", mahne ich ihn. „Ich bin kein Kleinkind, das gleich in die Hose macht."

Ja, ich muss wirklich, aber ich kann in einem normalen Tempo zur Toilette gehen – ohne Sprint durchs Haus.

Luca sagt nichts, sondern führt mich nur zum Badezimmer auf der linken Seite, stößt die Tür auf, schaltet das Licht und den Ventilator ein und schiebt mich praktisch hinein. „Beeil dich", sagt er.

„Schon gut, ich pinkel extra schnell – nur für dich", murmele ich zurück.

Ich schließe die Tür, lasse mich erleichtert auf die Toilette sinken und stelle erst dann fest, dass der Sitz beheizt ist. Es ist eine warme Toilette, mit einer Heizfunktion.

„Schick", murmele ich, während ich fertig werde und mir die Hände wasche. Ich werfe einen Blick auf mein Spiegelbild.

Meine Wangen sind rosig von der Kälte, ebenso wie meine Nase. „Ich sehe aus wie Rudolph", murmele ich, drehe den Wasserhahn zu und trockne meine Hände.

Dann entriegele ich die Tür und trete hinaus. „Willst du wirklich wieder raus? Es ist ziemlich gemütlich da drin, inklusive beheiztem Thron", sage ich und deute hinter mich.

Luca schüttelt sofort den Kopf. „Komm, wir gehen wieder nach draußen." Er legt seine Hand an meinen unteren Rücken und lenkt mich den Flur entlang zurück in Richtung Veranda.

Am Kücheneingang bleibe ich stehen. „Können wir vorher bitte noch heiße Schokolade machen? Draußen wird's langsam echt frisch. Meine Finger würden eine warme Tasse lieben."

„Natürlich", sagt er und drückt mir einen Kuss auf die Wange. Die einfache Berührung jagt ein elektrisches Kribbeln durch meinen ganzen Körper. Ich schaue mich kurz um – außer dem schweigsamen Bodyguard an der Tür ist niemand zu sehen. Von seinen Eltern keine Spur.

„Wofür war das gerade?", frage ich leise.

„Brauche ich einen Anlass, um dich zu küssen?", kontert Luca und lächelt so, dass mir die Schmetterlinge im Bauch komplett Amok laufen. „Ich setze das Wasser auf. Geh schon mal raus zu Nova, bevor sie mit Ashton vor Langeweile eingeht."

Er begleitet mich zur Hintertür, der Bodyguard zieht sie wortlos auf und lässt mich hinaus in die kalte Nachtluft.

„Seltsam", murmele ich vor mich hin. Ich gehe zum Lagerfeuer, stolpere fast über meine eigenen

Füße, aber zum Glück kann ich mich gerade noch auffangen, bevor ich mit dem Gesicht im Gras lande.

Das wäre peinlich gewesen.

„Wo ist Luca?", fragt Ashton und mustert mich.

Der macht Wasser heiß für Kakao", antworte ich und lasse mich wieder neben Nova in den Stuhl fallen. Sie hält mir grinsend die Marshmallow-Tüte hin.

„Heiße Schokolade ohne Marshmallows ist ein Verbrechen", verkündet sie. „Die da drin wissen offenbar nicht, wie man es richtig macht."

———

Später, als Nova genug vom Lagerfeuer hat und wir fürs Kuchenessen ins Haus gerufen werden, taucht Luca plötzlich mit einem riesigen, halbwegs chaotisch eingepackten Geschenk auf. Zwei unterschiedliche Sorten Geschenkpapier, wild zusammengeschnipselt – das ganze Paket sieht aus wie ein DIY-Notfallprojekt.

„Tut mir leid, mir ist das Geschenkpapier ausgegangen.

Nova lacht und zuckt mit den Schultern. „Glaubst du, mich interessiert das Geschenkpapier? Es ist riesig! Was ist das?"

„Mach es auf", sagt Luca und lehnt sich gegen die Küchenwand.

Ich war fest überzeugt, dass er ohne Geschenk aufgetaucht ist. Offenbar hat er es nur gut versteckt gehalten.

Ihre Eltern sind in der Küche. Paige nippt an einem Glas Wein, und Moreno schaut immer wieder auf sein Handy, offensichtlich abgelenkt von etwas – ich vermute, von seiner Arbeit. Er trägt immer noch einen Anzug. Der Mann sieht aus, als hätte er noch keinen Feierabend, und es ist schon weit nach zehn Uhr.

Ich nippe an meiner inzwischen dritten Tasse heißer Schokolade. Der Schokohunger ist komplett ausgebrochen, und das Zeug schmeckt sündhaft gut. Ich könnte schwören, Luca hat etwas hineingetan, das süchtig macht – oder es liegt einfach daran, dass sich hier gerade alles ein bisschen zu intensiv anfühlt.

Nova zerrt das Geschenkpapier vom Karton, reißt den Deckel auf und wühlt im Füllmaterial. Der Karton geht ihr fast bis zum Knie, doch je tiefer sie gräbt, desto mehr Papier kommt zum Vorschein – aber kein Geschenk.

„Hast du etwa das eigentliche Geschenk vergessen?", fragt sie misstrauisch.

Luca grinst. „Es sind zwei Geschenke in einem. Nummer eins: ein Umzugskarton."

Nova kneift die Augen zusammen. „Ich verstehe nicht."

Paige lächelt, als wäre sie in die Überraschung eingeweiht oder als hätte sie eine Ahnung, was Luca ihr geschenkt hat.

„Da du nächstes Semester an der EU studierst, kannst du bei uns wohnen. Jessie macht seinen Abschluss vorzeitig, und wenn er auszieht, kannst du diesen Winter bei uns einziehen, wenn du mit uns zusammenleben möchtest."

Novas Augen weiten sich und sie macht einen Schritt zurück, sichtlich überwältigt.

„Moment mal. Ihr wollt, dass ich in eure eklige Studentenbude ziehe? Niemals!" Sie verzieht angewidert das Gesicht. „Ihr putzt doch nie. Ich ziehe doch nicht ein, um eure Putzfrau zu werden. Das ist das mieseste Geschenk überhaupt, Luca." Sie hebt die Hand und zeigt ihm demonstrativ den Mittelfinger.

„Nova!", schimpft Paige mit ihrer Tochter.

Moreno ignoriert die ganze Unterhaltung, tippt auf seinem Handy herum, während er zwar körperlich in der Küche anwesend ist, gedanklich, aber meilenweit entfernt.

Sind Lucas Eltern auch so? Er wirkt seiner Mutter näher als seinem Vater – zumindest nach dem, was ich heute mitbekommen habe.

„Such weiter. Ganz unten ist noch eine Geschenkkarte", sagt Luca ruhig.

Nova stöhnt, greift den ganzen Karton, dreht ihn kurzerhand um und kippt den Inhalt auf den Küchenboden. Papier raschelt überall, bis sie schließlich einen kleinen Umschlag zwischen den Knäueln hervorzieht.

Sie reißt ihn auf und stößt einen begeisterten Schrei aus. „Heiliger Bimbam! Zweihundert Dollar für einen Wellnesstag!"

Ich dachte, du könntest deine neue beste Freundin mitnehmen", sagt Luca und deutet mit einem Nicken auf mich.

„Das war wirklich lieb von dir", sage ich leise, fasse seine Hand und drücke sie. Ich hätte nicht erwartet, bei diesem Geschenk mit eingeplant zu sein. Er hat offensichtlich tief in die Tasche gegriffen für Novas Geburtstag – und ihr zusätzlich angeboten, bei ihm einzuziehen. Dass sie bei der Vorstellung, mit ihrem Bruder und seinen Teamkollegen zusammenzuleben, das Gesicht verzieht, kann ich ihr allerdings nicht verdenken.

Ich bin mir nicht sicher, ob er das wirklich zu

Ende gedacht hat – außer, sein eigentlicher Plan ist, sie im Auge zu behalten. Seinen Teamkollegen hat er unmissverständlich klargemacht, dass Nova tabu ist. Ich habe gehört, wie Luca redet; er stellt sich schützend vor sie.

Das ist ehrlich gesagt ziemlich süß.

Alles Gute zum achtzehnten Geburtstag, Nova", sagt er. „Ich freu mich richtig, dass du nächstes Semester mit uns zur *Evergreen* kommst."

Sie wirft sich ihm um den Hals, überglücklich – zumindest über den Spa-Gutschein, das sieht man ihr an.

Paige und Moreno lächeln sich kurz an. Endlich legt er sein Handy zur Seite, wenn auch nur für einen Moment. „Wir haben auch noch ein Geschenk für dich, Schatz", sagt Paige.

„Komm kurz mit raus", meint Moreno und bedeutet uns, ihm durch den Hauptflur bis zur Eingangstür zu folgen.

Das Haus ist riesig. Drei Stockwerke, alles makellos gepflegt. Hier könnten locker mehrere Familien wohnen – was sie im Grunde auch tun, denn Nova und Luca sind gemeinsam in diesem Haus groß geworden.

Ich finde das ein bisschen ungewöhnlich, vor allem, weil sie angeblich nicht verwandt sind.

Zumindest laut Luca. Vielleicht sind Moreno und Paige mit seinen Eltern verwandt und Nova ist adoptiert? In meinem Kopf versuche ich, einen Stammbaum zu sortieren, verliere aber nach zwei gedanklichen Verästelungen die Geduld. Was bringt mir das überhaupt? Warum ist das wichtig? Solange es für sie funktioniert, ist es ihre Sache.

Wir gehen zur Haustür, und Nova reißt sie auf.

Moreno gibt Nova einen Satz Autoschlüssel für einen silbernen Zweitürer. „Herzlichen Glückwunsch zum Geburtstag."

„Ihr habt mir ein Auto geschenkt!"

Zum Glück musste ich das nicht sagen", flüstert Luca mir ins Ohr.

———

Später sitzt Nova mir im Schneidersitz auf dem Teppich ihres Zimmers gegenüber. Vor ihr breitet sich ein ganzes Arsenal an Nagellacken aus – Dutzende Farben, von Metallic und Glitzer bis Gel und allem dazwischen. Meine Finger- und Zehennägel sind schon fertig lackiert.

Die Jungs sitzen oben auf ihrem Bett. Ich beuge mich vor, greife nach dem Bein von Lucas und ziehe ihm kurzerhand die Socke von der Ferse.

„Was wird das, Harper?" Er starrt mich an, als wüsste er ganz genau, was kommt – und es trotzdem nicht verhindern kann.

„Pediküre", erkläre ich unschuldig. „Entspann dich." Ich blinzle Nova verschwörerisch zu. „Welche Farbe passt besser zu ihm?" Ich halte ihr zwei Fläschchen hin – ein kräftiges Blau und ein sattes Violett.

„Definitiv lila", kichert sie.

„Auf keinen Fall", knurrt Luca, während ich beinahe eine der Flaschen fallen lasse. Zum Glück sind beide gut zugedreht.

Ich umklammere seinen Knöchel fester. „Na schön, dann eben Blau."

„Lasst sie einfach machen", sagt Ashton und deutet auf uns beide auf dem Boden. „Es ist ja nicht so, als würde jemand auf eure Füße schauen."

„Ich schaue auf meine Füße!", sagt Luca, als wäre die Erklärung genug, um uns davon abzuhalten.

Nova lackiert die letzten Zehen und zeigt auf Ashton. „Welche Farbe soll es sein?"

Er atmet leise aus und lässt seinen Blick über die auf dem Boden ausgebreiteten Farben schweifen. „Lackiere meine Zehen in derselben Farbe wie die Narwale." Er strahlt stolz.

„Türkis und Weiß. Verstanden." Nova nimmt die

beiden Farben. „Ich lackiere deine Zehen türkis und füge dann ein paar weiße Akzente hinzu."

„Ist dir bewusst, dass das niemand sehen wird?", fragt Luca und wirft ihr einen vielsagenden Blick zu.

„Ich weiß, deshalb bekommst du als Nächstes eine Maniküre", sage ich.

Luca stößt einen Seufzer aus. „Na gut, aber du solltest besser in der Lage sein, Narwale auf meine Fingernägel zu schreiben."

Novas Augen leuchten auf. „Oh, das bekomme ich definitiv hin."

Ashton grinst und deutet auf mich. „Nichts da, Harper übernimmt seine Nägel. Du machst meine. Finger und Zehen, Baby." Er wedelt theatralisch mit den Fingern vor Novas Gesicht und genießt offensichtlich jede Sekunde.

„Du willst dich wirklich mit mir anlegen?" Nova sieht ihn verblüfft, aber auch ein bisschen amüsiert an.

Ashton zuckt mit den Schultern. „Warum nicht? Ich bin mir meiner Männlichkeit ziemlich sicher", prahlt er und schickt Luca ein breites Grinsen.

„Idiot", murmelt Luca und zeigt ihm den Mittelfinger.

Eine gute Stunde später, der Nagellack ist wieder verstaut, Nova kämpft gähnend gegen den Schlaf an, und schließlich werden wir zu den Gästezimmern für die Nacht gebracht.

Luca begleitet mich zu meinem. „Ich bin direkt nebenan, falls du irgendwas brauchst", sagt er und deutet auf die Tür gegenüber.

„Ist das dein Kinderzimmer?", frage ich, bleibe im Flur stehen und möchte einen Blick hineinwerfen.

„Ja, aber da ist wirklich nichts mehr von mir drin", sagt er.

„Wie meinst du das?"

„Ich zeige es dir", sagt er und führt mich in sein Schlafzimmer. Es fühlt sich kalt an, obwohl die Temperatur angenehm ist. Die Wände sind kahl und in einem Cremefarbton gestrichen, der den Raum noch langweiliger wirken lässt.

Auf der Kommode hinten steht nichts Persönliches, auf dem Nachttisch nur eine Digitaluhr. Der Raum sieht aus, als hätte jemand vergessen, ihn zu dekorieren.

„Das war dein Zimmer?", frage ich leise. Das Einzige, was von ihm zeugt, ist seine Reisetasche auf dem Bett. Keine Trophäen, keine Medaillen, keine Poster, nichts, was darauf hindeutet, dass hier einmal ein hockeyverrückter Teenager gewohnt hat.

„Wie ich schon sagte, hier ist nichts mehr von mir."

Es ist traurig, und mein Herz bricht, als ich nach seiner Hand greife. Es ist fast so, als hätten sie ihn ausgelöscht.

In meinem Schlafzimmer zu Hause hängen hingegen immer noch die gerahmten Drucke mit den Autogrammen meiner Lieblingsautoren. An der Wand neben der Tür hängt ein Schmuckständer mit meinen Halsketten, und in meiner Kommode liegen meine Ringe und Ohrringe sicher verstaut und warten darauf, dass ich nach Hause komme, um sie mir anzusehen. An meinen Wänden hängen Poster meiner Lieblingsmusiker und sogar ein signiertes Filmplakat von der lokalen Comic-Convention, die ich letzten Sommer besucht habe.

In seinem alten Zimmer erinnert nichts mehr an Luca, und das trifft mich unerwartet hart.

„Hast du alles mitgenommen, als du ausgezogen bist?", frage ich. Ich versuche, die Situation zu verstehen. Er wohnt in einer Wohnung, ich im Studentenwohnheim. Er hat viel mehr Platz, ein eigenes Schlafzimmer, während ich meinen Raum mit Quinn teilen muss.

„Kaum." Er zuckt mit den Schultern. „Mutter hat

ein paar Kisten mit meinen Sachen behalten und auf den Dachboden schaffen lassen."

Ich lasse den Blick noch einmal über die kahlen Wände schweifen und deute mit der Hand auf den leeren Raum. „War das Dantes Idee?", frage ich. Ich kann mir kaum vorstellen, dass das von seiner Mutter ausgegangen ist. Wie er heute Abend von seinem Vater gesprochen hat, wie Dante mit ihm redet – es ist klar, dass zwischen ihnen etwas zerbrochen ist. Nur weiß ich nicht, was.

Er lacht leise. Es ist ein düsteres Lachen, voller Wut und Schmerz. „So kann man es nennen."

„Was meinst du damit?"

„Er wollte mich auslöschen."

„Ist etwas zwischen euch passiert oder ..." Die Frage bleibt mir im Hals stecken. Vielleicht wollte er einfach nie ein Kind.

Luca wendet den Blick ab, als könnte er ihn nicht auf mir ruhen lassen. „Das ist eine Geschichte für nie", sagt er schließlich. Nach einem Moment seufzt er, dreht sich wieder zu mir und versucht ein Lächeln. „Komm, lass uns dich in deinem Zimmer bettfertig machen. Es sei denn ... du willst bei mir schlafen?"

Mein Atem stockt.

Ich greife nach seiner Hand, verschränke unsere Finger und ziehe ihn näher zu mir.

Da ist diese Schwere in ihm, eine Kälte, die nichts mit der Temperatur im Raum zu tun hat, und ich möchte sie vertreiben, auch nur ein bisschen.

Er tut mir weh, so sehr, dass es mir selbst wehtut.

„Kann ich heute Nacht bei dir bleiben?", frage ich leise, fast zögernd – mit der irrationalen Angst, dass sein Angebot nur ein Scherz war und er mich gleich lachend in mein Gästezimmer zurückschickt.

Luca beugt sich vor und drückt seine Stirn gegen meine. Die Wärme seines Atems, seine Berührung, das Gefühl seiner Energie, die mich umgibt, reichen aus, um mich warm und kribbelig zu machen.

Er löst unsere Hände voneinander, nur um mein Gesicht berühren zu können. Er fasst mein Gesicht mit beiden Händen und schaut mir in die Augen, bereit, mich zu küssen.

Worauf wartet er?

„Ich glaube, ich kann Platz für dich in meinem Bett schaffen", sagt Luca mit einem ironischen Lächeln und zieht mich näher an sich heran.

Ich spüre jede Bewegung seiner Brust, jeden Atemzug gegen meinen Körper. Sein Blick wandert über mein Gesicht, als wolle er sich jede Linie, jede

Sommersprosse einprägen. Seine Finger streifen meine Wange, sanft, fast ehrfürchtig.

„Willst du mich küssen oder mich nur anstarren?", frage ich grinsend und hebe herausfordernd eine Augenbraue.

„Ich könnte dich jeden Morgen und jeden Abend ansehen", sagt er leise, „so selbstverständlich wie den Sonnenaufgang und den Sonnenuntergang."

Ich stupse ihn mit meiner Schulter an. „Funktioniert dieser Spruch bei allen Mädchen?", frage ich.

Luca lächelt und zuckt kaum merklich mit den Schultern. „Keine Ahnung. Ich habe ihn noch nie bei jemand anderem ausprobiert."

Seine eine Hand bleibt an meiner Wange liegen, seine Berührung sendet einen warmen Strom durch meinen Körper. Die andere gleitet an meine Hüfte, seine Fingerspitzen finden ihren Platz auf meinem Shirt, fest und zugleich behutsam.

„Ob du es glaubst oder nicht, Harper, ich bin nicht der Frauenheld, für den du mich hältst", sagt er ruhig.

Sein Blick trifft mich so direkt, dass mir kurz die Luft wegbleibt. Ich finde keine passende Antwort, also sage ich gar nichts.

„Seit ich dich getroffen habe, geht mir niemand anderes mehr durch den Kopf", flüstert er und setzt einen sanften Kuss an meinen Mundwinkel.

Ich lehne mich ihm entgegen, öffne die Lippen, bereit, ihn richtig zu küssen.

Aber er scheint seine eigenen Pläne zu haben.

„Das kannst du mir nicht erzählen", flüstere ich und versuche, mich an all die Mädchen zu erinnern, die ihn im Flur oder nach dem Unterricht anquatschen. Hat er mit irgendeiner von ihnen geflirtet?

„Ich schwöre dir, es stimmt. Sogar Ashton kann bezeugen, dass ich dieses Jahr brav war. Kein anderes Mädchen war in meinem Zimmer."

Langsam breitet sich ein Lächeln auf meinem Gesicht aus. „Außer Nova", erinnere ich ihn und denke an die Hausparty, als ich die beiden zusammen die Treppe herunterkommen sah.

„Sie zählt nicht. Sie ist wie eine Schwester für mich, und das weißt du", sagt Luca ernst und hält meinen Blick, als wolle er mir zeigen, wie ehrlich er gerade ist – und wie angreifbar.

„Okay, verstanden", sage ich und verziehe spielerisch das Gesicht. „Aber heute Abend reden wir nicht mehr über deine Schwester."

„Gern." Er tritt näher, sein Atem streift meine

Haut, und er nimmt sich absichtlich Zeit: ein Kuss auf meine Nase, dann auf die Wange, dann ans Kinn, sanft und quälend langsam.

„Oh mein Gott, küsst du mich jetzt endlich?", murre ich und stelle mich auf die Zehenspitzen, um meinen Mund auf seinen zu drücken.

Er liebt es eindeutig, mich warten zu lassen, mich nervös zu machen, mich an den Rand zu treiben.

Leise lachend weicht er gerade so weit zurück, dass er mir in die Augen sehen kann, während seine Hände sich um meine Hüften legen. „Jemand muss dir ein bisschen Geduld beibringen", sagt er zufrieden und lässt seine Lippen knapp über meinen schweben, ohne sie zu berühren.

Seine Finger streichen langsam über meine Hüften, schieben dabei den Saum seines Sweatshirts ein Stück nach oben, bis seine Berührung auf meiner nackten Haut brennt.

Ich lehne mich gegen ihn, hungrig nach mehr, und habe das Gefühl, dass wir gerade erst anfangen – und er mich trotzdem schon halb fertig macht.

„Ich brauche keine Geduld", murmele ich und beuge mich vor, entschlossen, ihn jetzt endlich zu küssen – oder ihn dabei umzubringen. Vielleicht beides.

Er wich gerade so weit zurück, dass ich ihn nicht erreichen konnte, mit diesem selbstzufriedenen Funkeln in den Augen. Seine Hände blieben an meinen Hüften, hielten mich fest gegen ihn gedrückt, seine Berührungen ein einziger Provokationsakt, während seine Finger über den Bund der Jogginghose streichen, die ich trage.

„Ich bin mir ziemlich sicher, dass du sie brauchst", sagt Luca leise. In seinen grauen Augen funkelt es. Aber hinter diesen Augen verbirgt sich etwas Dunkleres, Schwereres, angeheizt von Begierde und Verlangen. „Dein Körper sehnt sich nach mir, aber solange deine Lippen das nicht auch tun, bist du noch nicht bereit für mich."

Ich bin schockiert und mein Mund steht offen.

Ich starre ihn völlig überrumpelt an – und genau in diesem Moment senkt er seinen Kopf. Seine Lippen treffen meine, heiß und fordernd, seine Zunge drängt sich zwischen meine, und ich kralle mich an ihm fest, ziehe ihn näher, dichter, tiefer.

Ich sehne mich bereits nach mehr, aber er scheint andere Absichten zu haben, als er den Kuss unterbricht.

Ich schnappe nach Luft, der Raum wirkt plötzlich kleiner, wärmer. Meine Haut brennt, mein Puls rast – und Luca steht einfach vor mir, nur mit leicht geröteten Wangen, als wäre das hier für ihn gerade mal der Anfang.

„Habe ich dich sprachlos gemacht?", er neckt mich. Dieser Mann könnte mich ruinieren, und ich würde mit einem Lächeln in mein eigenes Verderben rennen.

„Ich werde niemals um etwas betteln", sage ich und kneife die Augen zusammen.

So heiß Luca auch ist, er wird mich niemals betteln sehen.

Niemals.

Ich gehe rückwärts mit ihm zur Matratze und drücke ihn sanft auf das Bett. Ich setze mich rittlings auf seine Hüften, meine Hände auf seiner Brust.

„Bist du dir da sicher?", fragt er und lächelt mich an. Seine Hände necken meine Haut, während ich mich an ihm reibe, und ich beobachte, wie seine Kontrolle Risse bekommt.

Wir tragen zu viele Klamotten. Selbst durch den Stoff spüre ich deutlich, wie sehr er mich will.

Wurde auch verdammt noch mal Zeit.

Trotzdem gibt er sich nicht der Lust hin. Er lehnt sich zurück, schaut mich an, als wäre ich das Einzige im Raum, was noch existiert, und schiebt den Saum meines Shirts und seines Sweatshirts Stück für Stück höher. Seine warmen Finger gleiten nach oben, seine Fingerspitzen streifen zaghaft die Rundung meiner Brüste – und mein ganzer Körper antwortet mit einem einzigen, vibrierenden Ja.

Ich atme scharf ein und spüre, wie eine Welle der Wärme mich durchflutet.

Seine Berührung ist pure Elektrizität, summend und lebendig.

„Du wirst derjenige sein, der bettelt", murmele ich und sehe auf ihn hinab, während sich meine Hüften langsam gegen seine bewegen.

Seine Augen fallen für einen Herzschlag lang zu, und ich kann zusehen, wie seine lässige Fassade bröckelt.

Es fühlt sich verdammt gut an, zu wissen, was ich mit ihm anrichte.

Er schüttelt den Kopf. „Du wirst betteln", haucht er, genau in dem Moment, in dem ich mich vorbeuge, meine Zunge an seinem Hals entlanggleiten lasse und seine warme Haut koste, bevor ich zu seinem Mund weiterwandere.

„Da wäre ich mir nicht so sicher", flüstere ich grinsend und gebe der Versuchung nach, während ich meinen Körper eng an seinen schmiege.

Die Küsse sind heiß und leidenschaftlich, angeheizt von Feuer, als er seine Beine um meine

Hüften schlingt, uns herumwirbelt und mich auf den Rücken drückt.

Sein Körper bedeckt mich nur für einen kurzen Moment, bevor er von mir heruntersteigt, und ich wimmern.

„Schon gut", sagt er mit einem schiefen Grinsen. „Ich gehe nirgendwohin. Du bist in meinem Schlafzimmer, erinnerst du dich?"

Luca zieht sich das Shirt über den Kopf und lenkt mich zurück auf die Matratze, bis mein Kopf das Kissen berührt und ich nichts anderes mehr kann, als zuzusehen, wie er sich auszieht.

„Bekomme ich keine Strip-Show?", necke ich ihn und mache eine auffordernde Handbewegung, als wollte ich ihn drehen wie einen Schauspieler auf einer Bühne.

„Beim nächsten Mal", verspricht er – und in seiner Stimme liegt die stille Zusage, dass es ein nächstes Mal geben wird.

Er lässt seine Jogginghose auf den Boden fallen und steht nackt in seiner ganzen Pracht am Ende des Bettes.

Ich richte mich auf, drehe mich zu ihm um und krieche auf allen vieren über die Matratze, unfähig, den Abstand zwischen uns länger zu ertragen. Er ist absolut umwerfend, von seinen durchtrainierten und gebräunten Bauchmuskeln bis hinunter zu seinem ganzen Körper.

Luca versteckt sich nicht vor mir.

Er hat keinen Grund dazu, und ich liebe es, wie selbstverständlich er in seiner Haut steckt. Er hat auch den Körper eines Athleten, perfekt geformt mit kräftigen Muskeln. Er ist ein Kunstwerk.

Es fällt mir schwer, den Blick abzuwenden.

Er lächelt schief und legt den Kopf leicht zur Seite. „Bist du bereit zu betteln?", fragt er.

Ich bin mir nicht sicher, ob er scherzt, aber ich gehe auf die Knie, schlinge die Arme um seinen Nacken und ziehe ihn zu mir. Ich muss ihn spüren, um sicherzugehen, dass das hier wirklich passiert und kein Traum ist.

„Ich glaube, du bist derjenige, der betteln wird", flüstere ich und berühre seine Lippen.

Unter meinen Händen ist seine Haut warm, seine Muskeln angespannt, als meine Finger langsam über seinen Bauch streichen und hinunter zu seiner Leiste gleiten.

Er packt meine Hand, drückt mich auf den Rücken, drückt meine Hände zusammen auf die Matratze und hält mich fest.

Es ist aufregend, und mein Körper entflammt, als er mich auf dem Bett festhält. Er ist nackt und warm, und ich möchte so gerne Haut auf Haut spüren. Das ist eine Qual. „Bitte", flüstere ich, und ein wissendes Lächeln huscht über sein Gesicht.

„Du hörst so gut zu", sagt er, während er sich über mich beugt.

Es ist schwül, aber ich bin mir ziemlich sicher, dass die Wärme ausschließlich von uns beiden ausgeht. „Ich habe zu viel an."

„Das ist keine Bitte." Luca lächelt und lässt mich los. „Aber du hast recht. Du bist zu angezogen, und ich glaube, es ist Zeit für deinen Striptease", flüstert er mir ins Ohr.

Mein Atem stockt, die Schmetterlinge in meinem Bauch schlagen Purzelbäume. „Ich weiß nicht, ob ich das kann", gestehe ich leise. „Wie wäre es, wenn du einfach da weitermachst, wo du aufgehört hast?"

Er grinst und steigt von mir herunter. „Nur zu." Luca reicht mir die Hand und hilft mir von der Matratze, während ich ihn verwirrt ansehe. „Ich hätte dich gerne als meine persönliche Stripperin."

Seine Worte rauben mir den Atem. „So hatte ich das nicht gemeint ..." Die Hitze steigt mir ins Gesicht, und ich bin mir sicher, dass ich knallrot bin – hier drinnen ist es heiß wie in der Hölle.

Luca hilft mir langsam aus den Sachen, die er mir

heute Abend für das Lagerfeuer geliehen hat. Ein Teil nach dem anderen gleitet zu Boden, und für einen Moment überrollt mich das altbekannte Gefühl, nicht genug zu sein – bis seine Lippen meinen Hals finden und jeden Zweifel fortküssen, während er sich langsam weiter nach unten vorarbeitet.

„Schau dich an", murmelt er heiser, als er sich meinen Brüsten nähert. „Du gehörst zu mir." Seine Stimme ist tief, rau und voll von einem Verlangen, das mir den Kopf verdreht. „Du weißt nicht, was du mit mir anrichtest."

Er knabbert an meiner Haut, küsst und schmeckt mich, während meine Finger sich in seinem Haar verheddern und über seinen Rücken gleiten.

Dann zieht er mich zu sich hoch, und automatisch schlingen sich meine Beine um seine Hüfte, als unsere Lippen wieder aufeinanderprallen, heißer, dringlicher. „Gott, wie lange ich dich schon will", haucht er zwischen zwei Küssen, und mein Herz macht einen Satz.

Luca trägt mich zur Matratze und legt mich auf den Rücken. Er lässt mich kurz los, um ein Kondom aus seiner Reisetasche zu holen. „Bist du nicht froh, dass ich die mitgebracht habe?" Er zeigt mir die

Folienverpackung und lässt sie für später auf die Matratze fallen.

Ich nehme die Pille", antworte ich, atemlos. „Aber ja, doppelt hält besser. Obwohl ... glaubst du wirklich, dass du die ganze Packung brauchst?"

„Oh, ich hoffe es", murmelt er und beugt sich wieder zu mir hinunter. Seine Lippen zeichnen einen Weg über meine Haut, seine Hände öffnen meine Schenkel, doch statt dort zu bleiben, neckt er mich, indem er weiter an meinen Beinen hinabwandert. „Ich will jeden Zentimeter von dir auswendig kennen."

Ich versuche, meine Atmung und mein Stöhnen so leise wie möglich zu halten. Ich greife nach einem Kissen und drücke es mir auf das Gesicht, als sein Mund zwischen meinen Beinen schwebt. Ich weiß nicht, wie dünn die Wände sind, und ich möchte nicht, dass uns jemand hört, vor allem nicht seine Familie.

Er lacht leise, zieht mir das Kissen weg und wirft es zur Seite. „Schau mich an, Baby", sagt er sanft, und sein Blick lässt alles andere verschwinden.

Seine ruhige, bestimmende Stimme jagt mir einen Schauer über den Rücken. Ich stöhne, und er lächelt, während seine Zunge meine Schamlippen neckt, ohne mich dort zu berühren, wo ich es am meisten begehre. Luca weiß genau, was er tut. „Das ist mein Mädchen."

Er lässt sich Zeit, und jedes seiner Worte schickt neue Wellen von Hitze durch meinen Körper, bis meine Gedanken nur noch aus flackernden Funken bestehen.

„Luca", krächze ich, meine Finger krallen sich in die Bettlaken, während alles in mir nach mehr schreit. „Ich will dich in mir spüren." Ich bin an diesem Punkt nicht mehr weit davon entfernt, zu betteln.

„Du schmeckst so verdammt gut." Sein Mund ist auf mir, seine Zunge neckt meine Klitoris und macht mich völlig verrückt.

Seine Hände halten meine Hüften fest, sein Rhythmus bleibt ruhig und gleichmäßig, während ich mich dem Höhepunkt nähere.

„Komm für mich", flüstert Luca, und mein Körper gehorcht ihm, als würde er nur auf dieses Kommando gewartet haben.

Meine Zehen krümmen sich, ich werfe den Kopf in den Nacken, während die erste Welle über mich hinwegrollt und mich erzittern lässt.

Keuchend ringe ich nach Luft, mein Herz stolpert, als würde es jeden Moment aus meiner

Brust springen, während ich noch unter ihm nachbebe.

„Braves Mädchen", sagt Luca, als er sich wieder an meinem Körper entlang nach oben schiebt und nach dem Kondom greift, das neben uns auf der Matratze liegt.

Ich versuche, meinen Atem zu beruhigen, streiche mit den Fingern über ihn, weil ich jeden Zentimeter von ihm spüren will. „Ich will dich in mir", wiederhole ich, damit er keinen Zweifel daran hat, dass wir noch längst nicht am Ende sind.

Alles in mir kribbelt, mein Körper ist flüssige Wärme – und ich kann kaum glauben, wie leicht es ihm fällt, mich genau dorthin zu bringen. Noch nie hat es sich so angefühlt.

Ich greife nach Luca, lege meine Hände auf seine Wangen und ziehe seinen Mund wieder zu mir herunter, weil ich ihn schmecken will. Ich sehne mich nach ihm wie man nach Luft zum Atmen, aber das hier ist so viel intensiver. Es ist, als würde ich ertrinken und er wäre die Wasseroberfläche, die mich am Leben hält.

Seine Lippen verschmelzen wieder mit meinen, seine Zunge dringt in meinen Mund, während er das Kondom überstreift. Dann gleitet er tiefer, streift mit seiner Härte über mich, neckt mich an der empfindlichen Stelle, bis mir fast der Verstand verloren geht.

Ich stöhne und kralle meine Fingernägel in seine Schulter. „Willst du mich die ganze Nacht lang necken?", flüstere ich und schaue zu ihm auf.

„Nur so lange, bis du es nicht mehr aushältst", murmelt Luca mit einem schiefen Lächeln. „Du hast die perfekten Lippen zum Küssen." Im nächsten Moment legt er seinen Mund wieder auf meinen, fordert mich hungrig, als hätte er viel zu lange auf genau das gewartet.

Es reicht aus, um mir das Gefühl zu geben, mein Herz würde in meiner Brust zerspringen. „Dein ...", ich schaue zwischen uns hinunter. Ich weiß nicht, wie er in mich hineinpassen soll.

Er ist verdammt groß.

Natürlich hat er so etwas vermutlich schon von anderen Frauen gehört, aber der Gedanke macht es nicht weniger real. Ich hatte Sex, ja, aber es liegt über ein Jahr zurück, und nichts davon fühlt sich auch nur annähernd so intensiv an wie das, was zwischen Luca und mir gerade passiert.

Meine Jungfräulichkeit habe ich schon in der Highschool an meinen völlig miesen Ex-Freund verloren.

„Hast du jemals ...", flüstert Luca. „Wenn nicht,

können wir es langsam angehen lassen." Er ist so nett, und ich weiß, dass er es nicht langsam angehen lassen will, aber ich schätze seine Bereitschaft, auf meine Bedürfnisse einzugehen.

„Ich will, dass du mit mir schläfst, Luca", sage ich und gebe ihm damit meine eindeutige Zustimmung – auch wenn ich Angst habe, dass es wehtun könnte, will ich es genau mit ihm. Und sollte irgendeine andere Frau versuchen, ihre Krallen nach ihm auszustrecken, müsste ich sie vermutlich eigenhändig aus dem Weg räumen.

Das Lächeln verschwindet nicht aus seinem Gesicht. „Ich habe darauf gewartet, dass du das sagst."

Seine Finger necken meine Muschi; erst einer, dann zwei streicheln mich und sorgen dafür, dass ich bereit für ihn bin. Er dehnt mich mit einem dritten Finger, und als ich stöhne, bedecken seine Lippen meine. Er ist schnell, zieht seine Finger zurück, und als ich vor Lust wimmer, füllt er mich langsam mit der Spitze seines Schwanzes.

Ich schnappe nach Luft, der Schmerz ist so intensiv und süß, dass er sich fast gut anfühlt, und er senkt erneut seine Lippen auf meine. Dieses Mal knabbert er an meiner Unterlippe, während ich bebend unter ihm liege.

„Du hältst das aus", murmelt er, sein Mund streift meine Kieferlinie hinauf bis an mein Ohr. „Du fühlst dich so verdammt perfekt an."

Ich ziehe die Knie an, öffne mich noch weiter für ihn, schlinge dann die Beine um seine Hüften und ziehe ihn tiefer in mich hinein.

„Du hältst das aus", murmelt er, sein Mund streift meine Kieferlinie hinauf bis an mein Ohr. „Du fühlst dich so verdammt perfekt an."

Ich ziehe die Knie an, öffne mich noch weiter für ihn, schlinge dann die Beine um seine Hüften und ziehe ihn tiefer in mich hinein.

„Hör nicht auf", keuche ich, während mein Körper schon wieder auf ihn reagiert.

Luca grinst – er weiß genau, was er mit mir macht. Seine Hüften stoßen gleichmäßig gegen meine, erst langsam, dann schneller, bis der Rhythmus intensiver wird und ich noch nie so dankbar für ein Bettgestell war, an dessen Holzstreben ich mich festkrallen kann, als hinge mein Leben daran.

In mir brennt alles, ich spüre, wie der nächste Orgasmus sich anbahnt, während Lucas Atem rauer und hektischer wird.

„Verdammt, ich bin gleich wieder so weit",

stöhne ich, weil ich will, dass er hört, was er mit mir macht – und bei mir ist, wenn ich falle.

„Noch nicht", befiehlt er, und ein gequältes Wimmern löst sich aus meiner Kehle, während ich gegen den Drang ankämpfe, loszulassen. „Deine Muschi fühlt sich so gut an", flüstert er mir ins Ohr, und ich schwöre, dass er versucht, mich zu quälen.

Mein ganzer Körper zittert erneut, Hitze rast durch meine Adern, und ich kann das Unvermeidliche nicht mehr aufhalten. „Luca", keuche ich. „Bitte, lass mich kommen." Bei diesem Mann scheine ich doch nicht zu stolz zum Betteln zu sein.

Er lacht nicht. Er macht sich nicht über mich lustig. „Wem gehörst du?", knurrt er, während ich am Rand der Ekstase hänge.

„Dir", flüstere ich.

„Ich will spüren, wie du auf meinem Schwanz kommst", grunzt er in mein Ohr, allein seine Worte reichen, um mich über den Rand zu treiben.

Ein heiseres Stöhnen entfährt mir, als sich mein Inneres um ihn zusammenzieht, Welle um Welle durch meinen Körper rollt und mir im Rausch der Lust schlicht jede Kontrolle nimmt.

„Ich komme gleich ...", grunzt er, und ich halte ihn fest an mich gedrückt.

„Luca, komm für mich." Ich möchte, dass er spürt, was er mir gegeben hat. Meine Lippen bewegen sich zu seinem Ohr, ziehen sanft an seinem Ohrläppchen, und ich spüre, wie sein Schwanz anschwillt, als er endlich mit mir die Vergessenheit erreicht.

———

Irgendwann in der Nacht wache ich auf.

Luca schläft tief und fest neben mir, seinen Arm um meine Taille gelegt.

Leise steige ich aus dem Bett, schnappe mir die Kleidung, die ich mir gestern ausgeliehen habe, und gehe hinaus auf den Flur.

Er regt sich nicht, und ich will ihn auf keinen Fall wecken. Dummerweise muss ich dringend auf die Toilette, und er schläft tief und fest. Ich hätte ihn gestern fragen sollen, wo sie ist, aber stattdessen war ich zu sehr damit beschäftigt, sein Bett in Brand zu setzen.

Ein unglaubliches Feuer, das etwas Wildes in mir entfacht hat.

Ich kann immer noch nicht glauben, dass wir Sex hatten! Und es war verdammt geil.

Draußen im Flur gibt es keinen Hinweis darauf,

welche Tür zum Badezimmer führt, und alle Türen im Flur sind geschlossen.

Verdammt.

Mondlicht fällt durch die hohen Fenster und zeichnet einen silbrigen Pfad die Treppe hinunter und den Flur entlang. Leise schleiche ich zurück ins Erdgeschoss. Ich war vorhin schon hier unten auf der Toilette und bin mir ziemlich sicher, dass ich mich an die richtige Tür erinnere. Mit etwas Glück hat sie keiner abgeschlossen.

Meine nackten Schritte sind kaum zu hören, der Marmorboden fühlt sich kalt unter meinen Fußsohlen an. Als ich die Badezimmertür erreiche, atme ich erleichtert auf – sie steht tatsächlich einen Spalt offen.

Ich husche hinein, ziehe die Tür geräuschlos zu und lasse mir einen Moment Zeit. Schon der Gedanke an letzte Nacht mit Luca lässt mein Herz wieder schneller schlagen und das Adrenalin hochschießen. Wie um alles in der Welt soll ich danach wieder einschlafen?

Aus dem Bad heraus dringt ein leises Wimmern an mein Ohr. Ich kann nicht genau ausmachen, woher es kommt, aber es muss ganz in der Nähe sein.

Es klingt wie ein Welpe, der darum bittet, aus seinem Käfig gelassen zu werden.

Haben die Riccis einen Hund?

Ich habe keine Anzeichen für einen Hund gesehen, aber vielleicht lassen sie ihn nicht durch ihr Haus laufen. Die Wohnung ist schick, und mit Marmorböden könnten sie sich Sorgen um Kratzer auf dem Marmor machen? Kann Marmor überhaupt zerkratzt werden?

Ich bin fertig im Badezimmer und bleibe im Flur stehen. Von Novas oder Lucas Eltern ist nichts zu sehen.

Ich verstehe immer noch nicht, warum sie alle unter einem Dach leben. Dieses Haus ist groß genug für mehrere Familien, aber warum teilen sie sich ein Zuhause?

Und was hat es mit dem Bodyguard auf sich, der heute Abend an der Hintertür stand?

Nichts davon ergibt Sinn.

Erneut dringt dieses leise Wimmern an mein Ohr.

Es klingt eindeutig nach einem Welpen, und sofort setzt die Sehnsucht nach unserer Hündin Scarlet ein. Sie ist ein Australian Shepherd, die Kleinste aus ihrem Wurf, gerade mal elf Kilogramm schwer, obwohl sie schon ausgewachsen ist. Ich habe meine Eltern angefleht, sie mit aufs College nehmen zu dürfen, aber sie haben recht – im Wohnheim wäre sie niemals erlaubt. Und hineinschmuggeln könnte ich sie auch nicht: Dafür ist sie viel zu laut und viel zu weinerlich.

Auf Zehenspitzen schleiche ich zur geschlossenen Tür, hinter der das Winseln zu hören ist.

Bei der Größe dieses Hauses würde es mich nicht wundern, wenn der Welpe hier sein eigenes Zimmer hätte.

Ich lege das Ohr an das kühle Holz. Das leise Wimmern kommt eindeutig von der anderen Seite.

Der arme kleine Kerl – oder das arme kleine Mädchen. Wahrscheinlich muss sie dringend nach draußen. Hoffentlich liegt irgendwo in der Nähe eine Leine. Der Garten ist zwar eingezäunt, aber ich habe keine Lust, mitten in der Nacht einem entwichenen Welpen hinterherzujagen.

Vorsichtig schließe ich meine Hand um die Klinke und bete, dass sich dahinter nicht ein Schlafzimmer verbirgt und ich nicht im falschen Moment jemanden wecke.

Stattdessen öffnet sich der Zugang zu einer Treppe, die in die Dunkelheit hinabführt, und das Wimmern wird noch klarer.

Ein schmaler Streifen gedämpften Lichts zeichnet sich entlang der Stufen ab, gerade hell genug, dass ich den Schalter nicht suchen muss, während ich langsam die Holztreppe hinuntersteige.

Es gibt einen Keller?

Natürlich gibt es einen Keller. Dieses Haus hat einfach alles.

Die Treppe ist eine Wendeltreppe aus Holz, und ich gehe leise Stufe für Stufe hinunter, um nicht zu stolpern und zu fallen.

Das Wimmern wird lauter und eindringlicher, als ich mich der letzten Stufe nähere und eine sanfte Glühbirne über mir sehen kann, die den Raum erhellt.

Ich erwarte, eine Kiste mit einem Welpen und vielleicht sogar ein Hundebett oder ein anderes Anzeichen für ein Tier zu sehen, aber stattdessen ist der Käfig vom Boden bis zur Decke mit Metallstangen versehen. Eine Gefängniszelle.

Und es ist kein Hund, der sich darin zusammenrollt und winselt, sondern ein Kind.

ZEHN

LUCA

Ich drehe mich im Bett um, meine Augen flackern für eine Sekunde auf, während ich mich orientiere. Der Raum riecht anders, die Luft ist kühler.

Ich bin nicht zu Hause.

Nun, nicht in meinem Zuhause. Ich bin im Haus meiner Eltern – auf dem Anwesen.

Und die heißen Erinnerungen an letzte Nacht kommen mir wieder in den Sinn.

Ich hatte gerade Sex mit Harper McKenna.

Ich strecke meinen Arm nach ihr aus, aber das Bett ist leer, die Stelle neben mir noch warm.

Was zum Teufel? Wo ist sie hin? Hat sie sich

doch entschieden, in ihrem eigenen Zimmer zu schlafen?

Ich habe noch nie erlebt, dass eine Frau mitten in der Nacht oder nach dem Sex gegangen ist. Normalerweise bin ich derjenige, der sie rauswirft, wenn ich keine ernsthafte Beziehung will. Und Harper scheint mir nicht die Art von Frau zu sein, die sich davonschleicht.

Schwere Schritte hallen auf dem Flur wider. Es ist Harper, das spüre ich.

Ich setze mich im Bett auf, schwinge meine Beine über die Matratze und hole meine Kleidung aus der Dunkelheit hervor. Es dauert ein paar Sekunden, bis ich sie wieder angezogen habe und sicher bin, dass sie nicht verkehrt herum oder rückwärts sind, bevor ich auf den Flur trete.

Ich will nicht, dass sie hier allein herumirrt.

Unter diesem Dach brodelt es. Ich habe lange genug in diesem Haus gelebt, um zu wissen, wann sie jemanden festhalten – oder einen Verdächtigen „verhören".

Meine Vermutung: Folter.

Warum sonst hätten sie uns früher rausgeworfen?

Und der einzige Grund, warum ich nach Hause

gekommen bin, war, Harper zu beschützen. Jetzt höre ich ganz sicher nicht damit auf.

Es wäre schön gewesen, wenn der Grund, warum wir vorhin aus dem Haus ausgesperrt wurden, eine Überraschung gewesen wäre, wie Harper vermutet hatte. Schließlich hatten sie Nova ein brandneues Auto gekauft, und natürlich hätten sie die Papiere dafür unterschreiben können, aber ich weiß es besser.

Und die ist deutlich düsterer. Die Last liegt mir wie ein Amboss auf der Brust.

Wenn es nach mir gegangen wäre, hätte ich die Nacht nicht hier verbracht. Ich wollte nach Hause, aber Nova bestand darauf, dass wir blieben, und Harper hatte nicht die geringste Ahnung, was los war.

Ich konnte sie nicht einfach alleinlassen. Und so sehr ich damit geliebäugelt habe, mich die ganze Nacht vor ihr Zimmer zu legen, war es eindeutig die bessere Lösung, sie in meinem Bett schlafen zu lassen.

Zumal wir dort nicht nur geschlafen haben.

Das war der beste Sex meines Lebens. Zumindest für mich. Wenn Harper etwas anderes behauptet, lügt sie – ich weiß genau, dass sie letzte Nacht zweimal gekommen ist. Klar, ein drittes Mal wäre schön gewesen, aber wir waren beide müde und sind kurz nach unserem kleinen Feuerwerk eingeschlafen.

Und es wird definitiv ein nächstes Mal geben.

Ich öffne meine Zimmertür und trete auf den Flur. Keine Spur von Harper. Auf Zehenspitzen schleiche ich zum Gästezimmer und drücke vorsichtig die Klinke herunter.

Von ihr fehlt jede Spur.

Ihr Bett ist leer.

Genau wie ich vermutet habe.

Verdammt.

Mein Magen zieht sich zusammen, und ich hetze den Flur entlang, um sie zu finden.

Okay, wo könnte sie sein?

Das Badezimmer oder die Küche wären die logischsten Optionen. Da die Badezimmertür zu ist, und das Licht dahinter aber aus, tippe ich eher auf die Küche.

Scheiße.

Oder vielleicht im Badezimmer im Erdgeschoss.

Mit einem schiefen Lächeln wird mir klar, dass ich ihr oben überhaupt nicht erklärt habe, wo irgendetwas ist – also ist sie der Logik nach dorthin zurückgegangen, wo sie sich auskennt. Das einzige

Bad, das sie gesehen hat, ist unten, und im Obergeschoss waren alle Türen geschlossen.

Auf leisen Sohlen eile ich die Treppe hinunter zum Badezimmer im hinteren Flügel. Die Tür steht offen, das Wasser im Toilettenbecken rauscht noch nach – sie kann also erst vor wenigen Sekunden hier gewesen sein.

Wo zum Teufel ist sie jetzt?

Geradeaus liegt die Küche, doch von dort kommt kein Licht, kein Geräusch.

Direkt neben dem Bad ist die Kellertür, und mein Magen zieht sich zusammen. Nein. Es gibt für sie absolut keinen Grund, dort hinunterzugehen.

Ich selbst war seit Jahren nicht mehr unten – seit dem Tag, an dem ich mitansehen musste, wie ein Mann auf Dantes Befehl gefoltert und hingerichtet wurde. Mein Vater hat nicht einmal gezuckt. Er war stolz. Als wäre er genau für diesen Job geboren.

Und ich? Ich habe mich vor seinen Augen auf den Boden übergeben. Ich konnte nicht einmal so tun, als wäre mir das egal. Er hat mich am Kragen gepackt und mir eingeflüstert, ich solle mir einen starken Magen zulegen, schließlich würde ich eines Tages in seine Fußstapfen treten.

Nie im Leben.

Ich habe alles getan, um nicht zu ihm zu werden.

Ich habe mich von ihm, seinen Männern und all dem Dreck ferngehalten, den er in dieses Haus gebracht hat – bis heute.

Die Kellertür fliegt auf, und Harper schießt heraus, prallt beinahe mit mir zusammen. Hinter ihr stolpert ein Kind hervor. Ein kleiner Junge, schmutzig, im zerknitterten Schlafanzug, keine acht Jahre alt. Er sieht aus, als hätte man ihn mitten in der Nacht aus dem Bett gezerrt.

Verdammt.

„Wir müssen hier sofort weg!", fauche ich, packe Harper am Arm und ziehe sie den Flur entlang zur Hintertür, dem schnellsten Weg nach draußen. Ich tippe den Code in die Alarmanlage, entwaffne das System, reiße die Tür auf und winke Harper und dem Jungen hinaus, bevor ich sie wieder hinter uns zuziehe.

Meine Jacke hängt am Haken neben der Tür, meine Turnschuhe stehen direkt darunter. Ich schnappe mir beides, schlüpfe in die Jacke und werfe Harper die Schuhe zu.

„Zieh die an." Ich weiß, dass sie viel zu groß sind – aber besser, als barfuß zu rennen oder in den verdammten High Heels, die uns nur aufhalten würden.

Sie schlüpft in die Schuhe, während ich dem

Jungen meinen Mantel um die Schultern lege und den Reißverschluss bis zum Kinn hochziehe, damit er nicht friert. In der Tasche ertaste ich meinen Schlüsselbund und ziehe ihn heraus.

„Es ist okay", sage ich zu ihm, obwohl absolut nichts an dieser Situation okay ist. „Sie passt auf dich auf."

Wenn wir uns nicht sputen, hängen uns die Männer innerhalb von Sekunden im Nacken. „Überall sind Kameras. Irgendwer schaut immer zu. Wir haben nur ein paar Sekunden, vielleicht ein, zwei Minuten, wenn wir Glück haben."

Ich deute auf den Baumstreifen, wo ich vorhin das Holz fürs Lagerfeuer gesammelt habe. „Ihr lauft zum Waldrand, klettert über den Zaun und dann rennt ihr zur Straße. Sucht euch ein Haus, jemanden, der euch hilft."

„Und du?", fragt Harper. „Kommst du nicht mit?"

„Ich hole das Auto. Ich bin der Köder, die Ablenkung, damit ihr wegkommt. Sobald ihr über den Zaun seid, klopft irgendwo, bittet um Hilfe, ruft die Polizei. Aber egal, was passiert: Kommt nicht zurück, um mich zu suchen."

Alles in mir schreit danach, mit ihr zu rennen, sie selbst in Sicherheit zu bringen – sie nicht aus den Augen zu lassen. Aber ihre beste Chance hat sie, wenn ich hierbleibe und ihnen ein paar wertvolle Minuten verschaffe.

Ich kann ihnen Zeit erkaufen. Das ist das Einzige, was im Moment Sinn ergibt.

Harper packt mich am Kragen und küsst mich – wild, verzweifelt, heiß. Für einen Moment verschwimmt alles um uns herum, und obwohl meine Füße und Finger in der Eiseskälte taub werden, spüre ich nur die Glut ihres Mundes, die mich vollständig einhüllt.

„Wenn wir das überleben ...", setzt sie an.

„Wenn wir das überleben", falle ich ihr ins Wort. Alles andere lasse ich nicht zu.

„Dann will ich nicht, dass sich irgendwas zwischen uns unecht anfühlt", sagt sie und stiehlt mir noch einen Kuss, bevor ich überhaupt antworten kann.

Nach dem, was heute Nacht zwischen uns passiert ist, könnte es nie unecht sein.

Dann greift sie nach der Hand des Jungen, und zusammen rennen sie los – hinein in den Wald, in genau die Richtung, die ich ihnen gezeigt habe.

Ich atme nervös aus und husche vor die Kamera, um sicherzustellen, dass ich derjenige bin, der gesehen wird. Meine Bewegungen sind offensichtlich und aufdringlich, als ich zur

Vorderseite des Gebäudes und zu meinem Auto gehe.

Moreno öffnet die Haustür, Ashton direkt hinter ihm. Er muss ihn geweckt haben. Harper war ruhig, und ich habe darauf geachtet, den Wecker auszuschalten. Ashton kann nicht von selbst aufgewacht sein und gewusst haben, was los ist. Jemand muss ihn einbezogen haben, aber warum?

„Halt, bevor du dich umbringst", brüllt Moreno, und ich bleibe mit dem Schlüssel in der Hand vor der Tür meines Autos stehen. Ich überlege, einzusteigen und mich aus dem Staub zu machen, aber der schmiedeeiserne Zaun wird sich nicht wie von Zauberhand öffnen. Es ist völlig ausgeschlossen, dass Moreno den Wachmann am Tor anweisen wird, mich gehen zu lassen, nicht wenn sie bemerkt haben, dass ihr Gefangener verschwunden ist.

Und sie müssen es wissen, sonst würde es ihnen egal sein, dass ich mich in die Nacht davonschleiche.

„Hör ihm zu", sagt Ashton. „Er versucht, dein Leben zu retten."

„Mein Leben retten?", spotte ich und trete vom Fahrzeug zurück. „Warum muss mein Leben gerettet werden?"

Ich versuche, Zeit für Harper zu gewinnen, damit sie unbemerkt entkommen kann. Ich bin mir zwar sicher, dass sie sie bemerkt haben, aber ich höre sie nicht durch den Wald rennen.

Scheiße.

Ich höre jedoch, wie die Metalltore quietschen, als sie geöffnet werden. Drei Fahrzeuge mit Soldaten meines Vaters fahren aus dem Gelände und wollen sie höchstwahrscheinlich aufhalten, wenn sie über den Zaun klettert.

Verdammt.

Ich kann nicht alle aufhalten. Ich bin mir nicht sicher, ob ich Moreno und Ashton allein aufhalten kann. Nicht, wenn Moreno eine Waffe an der Hüfte hat. Ich kann die glänzende Waffe in seinem Holster im Licht der Außenbeleuchtung sehen. Wenigstens hat er sie nicht gezogen und auf mich gerichtet. Ich sollte dankbar sein.

„Du wirst dich umbringen", warnt mich Moreno. „Ich versuche, dir zu helfen."

Aber ich mache mir keine Sorgen um mich selbst. Ich mache mir nur Sorgen um Harper.

„Hör auf ihn", sagt Ashton und kommt langsam auf mich zu.

Ich stoße die Luft scharf aus. Ich ahne jetzt schon, dass mir das nicht gefallen wird. In dem Moment fliegt die Haustür auf und Dante stürmt wutentbrannt nach draußen.

„Töte das Mädchen", befiehlt Dante Moreno. Ich nehme an, dass er seinen Männern, die aus dem Tor gefahren sind, bereits den Befehl gegeben hat. „Aber bring mir das Kind, lebendig."

„Nein!", brülle ich und werfe mich auf Dante, bereit, meinen eigenen Vater mit bloßen Händen zu zerreißen. Er ist ein Monster. Nur ein wahres Scheusal befiehlt, ein unschuldiges Mädchen umzubringen.

Ashton packt mich und hält mich zurück.

„Überleg es dir gut, mein Sohn", warnt Dante knurrend, unzufrieden mit meiner Ungehorsamkeit. „Ich kann dich direkt neben ihr begraben lassen."

Dante hebt seine Waffe, entsichert den Abzug und hält sie mir vor das Gesicht.

„Würdest du deinen einzigen Sohn wirklich erschießen? Deinen Erben?", frage ich und weiß genau, wo ich ihn treffen muss. „Mutter – Nikki – würde dich für den Rest deines Lebens verachten."

Er zuckt sichtbar zusammen, als ich ihren Namen ausspreche. Für einen Moment wirkt er tatsächlich unsicher, wie aus dem Tritt gebracht. Dann schüttelt er die Benommenheit ab, als wäre nichts gewesen. „Du wolltest das hier nie", sagt er und deutet auf das Anwesen, sein verdammtes Königreich.

„Ich wollte nie so werden wie du", antworte ich. Und das ist die einzige Wahrheit, die in diesem Haus zählt. Ich will nichts von seinem Leben und nichts von dem Dreck, in dem er steckt.

„Dann denk gut über deine Optionen nach, Luca", sagt Dante ruhig. Zu ruhig. „Töte das Mädchen. „Oder – wenn du wieder mal beschließt, mir nicht zu gehorchen – hat dein Freund Ashton den Befehl, euch beide auszuschalten."

Ich werfe Ashton einen Blick zu.

Das macht er nicht. Oder?

„Es tut mir leid", sagt Ashton leise und schüttelt den Kopf. Er hebt die Waffe nicht, zielt nicht auf mich – aber er nimmt sie an, hält sie, den Lauf auf den Boden gerichtet. Und allein das reicht, um mir klarzumachen, auf wessen Seite er geradesteht.

Ich lache bitter auf und stoße Ashton von mir, während ich einen Schritt zurückweiche. „Wir sind Brüder", presse ich zwischen den Zähnen hervor. Keine leiblichen, kein gemeinsames Blut – aber ich war dumm genug zu glauben, dass unsere Freundschaft und unser Team mehr zählen würde als alles andere.

„Du weißt, dass die Familie immer zuerst kommt", sagt Ashton. „Die echte."

Ich habe immer gewusst, wie eng er mit seinem

Vater ist. Ich kenne die Telefonate, die Andeutungen, seine Pläne, nach dem Studium die Chicago Bratva zu übernehmen. Aber ich hätte nie gedacht, dass er mich fallen lässt und sich ausgerechnet auf Dantes Seite stellt.

„Mach das nicht", sage ich leise und hoffe, irgendwo tief in ihm noch so etwas wie Vernunft zu finden.

„Zwing mich nicht, abzudrücken", antwortet Ashton und packt mich am Kragen, stößt mich grob zum Auto. „Jetzt steig ein und hilf uns, Harper zu finden, bevor sie dem Jungen was antut."

Ich klettere ohne Widerrede auf den Fahrersitz. Jede Sekunde, die ich hier diskutiere, bringt Harper nichts. Es sind zu viele Männer unterwegs, die sie jagen. Wenn sie eine Chance hat, dann nur, wenn ich sie finde – vor ihnen.

Aber Ashton auf dem Beifahrersitz ist dabei mein größtes Problem.

Das Eisentor steht offen, ich trete aufs Gas, fahre auf die Straße und biege links ab – in die Richtung, in die sie mit dem Jungen geflüchtet ist.

Ich drehe das Radio ab, kurble die Fenster herunter. Kalte Luft schneidet mir ins Gesicht, während ich lausche. Vielleicht höre ich etwas, bevor ich es sehe – einen Schrei, einen Kampf, irgendwas.

„Du kannst sie nicht retten", sagt Ashton ruhig. Die Waffe liegt locker, aber präsent auf seinem Schoß.

„Ich werde sie ganz sicher nicht erschießen", knurre ich und schneide ihm einen finsteren Blick zu, bevor ich meinen Fokus wieder auf die Straße richte. Ich folge dem Zaun, der das riesige Grundstück begrenzt. Auf der anderen Seite sehe ich Dantes Männer in Anzügen, die das Gelände systematisch absuchen.

Die Dunkelheit ist unser einziger Vorteil. Ihre einzige Deckung.

„Sie ist nur ein Mädchen", sagt Ashton. „Leicht zu ersetzen."

Ich schnaube verächtlich. „In Dantes Welt ist jeder ersetzbar."

Ashton zuckt mit den Schultern, sein Blick wandert weiter über den Straßenrand hinaus, immer auf der Suche nach ihr. „Da liegst du nicht falsch", meint er. „Aber dreh ihretwegen nicht komplett durch. Sie ist nett, klar, aber sie ist dein Leben nicht wert. Du hast Dante gehört. Er lässt mich euch beide, ohne zu zögern, erschießen, wenn's hart auf hart kommt. Sei nicht dumm, Luca. Als dein Freund sage ich dir: Sei. Nicht. Dumm."

Mir dreht sich der Magen um. „Zum Glück bist du nicht der, der mit ihr zusammen ist", murmele ich.

„Das soll ein Witz sein?" Ashton rutscht unruhig auf seinem Sitz hin und her.

Verdammt. Er hat jedes Wort verstanden. Ist mir egal. Er steckt so tief im Mafiadreck, dass er, ohne mit der Wimper zu zucken, den Abzug drücken würde, wenn es seinem Clan in den Kram passt – selbst wenn ich am anderen Ende der Waffe stehe.

„Du spielst nur ihren Freund, Luca. Vergiss das nicht. Das ist alles nur Show."

Nur dass das, was letzte Nacht zwischen uns passiert ist, alles andere als gespielt war. Kein einziger verdammter Moment.

Ich spüre immer noch, wie sich ihr Körper unter meinem bewegt hat, und alles in mir schreit danach, wieder mit ihr oben in meinem Bett zu liegen. Aber ich kann die Zeit nicht zurückspulen oder diese Nacht nach unserem Sex neu schreiben.

Das Einzige, was ich jetzt tun kann, ist, mir zu schwören, sie zu beschützen. Um jeden Preis.

„Du wünschst dir, es wäre nur gespielt", knurre

ich und trete scharf auf die Bremse, als ich sehe, wie zwei Männer den Jungen auf den Rücksitz eines SUVs stopfen, der am Straßenrand steht.

Ich reiße die Fahrertür auf, springe aus dem Wagen, Ashton direkt hinter mir.

„Harper!", brülle ich und gehe zum SUV, aber die Scheiben sind abgedunkelt, draußen ist es stockdunkel – ich erkenne nichts.

Ich höre sie nicht. Kein Schrei, kein Fluchen, kein Hilferuf. Nichts.

„Wo ist sie?" Ich packe Nico, einen von Dantes Männern, am Kragen und schlage ihm die Faust ins Gesicht. Blut schießt aus seiner Nase, tropft auf sein Hemd, während ich ihn näher zu mir ziehe. „Wo? Ist. Sie?"

Ashton reißt mich zurück, weg von ihm.

Harper hätte den Jungen niemals allein gelassen. „Wenn ihr sie umgebracht habt, schwöre ich euch, ich—"

Matteo taucht auf der anderen Seite des Wagens auf. Er bewegt sich ruhig, zu ruhig, und mein Herz gerät aus dem Takt. Ich habe Matteo noch nie leiden können. Folter ist sein Job: Informationen aus den Männern herauszuholen, bevor er sie entsorgen lässt.

„Bruno und Vito haben sie geschnappt, als sie über den Zaun wollte", sagt er gelassen. „Sie bringen sie zurück in den Komplex."

„Scheiße!"

ELF

LUCA

Vier Männer halten Harper fest: Halsey und Caden, halten sie fest, Bruno und Vito, passen auf, dass sie nicht flieht.

Brauchen sie vier Männer, um sie festzuhalten? Das ist übertrieben.

Nico und Matteo stoßen zu den anderen, schleppen den Jungen zurück in den Kerker, reißen die Zellentür auf und schleudern ihn hinein.

Auf dem Betonboden steht ein einfaches Feldbett, darauf eine dünne, schon fast zerfledderte Decke. Der Junge flüchtet dorthin, macht sich so klein wie möglich und drückt sich an die Wand, als wolle er im Schatten verschwinden.

Doch Harper sitzt in keiner Zelle. Allein der Gedanke daran, dass er sie lieber tot sehen will, lässt mir den Magen verkrampfen. Ich frage mich nicht einmal, warum er es noch nicht getan hat – vermutlich zieht er es nur hinaus, um mich damit zu quälen.

In was zum Teufel ist Dante diesmal verwickelt?

Matteo steht vor Harper, seine Hände sind zu Fäusten geballt.

„Sag mir, warum du hier unten herumgeschnüffelt hast, dann muss es nicht unangenehm werden", sagt er ruhig.

Mir bleibt die Luft weg.

Er redet von Folter – und sie versteht es genauso gut wie ich.

„Ich schwöre, ich dachte, ich hätte einen Welpen gehört!", ruft Harper, ihre Stimme überschlägt sich, während sie sich gegen den Griff der Männer stemmt. Sie drücken sie auf einen Stuhl.

Niemand schlägt sie, aber die kräftigen Hände des Capos auf ihren Schultern reichen aus, um sie festzunageln, ihr jede Fluchtmöglichkeit abzuschneiden.

Ihr Atem geht stoßweise.

Ich kenne dieses Gefühl – diese lähmende Panik,

wenn man erkennt, wozu Menschen fähig sind. Und schlimmer noch: Es ist mein eigener Vater, der hinter der Entführung dieses Kindes steckt. Dass er mit Drecksgeschäften zu tun hat, wusste ich immer. Aber Kinder. Ich wusste nicht, dass es so weit geht. Vielleicht wollte ich es auch nie so genau wissen.

„Lasst den Jungen gehen", bringt Harper heiser hervor. „Mir ist egal, was mit mir passiert. Tut mit mir, was ihr wollt."

„Oh, glaub mir, das wird dich interessieren", knurrt Caden mit einem tiefen, kehligem Lachen. „Du wirst uns anflehen, dich umzubringen. Dummes Mädchen, schleicht sich in den Keller der Mafia und versucht, unser Eigentum zu stehlen. Du musst ja geradezu nach dem Tod verlangen."

„M-Mafia?", stößt Harper hervor. Offensichtlich hat sie es erst in diesem Moment begriffen. Ich weiß nicht, ob ich erleichtert darüber sein soll, wie naiv sie ist – oder beschämt, dass sie es nicht schon früher geschnallt hat.

„Lasst sie in Ruhe!", brülle ich. Meine Stimme prallt von den Gitterstäben ab und verhallt dumpf an den kalten Steinwänden.

Ich stoße Bruno und Vito grob beiseite, um zu Harper durchzukommen.

Bruno packt mich am Arm, reißt mich zurück, zieht seine Waffe und drückt mir den Lauf an die Schläfe. „Und dein Vater war der Meinung, aus dir würde mal ein kluger Mann", zischt er mir ins Ohr.

„Ruhe!", ruft Dante dazwischen, seine Schritte hallen schwer über den Beton, als er die Kellertreppe hinabsteigt.

„Was haben wir denn hier?", fragt er kalt und lässt seinen Blick langsam über das Mädchen auf dem Stuhl gleiten. Er umrundet sie wie ein Löwe, der seine Beute taxiert. Er kennt die Bilder von der Kamera, aber er will es aus ihrem eigenen Mund hören, will verstehen, wer es gewagt hat, ihn herauszufordern.

Halsey nutzt als Erster die Gelegenheit. Er klammert weiterhin seine Hand an Harpers Schulter und hält sie auf dem Metallklappstuhl fest, mit dem Gesicht zur Zelle gerichtet. „Ich habe das Mädchen beim Schnüffeln erwischt."

„Ich habe nicht geschnüffelt!", faucht Harper und reißt seinen Arm von sich, bleibt aber sitzen. Sie scheint zu wissen, dass Weglaufen keine Option mehr ist – nicht bei der Anzahl an Waffen im Raum.

„Was hast du dann getan?", fragt Dante, die Stimme ruhig, fast gelangweilt, während er auf eine

Erklärung wartet. Ich bezweifle, dass es irgendeine Antwort gibt, die ihn zufriedenstellen würde.

„Ich habe einen Welpen gehört und wollte nachsehen, um ihn hinauszulassen. Ist das jetzt ein Verbrechen?", kontert Harper. Kein Wort darüber, dass sie in das Versteck der Mafia geraten ist, dort ein Kind gefunden und versucht hat, mit ihm zu fliehen. Verständlich. Es gibt keinen Grund, ihn an jedes Detail zu erinnern.

„Also, was schlägst du vor, was wir jetzt tun sollen, da du deinen Hund gefunden hast?" Dante fixiert Harper mit eiskaltem Blick und wartet, als würde er ihr genug Seil geben, um sich selbst aufzuhängen.

„Es ist ein Kind!", fährt Harper ihn an und zeigt auf den Jungen hinter den Gittern. „Was immer er getan haben soll, er ist ein Kind. Man entführt keine Kinder. Nicht als Drohung, nicht als Spiel, gar nicht."

„Oh, glaub mir, daran ist rein gar nichts spaßig", sagt Dante ruhig – viel zu ruhig.

Ich trete vor und stoße Bruno von mir weg. Solange mein Vater im Raum ist, hält er sich mit seiner sonstigen Brutalität zurück. Er weiß, wessen Sohn ich bin, und vor Dante hat selbst er Respekt.

„Das nehme ich dir nicht ab", stoße ich hervor. „Du hast Menschen ermorden lassen – ich habe es mit eigenen Augen gesehen."

Dantes Miene verhärtet sich. „Ich habe niemanden ermordet", sagt er langsam und blickt mich finster an. „Mein Sohn, was auch immer du dir da zusammenreimst, ist – nicht wahr."

Natürlich streitet er ab, dass ich Zeuge eines Verbrechens war. Ich würde niemals erwarten, dass er einen Mord zugibt. Nicht mir. Nicht irgendwem.

„Und was ist damit? Wie erklärst du dir dann, dass du ein Kind entführt hast?", hakt Harper nach. Dieses Mädchen kennt wirklich kein gesundes Maß, wenn es darum geht, den Mund zu halten.

Dante tritt näher, beugt sich vor, so dicht, dass nur ein paar Zentimeter zwischen seinem Gesicht und ihrem liegen. „So wie ich das sehe, hast du ihn mir weggenommen", zischt er. „Ich sorge lediglich dafür, dass ihm nichts zustößt. Jemand muss auf den Kleinen aufpassen. Das willst du doch auch, oder?" Er richtet sich wieder auf und wirft einen Blick über die Schulter zu dem Jungen.

Hinter mir höre ich Schritte auf der Treppe – ruhig, kontrolliert. Moreno.

Es fühlt sich an wie ein verdrehtes

Familientreffen, nur dass die halbe Garde meines Vaters fehlt.

„Sir, ich kümmere mich darum", sagt Moreno und bietet Dante damit an, sich zurückzuziehen, wenn er will.

Er ist sein rechter Handlanger, der Mann, dem er sein Leben und seine Drecksarbeit anvertraut.

Dante sieht erst ihn an, dann mich. „Dieses Mädchen ist ein Problem, das ihr zwei in mein Haus gebracht habt. Unter mein Dach."

Gibt er tatsächlich Moreno die Schuld – oder meint er in Wahrheit mich?

„Ich konnte nicht wissen, dass sie kommen würde, Sir. Ich habe die anderen Mädchen, die an Novas Geburtstagsparty teilnehmen wollten, gebeten, ihre Einladung zurückzuziehen – ich wusste nicht, dass dieses Mädchen, die Freundin Ihres Sohnes, kommen würde", sagt Moreno.

Er schützt eindeutig sich selbst und seine Familie.

Das sollte mich nicht überraschen. Er wirft mich und Harper unter den sprichwörtlichen Bus.

Einfach großartig.

Ich werfe einen Blick auf Brunos Waffe. Ich könnte versuchen, sie ihm zu entreißen, aber wir sind in der Unterzahl und sicherlich unterlegen. Ich könnte gegen einen, vielleicht zwei Männer kämpfen, aber es sind sechs Männer, alle voll ausgebildet, im Mafia-Stil.

„Ja", sagt Dante, nickt langsam, streicht sich über das Kinn und dreht sich zu mir um. „Dieses Problem scheint zwischen meinem Sohn und mir zu liegen."

Harper hat den Kopf gedreht und sieht mich an. Ich kann sehen, wie es in ihrem Kopf arbeitet, wie sie sich fragt, was das alles genau bedeutet und wie zum Teufel wir lebend aus diesem Keller herauskommen.

„Du hast vollkommen Recht, Vater." Es schmerzt mich, Dante meinen Vater zu nennen, aber im Moment werde ich alles tun, was nötig ist. Wenn ich eine Show abziehen, eine Rolle spielen muss, werde ich mein Bestes geben. Ich hoffe nur, dass Harper die gleichen schauspielerischen Fähigkeiten hat und mitspielt. Gibt es einen anderen Ausweg aus dieser Katastrophe?

Dante atmet schwer durch die Nase aus. „Ist das so?" Er scheint überrascht zu sein, genauso schockiert, wie ich, dass ich zugebe, dass er recht hat.

Der Mann sonnt sich in seinem Ruhm, aber ich werde ihm diesen Sieg nur für einen kurzen Moment gönnen.

„Ich hätte meine Freundin nicht unangemeldet hierher mitbringen sollen", sage ich. Ich nehme mir einen Moment Zeit, um meine Gedanken zu sammeln, bevor ich fortfahre, in der Hoffnung, dass das, was ich erzähle, sie retten wird, uns beide retten wird. „Sie hatte keine Ahnung, was dieser Ort ist, wer ihr seid, bis einer eurer Männer, Caden, es ihr wie einem Idioten erklärt hat."

Dantes Augen verengen sich für einen Moment, und er wendet sich an Caden und die anderen Männer, die für ihn arbeiten. „Ist das wahr?"

Halsey nickt als Erster. „Ja, Sir." Er und Caden haben denselben Rang. Vito steht unter Cadens Befehl – ich bezweifle, dass er seinen eigenen Boss ans Messer liefern würde. Und Bruno… nun, Bruno ist Bruno. Er würde seine eigene Schwester verkaufen, wenn es ihm etwas bringt. Matteo ist kaum besser und bestätigt ebenfalls, was passiert ist.

Dante nimmt Bruno die Waffe ab, hebt den Lauf und zögert nur einen Herzschlag lang. Dann entfernt er das Magazin, zieht bis auf eine Kugel alle Patronen heraus, setzt das Magazin wieder ein, dreht die Pistole und reicht sie Harper hin. „Wenn du ihn tötest, darfst du leben."

„Wie bitte?" Harpers Augen werden riesig.

„Sir", setzt Caden an, und seine Stimme bebt,

„das ist nicht nötig. Ich schwöre, ich wollte Sie niemals verraten. Was ich gesagt habe, war ein Ausrutscher. Ich hatte nicht vor, ihr zu erzählen, dass wir zur Mafia gehören. Es ist mir einfach rausgerutscht. Sie wissen, dass ich niemals ..." Er redet sich um Kopf und Kragen, bettelt ganz offen um sein Leben.

Dante hebt nur die Hand – ein einziges, knappes Signal –, und Caden verstummt sofort.

Er scheint das als Hoffnungsschimmer zu deuten. In seinem Kopf kniet er sicher schon vor Dante und fleht. Er ist ein Capo, kein einfacher Soldat. Er gibt Befehle, ist wertvoll, vertrauenswürdig. Aber in dieser Familie gilt: Ist das Vertrauen einmal gebrochen, gibt es keine Entschuldigung, die Blut wieder heil macht.

Dante führt Harpers Arm mit sanftem Druck in Cadens Richtung, als sie sich erhebt. „Erschieß den Verräter", flüstert er ihr ins Ohr, laut genug, dass jeder es hören kann. „Beweise deine Loyalität zur Familie, zu meinem Sohn – dann werdet ihr beide leben. Das ist mein Wort."

Die Pistole zittert in ihrer Hand, als sie sie hebt. Ihr ganzer Körper bebt, ihr Atem geht stoßweise, ihre Brust hebt und senkt sich zu schnell. Sie wirkt, als stünde sie kurz vor einer Panikattacke – und ich bin verdammt nah dran, selbst eine zu bekommen, während ich fieberhaft nach einem Weg suche, sie zu schützen.

Ich trete zwischen Caden und Harper. Ich kann ihr diese Entscheidung nicht überlassen. Sie ist keine Mörderin.

„Sie wird niemanden erschießen", sage ich und durchkreuze damit das kranke Spiel meines Vaters.

Erleichterung huscht über Harpers Gesicht, als sie die Waffe sinken lässt. Ich nehme sie ihr ab. Ein Teil von mir will sie hochreißen, auf meinen Vater zielen und einfach abdrücken.

Aber was dann?

Ich möchte nicht die Mafia anführen, und ich wäre dann der Mann, den ich verachte, genau wie mein Vater, nur noch viel schlimmer.

Ich wende mich an Dante. „Harper steht unter meinem Schutz. Du darfst ihr nichts antun."

Er schnaubt leise und neigt den Kopf. „Was lässt dich glauben, dass du mich aufhalten kannst, mein Sohn?"

Ashton wirft einen Blick auf meinen Vater und wartet auf den Befehl, uns beide zu töten. Als würde sein Finger am Abzug jucken und er darauf brennen, zwei Morde auf seinem Konto zu haben.

„Eine Heiratsallianz", sage ich mit schwerem

Atem und bete, dass das funktioniert. „Wenn sie mit mir verheiratet ist, gehört sie zur Familie. Sie steht unter Schutz."

„Aber du willst doch kein Mafioso sein, Luca", sagt Dante und erinnert mich an meinen Verrat an der Familie. Sein Blick wandert zu Ashton, und er nickt, als würde er ihm die Erlaubnis geben, uns beide zu töten. „Deiner Idee mangelt es an Kreativität." Er macht sich eiskalt über mich lustig.

Ich atme scharf ein, als Ashton die Waffe auf Harper richtet und die Sicherung löst.

„Warte!" Ich stelle mich zwischen Harper und die Waffe. „Ich werde für dich arbeiten."

Dante hebt eine Hand, um Ashton zu signalisieren, dass er noch einen Moment warten soll, bevor er den Abzug drückt.

„Du wirst für mich arbeiten und du wirst sie heiraten", sagt Dante und deutet damit an, dass beide Optionen erfüllt werden müssen.

Harper runzelt die Stirn und schüttelt den Kopf. „Ihr könnt mir nicht vorschreiben, wie ich mein Leben zu leben habe. Keiner von euch beiden!"

„Weißt du denn nicht, wann du den Mund halten musst!", schimpft Dante.

„Dein Sohn ist ein phänomenaler Eishockeyspieler. Willst du wirklich zulassen, dass er seine Chancen auf eine vielversprechende Profikarriere nach dem College ruiniert?" Harper scheint nicht zu wissen, wie sehr mein Vater Eishockey hasst. Er hasst alle Sportarten, es sei denn, es geht um Wetten, und er verdient sein Geld als Buchmacher.

Dante lacht düster und reibt sich die Nasenwurzel. „Deine Freundin ist ein echtes Temperamentsbündel", murmelt er.

Dantes Augen verengen sich, als er einen Blick von Harper zu Moreno wirft. Es ist, als würde er nach Feedback suchen, was ganz und gar nicht zu meinem Vater passt.

Moreno beugt sich vor, flüstert Dante etwas zu und bleibt dann standhaft.

„Ihr beide bleibt bis zur Hochzeit unter diesem Dach. Ich kann nicht riskieren, dass *sie* noch jemanden umbringt."

Ich atme nervös aus, als Ashton beginnt, seine Waffe zu senken.

Dante fährt fort, er ist noch nicht fertig. „Was das Familienunternehmen angeht, wirst du jedes Wochenende, an dem du kein Hockeytraining oder kein Spiel hast, mit der Ausbildung beginnen. Es wird erwartet, dass du nach deinem Abschluss zu uns kommst, es sei denn, du wirst von der NHL gedraftet. In diesem Fall wird von dir erwartet, dass du nach Beendigung deiner Hockeykarriere für die Familie arbeitest."

„Diese Bedingungen sind akzeptabel", sage ich zustimmend, ohne Harper auch nur anzusehen.

Ich tue dies, um ihr Leben zu retten; sie muss begreifen, dass das alles ist, was ich will. Sie zu beschützen.

Mein Vater dreht sich zu Harper um. „Wenn du mir noch mehr Probleme machst, werde ich meine Männer beauftragen, dich zu foltern und zu töten. Du darfst diesen Raum nie wieder betreten. Ist das klar?"

Harper wirft mir einen Blick zu, bevor sie nickt. „Ja, Sir."

„Gut, sie lernt dazu", sagt Dante mit einem Grinsen. „Ihr könnt beide wieder nach oben ins Bett gehen, aber enttäuscht mich nicht."

Ich nehme Harpers Hand und führe sie die Kellertreppe hinauf und um das Haus herum zurück nach oben. „Ich will nicht allein sein", flüstert sie, und ich nicke und lege einen Finger auf meine Lippen, um sie zu warnen, still zu sein.

Ich schnappe mir unsere beiden Taschen und bringe sie ins Badezimmer des Gästezimmers, schalte das Licht und den Ventilator ein und winke sie zu mir hinein. Ich schließe die Tür hinter uns.

Sie öffnet den Mund, um etwas zu sagen, aber ich hebe einen Finger und stelle die Dusche an, um sicherzustellen, dass alle Geräusche von den Umgebungsgeräuschen übertönt werden.

Erst jetzt fühle ich mich sicher genug, um zu sprechen.

ZWÖLF

„Was machen wir mit dem kleinen Jungen im Keller?", frage ich und starre Luca an.

Ich zittere, obwohl der Dampf aus der Dusche das Badezimmer erwärmt, aber ich friere immer noch, weil ich mitten in der Nacht draußen herumgelaufen bin.

Oder vielleicht ist es auch das Adrenalin, das noch immer durch meinen Körper strömt.

Luca zieht sein Hemd aus und dann seine Hose, die er mit einem Tritt beiseiteschiebt. Er zieht den Duschvorhang zurück. „Komm zu mir."

Er beantwortet meine Frage nicht.

Er eilt in die Dusche und stellt sich unter den heißen Strahl.

Seufzend ziehe ich seine Kleidung aus, die ich trage, und geselle mich zu ihm. „Zufrieden?", frage ich, verärgert darüber, dass er nicht wie ein normaler Mensch mit mir reden kann.

Luca legt sofort seine Arme um meine Taille und zieht mich unter dem heißen Wasser an sich.

Ich atme aus, aber ich zittere immer noch und bin kurz davor, zu weinen. Nichts davon ist fair.

„Sprich mit mir", flüstert er, während seine Finger über meinen Rücken gleiten und jeden Zentimeter meiner Haut berühren. Seine Hände werden nicht langsamer, und er hält mich fest an sich gedrückt, sodass wir das Wasser gemeinsam genießen können.

„Dein Vater ist in der Mafia?" Ich kann meine Stimme nicht leise halten, und seine Antwort ist ein stilles Nicken.

„Das hättest du mir verdammt noch mal sagen müssen, Luca. Bevor ich hier aufgetaucht bin." Ich versuche, ihn von mir wegzustoßen, aber sein Griff um mich wird nur noch fester.

„Ich weiß. Ich konnte es nicht", sagt er, sein Atem kitzelt meinen Hals, als er seine Lippen auf meine nackte Haut legt.

Mein Körper schmiegt sich an seinen, sucht

Trost, Wärme, Zuneigung, während mein Herz gequält wird. Ich zerbreche innerlich.

„Was sollen wir tun?" Meine Stimme bleibt mir im Hals stecken, und ich spüre, wie mir die ersten Tränen in die Augen steigen.

Luca zieht mich weiter unter den Wasserstrahl, damit das Wasser die ersten Anzeichen von Feuchtigkeit wegspült.

„Wir planen eine Hochzeit."

Ich lache bitter. „Das kann nicht dein Ernst sein." Er muss verrückt sein, wenn er glaubt, dass wir tatsächlich heiraten werden. „Wir lieben uns doch gar nicht." Er kann mir nicht sagen, dass er mich liebt, ich würde ihm niemals glauben. Wir hatten einmal Sex, letzte Nacht, und ja, es war verdammt geil, aber er weiß nicht alles über mich.

Und natürlich weiß ich auch nicht alles über ihn.

„Dafür ist noch Zeit", flüstert er, streicht mit seinem Daumen über meine Wange und streichelt dann mein Kinn. Er hebt mein Kinn an, damit ich ihm in die Augen sehen kann. „Wir sind zumindest auf dem richtigen Weg."

„Sind wir das?", frage ich. „Denn du hast mich belogen."

„Ich konnte dir nichts über meine Familie erzählen", sagt Luca. Er schließt für einen kurzen

Moment die Augen, sichtlich gequält von dem, was gerade passiert. „Du weißt, dass das nicht fair ist."

„Aber hier sind wir nun", sage ich und deute auf die Dusche.

Luca seufzt. „Ich bin nur zurückgekommen, um dich zu beschützen."

„Danke, dass du nicht weggelaufen bist, als ich das kleine Kind gerettet habe", murmele ich und ziehe mich zurück, um mich aus seinem Griff zu befreien.

Er hält mich fester.

„Das habe ich nicht gemeint, und das weißt du auch."

„Tue ich das?", frage ich. „Denn ich bin mir nicht sicher, was du meinst. Ich bin mir nicht einmal mehr sicher, wer du bist." Ich steige aus der Dusche und blicke auf den Schmutz, der sich auf dem Boden der Wanne sammelt. Ich bin nicht sauber, ich habe mich nur abgespült, aber mit Luca in der Dusche zu stehen, hilft mir nicht weiter.

„Ich bin immer noch ich", sagt Luca und spült sich unter dem Wasserstrahl ab. Er greift nach der Shampoo Flasche, während ich nach einem Handtuch greife, mich abtrockne und versuche, mich aufzuwärmen. Mir ist kalt, aber ich bin mir nicht sicher, ob es nicht auch seine Berührung ist, die ich bereits vermisse. Er schließt einen Teil des Vorhangs, um zu verhindern, dass Wasser auf den Badezimmerboden tropft, aber ich kann sein Gesicht immer noch sehen und mit ihm sprechen.

„Ich weiß nicht, was das bedeutet. Ich weiß nicht einmal, wer du bist", sage ich. „Wir haben gerade erst angefangen, eine Beziehung aufzubauen, und jetzt reden wir schon davon, Hals über Kopf in die Ehe zu springen. Das ist verrückt."

Luca spült die Seifenreste aus seinen Haaren und dreht sich dann zu mir um. „Glaubst du, ich möchte nach dem College zu meinem Vater gehen?", fragt er und sieht mir direkt in die Augen. „Es war nicht meine Idee, dieses Wochenende hierherzukommen. Ich bin gekommen, um dich zu beschützen, Harper, und das werde ich auch tun. Egal, was passiert."

Ich ziehe den Duschvorhang ganz zu. Ich will ihn jetzt nicht sehen.

Ich weiß, dass er mir helfen will, aber er macht es nur noch schlimmer.

Es muss einen anderen Weg geben, eine andere Möglichkeit; heiraten ist nicht die Lösung. Es ist nicht die Lösung – es gibt so vieles, was er nicht über mich weiß, über mein Leben, und ich kann ihn nicht einfach heiraten. Das ist verrückt.

Luca lässt das Wasser laufen, steigt aber aus der Dusche. Er schnappt sich ein Handtuch und beginnt sich abzutrocknen, während ich meinen Schlafanzug aus meiner Reisetasche hole.

Ich schweige. Ich weiß nicht, was ich sagen oder tun soll. Vielleicht können wir so tun, als würden wir heiraten oder eine Hochzeit vortäuschen und dann einen Weg finden, seiner Familie zu entkommen.

Wir könnten die Schule wechseln, in einen anderen Bundesstaat oder sogar in ein anderes Land ziehen.

Und dann ist da noch meine Familie. Ich kann sie nicht einfach zurücklassen. Normalerweise rufe ich sie am Wochenende an, und sie fragen sich sicher schon, warum sie nichts von mir hören.

Es ist alles so verdammt kompliziert, und er hat nicht die geringste Ahnung, wie schlimm das für uns alle sein könnte.

„Bist du sauer auf mich?", fragt Luca. Er schlüpft in eine Boxershorts und sonst nichts.

Ich versuche, nicht auf seine nackte Brust zu starren, aber mein Körper reagiert, auch wenn ich es nicht will. Er ist umwerfend und kein schlechter Kerl; *sein Vater ist das Monster.*

Aber er wird wie er werden, wenn er in das Familienunternehmen einsteigt.

Ein dumpfer Schuss hallt durch die Wände. Meine Augen weiten sich vor Entsetzen, und meine Hände zittern. Ich glaube, mir wird schlecht. Haben sie gerade diesen unschuldigen kleinen Jungen ermordet oder den Mann, den sie von mir getötet haben wollten?

Tränen brennen in meinen Augen. „Ich kann das nicht – ich kann das nicht tun. Ich kann dich nicht heiraten und so tun, als wäre alles in Ordnung."

Luca nickt langsam und zieht mich an sich. „Dann werden wir beide nichts vortäuschen. Wir werden ehrlich zueinander sein. Immer. Okay?"

Die Luft entweicht aus meinen Lungen, als ich einen tiefen Seufzer ausstoße.

Ehrlich.

Er war nicht ehrlich zu mir, was seinen Vater, seine Familie und die Mafia angeht.

„Wir werden nichts vortäuschen", wiederhole ich, denn ich kann mich damit anfreunden, Luca gegenüber ehrlich zu sein. Ich war ihm gegenüber immer aufrichtig.

„Nicht zueinander", sagt er und präzisiert seine Aussage. „Vor meinen und deinen Eltern müssen wir vielleicht so tun als ob ..."

Ein weiterer Seufzer, und diesmal öffne ich die Badezimmertür.

Er dreht sich um, stellt die Dusche ab und eilt mir hinterher.

Luca schweigt, aber er ist mir dicht auf den Fersen. „Zeig mir, welches Zimmer mir gehört", sage ich.

Er runzelt die Stirn und führt mich zurück in *sein Schlafzimmer*. „Es ist nicht sicher für dich, allein zu schlafen."

Ich widerspreche ihm nicht. Er hat wahrscheinlich recht. Das Letzte, was ich will, ist, dass einer seiner Männer mich im Schlaf umbringt. „Na gut", sage ich murrend und gehe zu seinem Bett. Ich ziehe die Bettdecke zurück, aber er steht draußen im Flur.

Ich möchte ihn fragen, was zum Teufel er da macht, als er unsere Taschen zurück ins Schlafzimmer bringt, leise die Tür schließt und sie abschließt.

„Keine Spielchen", sage ich und zeige auf die Matratze.

„Das würde mir im Traum nicht einfallen", murmelt er. „Ich bin sicher, wir können es schaffen, uns wie Erwachsene ein Bett zu teilen."

Ich starre ihn an, unsicher, was er damit sagen

will. Will er damit andeuten, dass ich dieses ganze Debakel verursacht habe? Ich habe den kleinen Jungen vielleicht gefunden, aber das entschuldigt nicht, was passiert ist. Sein Vater hat ein Kind entführt.

Das kann ich nicht einfach so hinnehmen.

Selbst wenn es mich das Leben kostet, kann ich nicht zulassen, dass er ein Kind als Geisel hält. Ich bin mir nur nicht sicher, wie ich den Jungen befreien kann, wenn die gesamte Villa überwacht wird und mein eigenes Leben in unmittelbarer Gefahr ist.

Es sei denn, er ist bereits tot.

Einen Moment lang halte ich den Atem an und warte, während Luca unter die Decke kriecht und sich neben mich kuschelt. Er liegt auf der Seite, den Arm auf dem Kissen, und starrt mich an.

Ich zittere.

Allein der Gedanke daran ist überwältigend.

Luca zieht mich an sich und legt seine Arme um mich. Er ist warm auf meiner kühlen Haut. Ich zittere und bekomme Gänsehaut, und er versucht, mich zu beruhigen.

„Glaubst du, der Junge ist tot?", flüstere ich und bete, dass uns niemand hören kann, aber ich muss fragen. Ich muss es wissen.

Es ist unmöglich, dass Luca den Schuss nicht gehört hat, während wir im Badezimmer waren.

Er schüttelt den Kopf. „Es ist unwahrscheinlich, dass sie das Kind getötet haben. So arbeitet mein Vater nicht", sagt er mit einem traurigen Seufzer. Er streckt seine Hand aus und streicht mir mit dem Daumenrücken über die Wange.

„Woher weißt du das?"

Luca hält inne und denkt über meine Frage nach. „Ich bin hier aufgewachsen. Er hat schon früher Geiseln mitgebracht."

„Kinder?", frage ich.

„Nicht, dass ich mich erinnern könnte, aber ich war nicht direkt an seinen Operationen beteiligt. Wir sollten hier nicht darüber reden. Die Wände haben Ohren", erinnert er mich. Er drückt mir einen sanften Kuss auf die Wange. „Versuche, dir keine Sorgen zu machen."

Das kann er nicht ernst meinen. Wie soll ich mir keine Sorgen machen?

Morgen werde ich mich hinausschleichen und zur Polizei gehen. Die müssen mir helfen, vor allem, wenn ich ihnen von dem Jungen erzähle.

Luca hält mich fest, seinen Arm die ganze Nacht um meine Hüfte gelegt. Es fällt mir schwer, wieder einzuschlafen, aber ich werde nicht aus dem Bett aufstehen. Ich habe zu viel Angst, durch das Haus zu gehen – selbst nur, um auf die Toilette zu gehen. Ohne Luca an meiner Seite ist es zu gefährlich. Er ist der Einzige, der seinen Vater davon abhält, mich zu töten.

Als ich die Augen öffne, liegt Luca noch neben mir, doch er ist wach und sieht mich an.

„Du bist wirklich schön, wenn du schläfst", murmelt er und zieht mich mit einem sanften Zug näher an sich heran, sein Arm wieder um meine Taille.

Ich löse seinen Arm sanft von meinem Körper, und obwohl ich die Wärme und seine Nähe vermisse, können wir nicht so tun, als wäre all das Schreckliche der letzten Nacht nicht passiert.

„Was machen wir mit der Uni, mit unseren Kursen?", frage ich. Wenn Dante wirklich vorhat, uns bis zur Hochzeit hier festzuhalten, wird das ziemlich schnell zum Problem – es sei denn, wir heiraten in den nächsten Tagen.

„Ich werde heute Morgen mit ihm sprechen und sehen, was er sagt."

Ich atme tief aus und drehe mich auf den Rücken. „Okay." Es gibt nicht gerade viele Optionen, und die, die ich in Betracht ziehe, kann ich innerhalb dieser vier Wände nicht aussprechen.

Ich steige aus dem Bett, schnappe mir meine Tasche und krame nach Kleidung.

„Welche Tür ist, nochmal die zum Badezimmer?" Das Letzte, was ich will, ist, in einen weiteren Albtraum zu stolpern.

Luca liegt auf dem Rücken auf der Matratze, einen Arm hinter dem Kopf, und beobachtet mich. „Die dritte Tür, oder du kannst dich auch hier umziehen." Er grinst mich vielsagend an.

Ich werfe ihm meinen sauberen BH zu. „Ich muss auf die Toilette und möchte nicht in den falschen Raum gehen. Kannst du mich den Flur entlang begleiten?"

Er fingerte an dem BH herum und faltete ihn dann in der Mitte. „Den behalte ich."

„Warum? Wir heiraten doch. Du wirst sicher alle meine Kleider sehen."

Er presst die Lippen zusammen, vielleicht weil ihm klar wird, dass ich Recht habe. Oder vielleicht denkt er, ich würde für die Kameras oder Mikrofone spielen, die irgendwo im Haus versteckt sind.

Mir stockt der Atem.

„Was?", fragt Luca. Er setzt sich im Bett auf.

„Deine Familie hat uns letzte Nacht gehört." Ich starre ihn entsetzt an.

„Wir haben nichts gesagt ..." Seine Augen weiten

sich, als ihm klar wird, worauf ich mich beziehe. Nicht auf unsere Diskussion nach der getroffenen Vereinbarung, sondern auf unsere Aktivitäten im Schlafzimmer.

Luca steigt aus dem Bett und schnappt sich seine Kleidung, während ich darauf warte, dass er mich ins Badezimmer führt. „Wir haben ihnen gesagt, dass wir ein Paar sind", sagt Luca. „Ich bin mir sicher, dass sie sich nichts dabei gedacht haben, dass wir Sex hatten."

„Aber sie haben uns gehört!"

Luca lächelt. „Könnten uns gehört haben. Und wen interessiert das schon? Sie werden alle nur neidisch sein, dass ich dich mehrmals zum Orgasmus bringen kann."

Ich schlage ihm auf den Arm, schließe die Schlafzimmertür auf und reiße sie auf. „Zeig mir, wo das Badezimmer ist."

Er wartet im Flur auf mich, bis ich fertig bin. Nachdem ich fertig bin, tauschen wir die Plätze und ich warte darauf, dass er auf die Toilette geht. Er hat sich nicht die Mühe gemacht, seine Kleidung mit ins Badezimmer zu nehmen, um sich anzuziehen.

„Harper", ruft Lucas Mutter, die den Flur entlangstürmt.

Ich atme tief ein und werfe einen Blick auf die

Badezimmertür, während ich darauf warte, dass Luca wieder auftaucht. Er sollte sich besser beeilen.

„Dante hat mir die aufregende Neuigkeit erzählt, aber ich muss dich fragen: Bist du schwanger?"

Mir stockt der Atem.

Dante eilt den Flur entlang und kommt hinter seiner Frau her. Er starrt mich an und legt einen Arm um seine Frau. „Lassen wir die beiden Turteltauben allein, okay?"

„Ich versuche nur, Harper ein bisschen besser kennenzulernen. Wenn sie unsere Schwiegertochter wird, möchte ich eine Beziehung zu ihr aufbauen. Wie wäre es, wenn wir Mädchen heute Nachmittag zusammen Mittag essen und einen Wellness-Tag machen, während die Jungs tun, was auch immer sie tun, um die Verlobung zu feiern?", fragt Nikki.

Ich starre mit offenem Mund von Nikki zu Dante.

Ist das eine Falle? Vielleicht hat sie keine Ahnung, in was ihr Mann verwickelt ist. Ich habe so viele Fragen an Luca.

Ich höre, wie er im Badezimmer herumschlurft, und schließlich schwingt er die Badezimmertür auf.

„Was sagst du dazu?", fragt Nikki. „Wir können Nova einladen, wenn du möchtest."

Mir stockt der Atem. Nova. Weiß sie von den

schrecklichen Dingen, die unter diesem Dach vor sich gehen? Weiß sie, dass ihr Vater für die Mafia arbeitet?

Ich kann sie nicht einfach fragen, ob Nikki dabei sein wird. Ich werfe Luca einen Blick zu, in der Hoffnung, dass er eine gute Idee hat, um die Situation zu retten.

„Ich finde, ein Mädchentag wäre eine gute Idee", sagt Luca, starrt mich an und wirft dann einen Blick auf seine Mutter.

Ist er verrückt geworden?

Oder hat er vielleicht erkannt, dass ich bei Nikki sicherer bin als bei Dante? Zumindest wäre ich dann aus dem Gefängnis heraus, das sie ihr Zuhause nennen. Vielleicht kann ich lange genug verschwinden, um Hilfe für den kleinen Jungen zu holen, es sei denn, ich kann Nikki vertrauen.

Dantes Augen verengen sich, dann zwingt er seine Gesichtszüge in etwas, das wohl ein Lächeln sein soll, aber nichts daran wirkt echt. „Gib mir dein Handy", sagt er ruhig. „Dann speichere ich meine Nummer. Für den Fall, dass du irgendwann etwas brauchst."

„Es ist im Schlafzimmer", sage ich und deute auf Lucas Zimmer.

„Natürlich. Würdest du es mir bitte holen, mein Sohn?", sagt er zu Luca.

„Ich kenne deine Telefonnummer. Ich speichere sie in ihrem Handy", sagt Luca und fordert ihn heraus.

Will Dante mein Handy benutzen, um mich auszuspionieren? Ich kann mir keinen anderen Grund vorstellen, warum er möchte, dass ich seine Nummer habe.

Nikki hakt sich bei mir ein und lotst mich den Flur entlang zur Treppe. „Dante hat mir erzählt, dass ihr beide eine Zeit lang hier wohnen werdet, was ich wunderbar finde. Aber ihr müsst trotzdem zur Uni. Eure Ausbildung ist uns wichtig."

„Natürlich", sage ich, froh, dass zumindest Nikki vernünftig zu sein scheint. „Ich hatte gehofft, wir könnten vielleicht nur am Wochenende zu Besuch kommen."

Ein seltsamer Ausdruck huscht über ihr Gesicht. „Natürlich, Harper. Was immer ihr beide wollt. Ich hoffe, mein Mann hat euch nicht mit seiner Einladung, hier zu bleiben, erschreckt." Nikki wirft ihm einen bösen Blick über die Schulter zu. „Manchmal kann er ein bisschen grob sein."

Die Untertreibung des Jahrhunderts.

Ich gehe neben Nikki die Treppe hinunter.

Dante und Luca sind mir dicht auf den Fersen.

„Vielleicht sollten wir alle zum Mittagessen ausgehen, um die Verlobung zu feiern", beharrt Dante.

„Wir gehen shoppen und vielleicht sogar ins Spa. Willst du wirklich mitkommen, um dir die Nägel machen zu lassen?" Nikki wirft ihrem Mann einen finsteren Blick zu, und er nickt.

„Nimm Moreno mit."

„Dann kommt Nova garantiert nicht mit", sagt Nikki mehr zu sich selbst als zu mir. „Na gut." Sie scheint ihm nicht widersprechen zu wollen.

Wir gehen die Treppe hinunter, und mir fällt auf, dass ich nur die High Heels dabeihabe, die ich gestern getragen habe. An ein zweites Paar Schuhe habe ich natürlich nicht gedacht. Zu meiner Blue Jeans und dem Pullover wirken die Pumps etwas fehl am Platz, und besonders bequem sind sie auch nicht – aber immerhin muss ich heute nicht durch den Wald rennen. Luca hat mich mit seinen riesigen Turnschuhen schon einmal gerettet.

Seine Schuhe liegen achtlos neben der Hintertür, aber meine stehen ordentlich daneben.

Ich schnappe mir meine Heels und meinen Mantel, während Nikki mir einen anderen Ausgang zeigt, einen, der direkt in die Garage führt.

Luca ist praktisch mein Schatten, während ich in die Schuhe schlüpfe. „Wenn du irgendetwas brauchst, ruf mich an", sagt er leise.

Ich nicke und schlucke. Wenn er mich seiner Mutter anvertraut, gehe ich davon aus, dass er ihr vollkommen vertraut. Ich lege die Arme um ihn, drücke ihn fest an mich und hoffe, dass das nicht das letzte Mal ist, dass ich ihn so nah bei mir habe.

Nikki wird mich beschützen. Sie muss.

Moreno kommt den Flur entlang, wie immer im makellosen Anzug und mit glänzend polierten schwarzen Schuhen. Er bleibt an der Garagentür stehen und greift nach einem Autoschlüsselbund, der an der Wandhalterung hängt.

Lucas' Lippen berühren meine. Ich weiß, dass es nur Show ist. Seine Mutter beobachtet uns. Sie muss denken, dass wir uns wahnsinnig lieben, wenn wir verlobt sind.

Sein Atem ist warm, seine Finger ziehen mich näher an ihn, und mein Körper entspannt sich sofort, sodass ich für einen Moment all die Sorgen und den inneren Schmerz vergesse.

Ich spüre, wie er stöhnt, und unterbreche den Kuss, bevor er weitergeht.

Luca streift mit seinen Lippen mein Ohr. „Moreno ist da, um dich zu beschützen."

Ich bin mir nicht sicher, ob ich seiner Einschätzung zustimme, wenn man bedenkt, dass dieser Mann mich vor weniger als zwölf Stunden noch tot sehen wollte. Alle diese Männer hatten den Befehl, mich zu töten.

Ich vermute, er begleitet mich, um sicherzustellen, dass ich das entführte Kind im Keller nicht erwähne. Oder vielleicht glaubt er, ich würde fliehen und verraten, dass er zur Mafia gehört und letzte Nacht jemanden ermordet hat.

Es muss Beweise geben: eine Leiche, Blut, einen Tatort.

Ich könnte zwar versuchen, die Polizei anzurufen oder ihr eine SMS zu schicken, aber was soll ich ihnen sagen? Welche Beweise habe ich? Ist das Kind noch unten oder haben sie es an einen anderen Ort gebracht?

Ich weiß nicht einmal den Namen des Jungen. In der Eile gestern Nacht habe ich nicht danach gefragt. Ich bin einfach mit ihm zu Fuß geflohen und habe es geschafft, dass wir beide gefasst wurden. Ich könnte versuchen, in Google News nach Vermissten zu suchen und zu sehen, ob es lokale Nachrichtenartikel gibt.

Aber ich habe den leisen Verdacht, dass dieser Junge nicht als vermisst gemeldet wurde. Ich habe keine Amber Alerts auf meinem Handy gesehen. Ich schaue die Nachrichten, höre Radio, und es gab in letzter Zeit keine Berichte über entführte Kinder.

„Pass auf dich auf", flüstert er und küsst mich auf die Lippen. „Ich liebe dich, Schatz." Die Worte kommen Luca leicht über die Lippen; sie klingen natürlich und nicht im Geringsten einstudiert.

„Ich liebe dich auch", sage ich und zwinge ein Lächeln auf meine Lippen. „Bis später." Ich drücke seine Hand, bevor ich Nikki und Moreno in die Garage folge. Mehrere Wagen stehen in Reih und Glied, und Moreno drückt auf den Schlüsselanhänger, woraufhin ein dunkler Sedan mit getönten Scheiben aufblinkt. Ich gehe zur Rückbank.

Nikki macht es mir nach und umrundet das Auto zur anderen Seite.

Es überrascht mich, dass sie sich nicht auf den Beifahrersitz setzt.

„Willst du nicht vorne sitzen?", frage ich, während ich nach hinten klettere. Insgeheim hatte ich auf ein bisschen Privatsphäre gehofft, um unterwegs mein Handy zu checken.

Nikki lächelt und schüttelt den Kopf. „Diesen Mann sehe ich jeden Tag. Ich möchte meine zukünftige Schwiegertochter kennenlernen", sagt sie und klickt den Gurt ein. „Und ich hoffe, du nennst mich dann Mama."

Mir bleibt kurz die Luft weg, und ich bringe nur ein angestrengtes Lächeln zustande.

Moreno mustert mich im Rückspiegel, während wir vom Hof rollen. Ich habe das Gefühl, ein falsches Wort könnte reichen, damit er, ohne zu zögern abdrückt.

„Ich muss zugeben, die Verlobung kam überraschend", sagt Nikki schließlich. Sie dreht sich halb zu mir, ihre ganze Aufmerksamkeit liegt auf mir. „Bist du sicher, dass du nicht schwanger bist?"

„Wir waren vorsichtig", antworte ich sofort. „Ich verspreche dir, das ist nicht der Grund, warum alles so schnell geht."

Eine ihrer perfekt geformten Augenbrauen hebt sich, als hätte ich ihr genau die Bestätigung geliefert, auf die sie gewartet hat.

„Warum dann diese Eile mit der Hochzeit?", fragt Nikki ruhig und lässt mir keine Ausweichmöglichkeit.

Ich weiß nicht, ob ich ihr vertrauen kann. Sie wirkt aufrichtig, fast herzlich – aber mit Moreno auf dem Fahrersitz kann ich weder die Wahrheit sagen noch nach dem Jungen fragen, den sie in ihrem Keller gefangen halten.

Weiß sie nicht, womit ihr Mann sein Geld verdient?

Sie muss es wissen. Männer mit Waffen leben unter ihrem Dach. Das hier ist keine normale Ehe, kein gewöhnliches Familienhaus.

Nikki legt den Kopf leicht schief und wartet immer noch auf eine Antwort.

„Ich liebe deinen Sohn", sage ich schließlich und hoffe, dass das als Erklärung reicht.

Nikki schiebt sich eine Strähne ihres rabenschwarzen Haares hinters Ohr und mustert mich weiter, als würde sie in meinem Gesicht nach jeder kleinsten Lüge suchen.

„Du kennst ihn kaum. Wie lange seid ihr schon zusammen?", fragt Nikki. „Warum die Hochzeit so überstürzen?"

„Weil man weiß, dass es richtig ist, wenn man verliebt ist. Keiner von uns will warten. Ich weiß, dass diese Entscheidung zu heiraten voreilig erscheint, aber wir sind beide erwachsen."

Nikki lacht. „Kaum. Wie alt bist du – achtzehn, neunzehn?", schätzt sie.

„Achtzehn", sage ich.

„Du bist kaum erwachsen." Nikki wirft einen Blick nach vorne zu Moreno. „Was würdest du sagen, wenn deine Tochter dir erzählen würde, dass sie heiraten will?"

Er räuspert sich und presst die Kiefer aufeinander. „Hier geht es nicht um Nova", sagt er und wirft mir einen finsteren Blick im Rückspiegel zu. Es ist eine Warnung.

Ich gebe mir alle Mühe, Nikki zu überzeugen – sie ist schließlich Dantes Frau. Aber ich mag mir gar nicht ausmalen, wie das enden wird, wenn ich es eines Tages meinen Eltern beichten muss.

Mein Bauch zieht sich vor Nervosität zusammen, sobald ich mir ihre Enttäuschung ausmale – ein vertrautes Gefühl, das mich in ihrer Nähe ständig begleitet –, und während ich mit der Handtasche auf meinem Schoß spiele, sind meine Finger genauso rastlos wie ich innerlich bin.

„Ich liebe Luca", sage ich und bin überrascht, wie überzeugend ich dabei klinge. „Er ist fantastisch. Du hast deinen Sohn wunderbar erzogen, und ich weiß, wir sind beide jung, wahrscheinlich töricht, aber wir wollen das. Wir beide."

Nikki schüttelt den Kopf. „Ich bin immer noch nicht überzeugt." Sie seufzt. „Was haben deine Eltern gesagt, als du ihnen die Nachricht von der Verlobung erzählt hast?"

„Ich habe es ihnen noch nicht gesagt", gebe ich zu. „Es ist alles so plötzlich passiert."

Sie schaut auf meine Hand, um nach einem Ring zu suchen, und bemerkt, dass ich keinen Verlobungsring trage. „Erzähl mir, wie mein Sohn dir den Antrag gemacht hat."

Moreno rutscht unruhig auf dem Vordersitz hin und her, während er uns unserem Ziel näher bringt. Ich kann das Restaurant in der Ferne sehen, aber es liegen mehrere Ampeln dazwischen, und wir stehen an einer langen roten Ampel, die einfach nicht umspringen will.

„Er ist auf ein Knie gegangen." Die Lüge gleitet mir leicht über die Lippen. Es fällt mir nicht schwer, sie zu erzählen. Ich habe genug Liebesfilme gesehen, um anzunehmen, dass Luca wahrscheinlich dasselbe getan hätte.

„Ohne Ring?", fragt Nikki, und ich seufze.

„Wir lassen ihn anpassen."

Sie schüttelt den Kopf und glaubt mir nicht. „Ich habe Zugriff auf die Finanzen meines Sohnes, Harper. Du kannst mich nicht anlügen."

Ich presse meine Lippen zusammen und nicke schwach. „Es tut mir leid", sage ich und entschuldige mich schnell. „Er möchte mir einen Ring kaufen. Ich habe ihm gesagt, dass es keine

Rolle spielt, dass wir nichts Ausgefallenes machen müssen – weder den Ring noch die Hochzeit. Ich wäre glücklich, wenn wir einfach zum Standesamt gingen und uns das Jawort gäben."

Sie sieht mich einen langen Moment lang an, vielleicht um zu entscheiden, ob ich ehrlich bin.

„Dante und ich würden gerne die Eheringe besorgen, wenn wir beide mit deiner Hochzeit einverstanden sind."

Ich bin mir sicher, dass Dante nichts dagegen haben wird. Bei Nikki ist das Urteil jedoch noch nicht gefallen, und meine Eltern – vielleicht muss ich ohne ihren Segen heiraten.

„Du hast dich noch nicht mit meinem Mann zusammengesetzt", sagt Nikki mit einem gezwungenen Lächeln. „Normalerweise ist er derjenige, den man in solchen Dingen überzeugen muss."

„Macht Luca vielen Mädchen einen Heiratsantrag?" Ich bezweifle, dass sie das meint, aber ich kann nicht nachvollziehen, was sie damit sagen will. Ist sie absichtlich so kryptisch?

Nikki lacht, überrascht von meiner Frage. „Sicherlich nicht. Aber Dante ist ein sehr traditioneller Mann", sagt sie, als würde das alles erklären. „Er wird sichergehen wollen, dass ihr beide vor der Hochzeit die gleichen Werte teilt."

„Wie Religion und Politik?" Ich versuche zu erraten, was sie damit sagen will.

„Nun, das auch." Nikki nickt und winkt ab. „Darüber reden wir später. Jetzt möchte ich erst einmal den Rest des Heiratsantrags hören."

Moreno hält vor dem Restaurant. „Wäre es nicht besser, ihn beim Abendessen zu hören, wenn die beiden zusammen sind?", fragt Moreno.

Es ist das erste Mal, dass ich für seinen Beitrag dankbar bin.

Will er mir wirklich helfen oder nur verhindern, dass ich meine Geschichte wiederholen und sie vermasseln muss, weil Luca seine eigenen Details hinzufügt?

Nikki schnaubt, während Moreno aus dem Auto steigt und um das Auto herumgeht, um ihr die Tür zu öffnen. Sie steigt zuerst aus, dann rutsche ich über den Rücksitz und steige aus derselben Tür aus.

„Wir sehen uns drinnen, Mädels", sagt Moreno.

Kein einziger Moment der Ruhe. Nun, vielleicht ein oder zwei.

Moreno schließt die Autotür hinter uns, und ich gehe mit Nikki ins Restaurant und suche einen Tisch für zwei Personen.

„Drei", korrigiert mich Nikki.

„Ich hatte gehofft, er würde sich an die Bar setzen", murmele ich leise, während die Kellnerin drei Speisekarten holt und uns zu einem Tisch in der hintersten Ecke des Restaurants führt. Nikki sitzt mir gegenüber, was sich immer noch intim anfühlt.

Der Ort ist schick, mit weißen Tischdecken und gefalteten Stoffservietten.

Ich bin nicht besonders hungrig, was weniger mit der Uhrzeit zu tun hat als vielmehr mit dem, was sich gestern Abend zugetragen hat. Aber man wird von mir erwarten, dass ich etwas esse. Es ist fast Mittag und ich habe bereits das Frühstück ausgelassen.

Auf der Speisekarte stehen keine Preise, was mir alles sagt, was ich wissen muss. Dieser Ort ist unverschämt teuer. Ich hoffe nur, dass Moreno oder Nikki vorhaben, die Rechnung zu übernehmen.

Ich habe zwar eine Kreditkarte für Notfälle, die mir meine Eltern gegeben haben, aber wenn die Rechnung durchdreigeteilt wird, bin ich wohl aufgeschmissen.

„Erzähl mir etwas über dich", sagt Nikki. „Wenn du mir die Geschichte mit dem Heiratsantrag erst beim Abendessen erzählen willst, möchte ich dich zumindest kennenlernen. Deshalb habe ich darauf bestanden, dass wir Mädchen heute zusammen ausgehen."

Ich beiße mir auf die Zunge, was die Bemerkung „wir Mädchen" angeht, denn Moreno ist definitiv kein Mädchen. Er ist nur dabei, um sicherzustellen, dass ich keinen Mist baue.

„Ich bin im ersten Jahr an der *Evergreen*. „Luca und ich besuchen beide denselben Einführungskurs in BWL, Wirtschaft 101."

„Habt ihr euch so kennengelernt?"

Ich nicke, greife nach dem Wasserglas und nehme einen Schluck. Ich bin schon ganz ausgetrocknet, aber zumindest ist es einfach, bei der Wahrheit zu bleiben.

„Ja, er saß in der Vorlesung immer neben mir, wollte sich meine Notizen ausleihen und begleitete mich nach der Vorlesung zu meiner nächsten Vorlesung."

„Das ist süß." Nikki lächelt, und ich spüre ihre aufrichtige Herzlichkeit, die sie mir entgegenbringt. „Erzähl mir mehr. „Wie seid ihr eigentlich vom Unterricht hierhergekommen?" Sie zeigt auf mich und will es ganz genau wissen.

„Ich habe mit einigen der Grundkonzepte im Unterricht zu kämpfen. Luca ist schlau." Ich muss nicht lügen. Es stimmt, er ist in unserem

Wirtschaftskurs viel besser als ich. „Er hat mir nach dem Unterricht Nachhilfe gegeben. Er kann mir immer alles, was wir im Unterricht gelernt haben, so erklären, dass ich es auch wirklich verstehe. Ich schwöre, er sollte Professor werden. „Wir haben angefangen, uns nur zu zweit zum Lernen zu treffen …"

„Oh?" Nikki zieht eine Augenbraue hoch und hebt die Hand. „Ich brauche keine sexuellen Details. Bitte lass die weg."

Ich muss lachen. Bei unseren Lernsitzungen ist nichts Sexuelles passiert, aber vielleicht macht es die Sache glaubwürdiger, wenn sie das denkt. Ich lächle unverschämt und drehe eine Haarsträhne zwischen meinen Fingern, um kokett zu wirken, während ich so tue, als würde ich Luca auf sexuelle Weise betrachten.

Was nach der letzten Nacht gar nicht so schwer ist. Allein die Erinnerung daran, wie seine Lippen jeden Zentimeter meines Körpers geküsst haben und sein Schwanz mich in den Wahnsinn getrieben hat, reicht aus, um die tief in mir verborgenen Gefühle zu wecken.

Nach einer Sekunde lache ich und hoffe, dass meine geröteten Wangen ihr helfen, die Geschichte zu glauben. „Nun, dann verstehst du sicher, was ich meine. Wir haben gelernt, er hat mir geholfen, die Prüfung zu bestehen. Ehrlich gesagt, Luca ist ein wirklich toller Kerl. Er ist der absolut Beste und er macht mich glücklich."

Alles universelle Wahrheiten.

Er macht mich glücklich.

Meistens jedenfalls.

Moreno kommt herein und mir wird klar, dass die Zeit, ihr persönliche und geheime Fragen zu stellen, längst vorbei ist. Verdammt, ich hätte die Kontrolle behalten sollen.

„Was habe ich verpasst?", fragt Moreno, als er sich neben mich setzt.

„Nur wir Mädchen, die über Harpers Liebesleben diskutieren." Sie zwinkert mir zu, und ich unterdrücke ein Stöhnen. „Also, ich nehme an, du warst schon bei seinen Hockeyspielen. Bist du ein Sportfanatiker?", fragt Nikki. „Du weißt, wie sehr mein Sohn Hockey liebt."

„Als Kind habe ich mich nicht wirklich für Sport interessiert, aber Luca scheint das zu ändern. Ich war dieses Semester zum ersten Mal bei einem Eishockeyspiel."

Das ist definitiv keine Lüge. Allerdings habe ich nicht das ganze Spiel gesehen. Es war brutal mitanzusehen, wie Luca vermöbelt wurde. Ich möchte Nikki aber nicht beunruhigen, also halte ich mich an die Grundlagen.

„Wie hat es dir gefallen?", fragt sie und möchte meine ehrliche Meinung hören.

„Es ist ein brutaler Sport." Eine weitere einfache Wahrheit. Niemand kann behaupten, dass Eishockey sanft ist.

Nikki lacht. „Stimmt. Aber nichts kann ihn davon abhalten, zu spielen. Seit er vier ist, steht er auf Schlittschuhen."

„Wow." Ich bin überrascht, dass er schon so lange daran interessiert ist. Ich habe ihn nie nach Eishockey gefragt, vor allem, weil ich Sport hasse und wirklich nicht gedacht hätte, dass wir mehr als Freunde werden würden.

„Wer hat ihn zum Hockey gebracht?", frage ich.

„Auf keinen Fall mein Mann." Nikki lacht gezwungen, und Moreno verdreht die Augen.

„Dante hasst Eishockey", sagt Moreno und mischt sich in das Gespräch ein.

„Er mag es nicht, wenn sein Sohn sich verletzt", verteidigt Nikki ihren Mann. „Als Kind habe ich ihn zum Eislaufen mitgenommen, und er empfand es als großartig. „Luca stand schon als Kind wie selbstverständlich auf dem Eis, und auf dem Rückweg von der Schlittschuhbahn sah er ein paar Kinder Eishockey spielen. Er war damals sechs Jahre alt, als er uns bat, ihn in einer Mannschaft anzumelden."

„Dante war nicht begeistert", sagt Moreno mit grimmiger Miene. „Aber Luca bat darum, als Weihnachtsgeschenk spielen zu dürfen, und nun ja, er würde dem Jungen alles geben."

Ich frage mich, ob derselbe Dante noch immer in diesem kalten, berechnenden Monster steckt. War er damals schon in der Mafia oder ist er erst beigetreten, als Luca noch ein Kind war?

Das ist keine Frage, die ich Moreno oder Nikki stelle.

„Dante ist immer noch nicht begeistert davon, dass Luca Hockey spielt. Er macht sich einfach Sorgen, dass sein Sohn sich verletzen könnte", sagt Nikki.

Moreno wirft ihr einen finsteren Blick zu. Ich habe das Gefühl, dass es um mehr geht als nur um die Sorge um seine Gesundheit, aber ich gehe nicht weiter darauf ein. Ich weiß, wie Moreno tickt. Er wird mir nicht helfen.

„So, genug von Luca", sagt sie und nimmt mich prüfend ins Visier. „Ich hätte eigentlich gedacht, dass er Ihnen das schon erzählt hätte. Sie scheinen nicht gerade sportbegeistert zu sein. Haben Sie als Kind selbst mal irgendeinen Sport gemacht?"

„Zählt Bowling?"

Das entlockt sowohl Moreno als auch Nikki ein leises Lachen.

Ich hätte nie gedacht, dass ich Moreno einmal so locker erleben würde, aber ich schätze, auch böse Jungs können einmal im Leben lachen.

Die Kellnerin kommt und wir bestellen Mittagessen. Ich bin erleichtert, dass die Fragen unterbrochen werden. Es fühlt sich an wie ein sehr mildes Verhör. Was keine Überraschung ist, da ich eingeladen wurde, allein mit Nikki zu Mittag zu essen.

Aber wir sind nicht wirklich allein, da Moreno sich zu uns gesellt hat. Warum konnten wir Luca nicht auch mitkommen lassen? Das hätte die Erfahrung zumindest ein wenig angenehmer gemacht.

Ich denke immer wieder an den Jungen im Keller. Nikki scheint nett zu sein, aber ich bin mir nicht sicher, ob ich ihr vertrauen kann.

Ich entschuldige mich, um auf die Toilette zu gehen, und nehme meine Handtasche mit. Sie ist nur ein paar Meter von unserem Tisch entfernt, und ich genieße die Tatsache, dass es eine

Einzeltoilette ist und ich die Tür schließen und abschließen kann.

Ich muss eigentlich gar nicht auf die Toilette. Ich brauche nur eine Pause von all den Fragen. Ich greife in meine Handtasche und krame nach meinem Handy.

Es ist nicht da.

Hat Luca mein Handy genommen, um Dantes Nummer einzugeben, und vergessen, es mir zurückzugeben?

Mist. Ich glaube nicht, dass ich es oben mitgenommen habe, bevor ich gegangen bin. Nun, damit ist jede Chance dahin, Hilfe für den Jungen zu holen.

Murrend stelle ich fest, dass ich nicht einmal versuchen kann, Informationen über das vermisste Kind zu suchen. Ich schaue mich im Badezimmer um. Es gibt ein Papiertuch, auf das ich schreiben könnte, vielleicht eine Nachricht hinterlassen könnte, damit mir jemand hilft, aber ich suche und finde auch keinen Stift in meiner Handtasche.

Normalerweise habe ich immer einen Stift dabei. Seltsam.

Hat jemand meine Sachen durchsucht, bevor ich das Haus verlassen habe? Ich bin seltsam misstrauisch, aber es könnte auch nur Zufall sein.

Vielleicht habe ich den Stift benutzt und vergessen, ihn wieder zu meinen Sachen zu legen.

Ich bin fertig im Badezimmer, trete hinaus und kehre zum Tisch zurück. Nikki und Moreno unterhalten sich freundlich über mich, wie es scheint.

„Ich habe Moreno gerade erzählt, wie schön es ist, eine Freundin von Luca kennenzulernen. Er hat noch nie eine Freundin mit nach Hause gebracht. Wir sollten deine Eltern einladen, nächstes Wochenende mit uns zu essen."

„Nächstes Wochenende?" Meine Stimme versagt.

Ich bin noch nicht bereit, meinen Eltern von Luca oder der Verlobung zu erzählen. Und das alles innerhalb der nächsten Tage zu tun, ist mir zu viel. Ich greife nach meinem Wasserglas, um noch einen Schluck zu trinken.

„Ja, es sei denn, sie haben schon etwas vor. Dann können wir es am darauffolgenden Wochenende versuchen", beharrt Nikki. „Ich bin sicher, dass sie Zeit haben. Ich könnte mir vorstellen, dass sie gerne die Familie kennenlernen möchten, in die ihre Tochter einheiratet." Nikki sagt diese Worte mit einem warmen Lächeln, aber ich kann nicht umhin, mich zu fragen, wie viel sie weiß.

Moreno starrt mich durchdringend an. „Sie hat

recht; es wäre schön, wenn sich unsere Familien treffen und kennenlernen würden."

Ich weiß nicht warum, aber ich empfinde es als Bedrohung, dass er meine Familie kennenlernen will. Er hat bereits deutlich gemacht, dass ich tot bin, wenn ich Luca nicht heirate.

Das Letzte, was ich will, ist, meine Familie in Gefahr zu bringen. Sie haben nichts falsch gemacht. „Ich bin mir nicht sicher, ob sie sich über unsere Verlobung freuen werden", gebe ich zu.

„Da sind wir uns beide einig", sagt Nikki und sieht mich an. „Aber ich mag dich, Harper. Du scheinst ein guter Mensch zu sein. Ich wünschte nur, du und mein Sohn würdet noch ein bisschen warten, bevor ihr euch in die Ehe stürzt."

Wie kann ich ihr sagen, dass das nicht meine Idee war? Und auch wenn es vielleicht Lucas Idee war, so geschah es doch nur, um mich zu schützen.

Er will mich nicht heiraten.

Wie könnte er auch? Wir sind beide noch im College. Wir kennen uns kaum. Wir haben uns gerade erst kennengelernt und hatten noch nicht einmal unser erstes richtiges Date.

Eigentlich wollten wir das an diesem Wochenende erledigen, nachdem ich von Novas Geburtstagsparty zurück bin – aber im Moment habe ich keine Ahnung, wann ich überhaupt gehen darf.

Als ich nichts sage, ergreift Moreno schließlich das Wort.

Ich habe nicht die geringste Ahnung, welche Worte aus seinem Mund kommen werden, aber er starrt mich an und nickt. „Sie folgt ihrem Herzen."

„Du bist mit ihrer Verlobung einverstanden?", fragt Nikki und starrt Moreno eindringlich an. „Du würdest nicht so denken, wenn es deine Tochter wäre."

„Nova heiratet nicht", stellt Moreno sachlich fest. „Es geht hier nicht um *sie*."

Es ist fast so, als säße ich gar nicht mit am Tisch, und ehrlich gesagt wäre mir das ganz recht. Ich bin lieber bereit, sie über mich reden zu lassen, als die Gründe für meine Heirat mit Luca verteidigen zu müssen.

Moreno tritt mich unter dem Tisch, und ich huste und greife nach meinem Wasserglas.

Ist er immer so ein Arschloch? Nova hat ihre Eltern nie erwähnt, zumindest nicht in einem negativen Zusammenhang. Aber Luca auch nicht.

Ich nehme einen Schluck und schaue dann zwischen den beiden hin und her. „Ist es das, worauf ich mich freuen kann, dass meine Eltern sich streiten, wenn wir unsere Verlobung bekannt geben?"

Nikki lacht. „Wir sind nicht verheiratet." Sie erinnert mich schnell daran, dass sie kein Paar sind.

Ja, nun, Luca und ich sind auch kaum ein Paar. Und wie das ausgeht, sehen wir ja gerade. Ich halte mich zurück und sage nichts Falsches.

„Nikki macht sich nur Sorgen, dass du ihren Sohn aus den falschen Gründen heiratest", sagt Moreno und starrt mich an.

„Leg mir keine Worte in den Mund", schimpft Nikki mit ihm.

Die Frau ist ein kleines Temperamentsbündel.

Wie sich herausstellt, mag ich sie.

Vielleicht kommen wir gut miteinander aus. Wenn sie schon mit Moreno so redet, kann ich mir nur vorstellen, wie sie mit ihrem Mafia-Ehemann spricht.

Die Kellnerin bringt unser Essen an den Tisch, und ich starre auf meine Pasta, während sich mein Magen umdreht. Ich kann nichts essen. Der Geruch des Essens ist überwältigend, und ich entschuldige mich und renne wieder ins Badezimmer.

Aber diesmal höre ich Nikki, als ich mich davonmache. „Bist du sicher, dass sie nicht schwanger ist?"

Ich bin definitiv nicht schwanger. Es ist zwölf Stunden her, seit Luca und ich miteinander geschlafen haben. Wir haben ein Kondom benutzt, ich nehme die Pille, und Schwangerschaftssymptome treten nicht so schnell auf.

Nein, das ist zu hundert Prozent eine Panikattacke, weil ich gezwungen werde, einen Mann zu heiraten, dessen Vater die Mafia leitet.

Ich drehe das Wasser im Waschbecken auf und stelle mich darüber, meine Hände umklammern das Porzellan, während ich auf das rauschende Wasser starre.

Ich ringe nach Luft und versuche, meine Atmung, meinen Herzschlag und die Millionen Gedanken und Ängste, die mir durch den Kopf schwirren, zu verlangsamen.

Es ist nicht nur mein Leben, das gerade den Bach runtergeht.

Ich wünschte wirklich, ich hätte mein Handy, damit ich Luca eine SMS schicken könnte. Er ist der einzige Mensch, der versteht, was ich durchmache. Er macht das Gleiche durch.

Ich bin nicht allein.

Im Moment fühle ich mich einfach nur restlos überfordert. Ich spritze mir kaltes Wasser ins

Gesicht und hoffe, dass die Röte in meinen Wangen endlich abklingt.

Mir ist heiß, ich bin verschwitzt und mir ist übel.

Aber ich glaube nicht, dass ich mich tatsächlich übergeben werde.

Es ist nur die Angst, die mich wie ein elektrischer Strom durchfährt, dem ich nicht entkommen kann. Ich brenne innerlich, und zwar nicht auf angenehme, prickelnde Weise, die mich erregt. Dieses Brennen sticht in meiner Haut, meinen Muskeln und sendet Schmerzsignale von meinem Gehirn bis in meine Zehen.

Alles tut weh.

Es ist eine verdammte Qual, und sie haben mir nichts angetan.

Die Mafia hat mich nicht körperlich angefasst. Sicher, sie haben mich letzte Nacht gefesselt und gedroht, mich zu töten, aber ich habe keine tatsächlichen Narben.

Emotional bin ich jedoch ein Wrack.

Wie soll ich das meinen Eltern erklären? Sie werden Luca niemals akzeptieren, schon gar nicht, nachdem sie ihn nur ein Semester lang kennengelernt haben.

Und seine Eltern? Ich habe Angst, ihnen meine Familie vorzustellen. Was, wenn sie den Schrecken durchschauen und erkennen, dass die Monster, die im Schatten lauern, meine Familie werden?

Sie werden Luca nicht akzeptieren, auch wenn sie nur die geringste Ahnung davon haben, was vor sich geht.

Und selbst wenn sie nichts ahnen und alles glatt läuft, ist es unwahrscheinlich, dass sie sich über die Nachricht von unserer Verlobung freuen werden.

Ich kann vieles vortäuschen, aber wenn ich vorgebe, mich auf eine Hochzeit zu freuen, die keiner von uns will, werden sie das durchschauen.

Es klopft leise an der Badezimmertür.

„Hier ist jemand drin!", rufe ich.

„Ist alles in Ordnung bei dir?", fragt Nikki durch die Tür.

Nein, mir geht es alles andere als gut. Aber das kann ich ihr nicht sagen – nicht, solange Moreno mich draußen am Tisch im Restaurant im Blick hat. Ich gehe meine Möglichkeiten im Kopf durch, keine davon fühlt sich wirklich gut an, und schließlich öffne ich die Badezimmertür und lasse sie eintreten.

„Ich habe eine Panikattacke", gestehe ich, schaue zu ihr auf und bete, dass sie nicht nachhakt und mich fragt, warum.

Sie greift nach meinen Händen und nimmt sie in ihre. „Warum hast du eine Panikattacke?", fragt sie mit ruhiger, fester Stimme. Ihre ganze Aufmerksamkeit ist auf mich gerichtet.

Wir sind ganz allein. Ich könnte ihr alles erzählen – von dem Jungen im Keller, der Zwangsheirat, ihrem Mann, der zur Mafia gehört –, aber stattdessen schüttle ich zitternd den Kopf.

„Ich bin überfordert", sage ich.

Das ist die Wahrheit, aber es ist eher eine stille Wahrheit, verglichen mit den wahren Gründen, warum ich mich so fühle.

„Wegen der Hochzeit?", fragt sie.

„Meine Eltern werden durchdrehen, wenn ich es ihnen beichte; sie ahnen nicht, wie viel mir ihre Unterstützung bedeutet, und genau das hier wird ihnen das Herz brechen."

Nikki nickt langsam, ihr Atem gleichmäßig und ruhig. „Atme mit mir", sagt sie leise und gibt mir vor, wann ich einatmen, kurz halten und wieder ausatmen soll.

Ich habe Mühe zu atmen, mein Herz rast, ich ringe nach Luft.

Ihre Hände legen sich um meine Hüften, um mich zu stabilisieren. „Versuchen wir etwas anderes. Erdung", sagt sie.

Ich nicke und zittere, mein Inneres fühlt sich langsam wie Wackelpudding an.

„Nenne drei Farben, die du siehst."

„Beige", flüstere ich und starre auf die Fliesen an den Wänden des Badezimmers.

Sie nickt zustimmend. „Was noch?"

„Grau und Weiß", sage ich und betrachte die Marmorierung und die Wirbelmuster des Porzellanwaschbeckens. Mein Atem wird ruhiger.

„Gut. Nenne mir noch zwei weitere Farben."

„Olivgrün", sage ich und starre auf den Seifenspender, „und Rosa." Die Seife hat einen hässlichen Neonrosa-Farbton.

Ein Lächeln huscht über ihre Lippen. „In der Therapie habe ich gelernt, mich zu erden, wenn mir alles zu viel wird", sagt sie. Sie dreht den Wasserhahn zu, der die ganze Zeit im Hintergrund gelaufen ist.

Es klopft laut an der Badezimmertür.

„Alles in Ordnung, Moreno", ruft Nikki ihm durch die Tür zu.

„Ich wollte nur mal nachsehen." Ich kann mir vorstellen, wie er murrt und sich wieder an seinen Platz am Tisch setzt.

„Gibt es noch etwas, das dich beschäftigt?", fragt Nikki.

Jetzt ist es an der Zeit, ihr die Wahrheit über den

Jungen von gestern Abend zu sagen. Das Kind, das in einem Käfig im Keller eingesperrt war.

Ich schaue auf, begegne ihrem Blick, aber mir fehlen die Worte.

Sie ist Dantes Frau, und ich möchte ihr vertrauen, aber ich bin mir nicht sicher, ob sie mir überhaupt helfen könnte, wenn ich es versuchen würde. Moreno wartet auf uns.

Außerdem muss sie wissen, in was er verwickelt ist; eine Frau, die so klug ist wie Nikki, kann unmöglich nicht wissen, was unter ihrem Dach vor sich geht.

Wir wurden letzte Nacht aus dem Haus geworfen, als sie vermutlich das Kind in den Keller des Gefängnisses gebracht haben. Ich bezweifle, dass sie sie aus ihrem eigenen Haus geworfen haben.

Weiß sie von ihm?

Sie wirkt nicht wie jemand, der sich mit der Mafia einlässt. Auf den ersten Blick scheint sie eine anständige Mutter zu sein, die sich um ihren Sohn sorgt und wissen will, warum wir heiraten wollen, obwohl wir uns kaum kennen.

Aber ich zögere, ihr zu vertrauen.

Sie ist mit ihm verheiratet. Sie muss etwas wissen. Man lebt nicht in einem Haus, in dem

Dutzende von Männern das Grundstück bewachen, ohne Fragen zu stellen.

Oder, in meinem Fall, herumzuschnüffeln.

Nicht, dass ich vorhatte, herumzuschleichen und nach irgendetwas zu suchen, außer dem winselnden Welpen, den ich zu hören glaubte. Ich schätze, die Riccis haben kein Haustier.

„Gar nichts?", fragt Nikki erneut und lässt mich los, jetzt, wo ich wieder fest auf den Beinen stehe und mich besser fühle. „Wir sind ganz allein."

Es sind nur wir beide, aber ich kann ihr nicht vertrauen, solange sie mir nicht zuerst vertraut.

Sie lässt sich nichts anmerken, als würde sie um ihr Leben fürchten; sie sagt mir nicht, ich solle mich fernhalten, um mich oder Luca zu schützen. Ich will ihr glauben – und frage mich doch, ob es nur naive Hoffnung ist, die mich überhaupt reden lässt.

Es kommen keine Worte.

Vielleicht ist es besser so.

Die Angst lässt mich schweigen und hindert mich daran, seiner Mutter zu vertrauen.

Mir wird klar, dass unser gesamter Nachmittag bereits geplant war, als ich heute mit Nikki gegangen bin. Vom Restaurant bis zu unserem Wellness-Tag, den ich jetzt langsam bereue.

Dante hat dafür gesorgt, dass ich nirgendwo

hingehen konnte, ohne dass mir ein Mafia-Schläger folgte.

Ich wurde nie gefragt, wo ich essen wollte oder welche Art von Essen ich gerne hätte. Moreno traf die Entscheidung für uns, oder vielleicht hatte Dante sie schon getroffen, bevor wir losfuhren.

Wird es auf dem Campus auch so sein?

Wird Moreno oder ein anderer von Dantes Männern Entscheidungen für mich treffen, mir folgen und mein ständiger, unvermeidbarer Schatten sein?

„Meinst du, du schaffst es, wieder mit an den Tisch zu kommen?", fragt Nikki, als ich weiter stumm bleibe.

„Ja", flüstere ich und hoffe, dass ich ein paar Bissen Pasta hinunterbekomme.

„Gut. Versuche, dich nicht zu sehr zu stressen. Ich weiß, dass es vielleicht etwas schwierig werden könnte, aber ich verspreche dir, dass ich für dich da bin", sagt Nikki.

Ich möchte ihr glauben, bin mir aber nicht sicher, ob ich das kann. Der einzige Mensch, dem ich vertraue, ist Luca, aber ich kann ihn nicht einmal erreichen, weil ich mein Handy nicht habe.

DREIZEHN

LUCA

Nova stürzt sich ohne Vorwarnung auf mich, packt meinen Arm und zieht mich vom Flur direkt in den Wandschrank. Der Schrank ist riesig – eigentlich für Mäntel und Schuhe gedacht –, aber ganz hinten gibt es eine kleine Nische mit einem Buntglasfenster, das in den Hinterhof zeigt.

Durch das farbige Glas fällt gedämpftes Tageslicht, sodass wir nicht völlig im Dunkeln stehen.

„Alles in Ordnung mit dir?", frage ich, als ich ihre Unruhe fast körperlich spüre. Ich weiß nur nicht, was sie so aus der Fassung bringt.

„Wo ist Harper?", fragt Nova mit erstickter Stimme. „Ich finde sie nirgendwo, und letzte Nacht ist so viel Scheiße passiert. Weißt du, was los war? Rhys stand vor meiner Tür und hat mich nicht aus dem Zimmer gelassen." Panik liegt in ihren Augen, und ich kann es ihr nicht verdenken.

Auch in mir schnürt sich seit gestern Abend alles zusammen, und dieses Gefühl ist immer noch nicht verschwunden. Ich werde erst ruhiger sein, wenn Harper wieder hier ist, wenigstens irgendwo auf dem Grundstück.

„Sie ist mit Mutter unterwegs", sage ich.

„Deiner Mutter oder meiner?", fragt Nova und runzelt die Stirn, während sie versucht, die Information zu verarbeiten. „Und warum trifft sie sich mit einer unserer Mütter?"

„Mit deiner Mutter oder meiner?", hakt Nova nach und runzelt die Stirn, sichtlich bemüht, das einzuordnen. „Und warum trifft sie sich überhaupt mit einer unserer Mütter?"

„Mit meiner", präzisiere ich und zucke innerlich zusammen. Ich bin mir nicht sicher, wie viel ich ihr erzählen soll. „Gestern Abend ist es komplett eskaliert."

„Verdammt", flüstert Nova, schließt die Augen und kneift sich an die Nasenwurzel. „Ich hätte sie nie einladen dürfen. Wie dumm kann man sein."

Ein Teil von mir stimmt ihr zu – ohne ihre

Einladung wären wir nicht in diesem Schlamassel –, aber ich werde ihr keine Schuld zuschieben. Wir stecken da alle mit drin.

„Was passiert ist, ist passiert", sage ich leise. Wir können die Zeit nicht zurückdrehen, egal wie sehr ich mir wünsche, wir wären wieder eine Woche oder auch nur ein paar Tage früher.

„Was genau ist letzte Nacht passiert? Weißt du es? Ich habe einen Schuss gehört."

Ich hielt ihrem Blick stand. „Den haben wir alle gehört. Ich bin mir ziemlich sicher, dass Caden erschossen wurde."

„Ein verdammter Capo?", Nova klappt der Mund auf. „Keine Chance. Dein Vater bringt doch nicht einfach einen seiner Capos um."

„Er hat vor Harper ausgeplaudert, dass sie zur Mafia gehören."

„Heilige Scheiße", stößt sie hervor und beginnt im Schrank auf und ab zu tigern. „Wo ist Harper jetzt?"

„Bei meiner Mutter", wiederhole ich geduldig. Ich war mir sicher, das schon gesagt zu haben, aber sie ist völlig durch den Wind, und ich versuche, ruhig zu bleiben. „Harper ist gestern Nacht im Kerker im Keller gelandet."

„Das ist nicht dein Ernst!"

Unter anderen Umständen würde ich sie für ihre Ausdrucksweise rügen, aber ich bin keinen Deut besser. „Und das ist noch nicht mal das größte Problem."

„Größer als Harper – oh mein Gott, ist sie unten eingesperrt? Nein, warte, du hast gesagt, sie ist bei deiner Mutter." Man sieht richtig, wie ihr Kopf versucht mitzuhalten. „Wie zur Hölle ist sie von Kellerknast zu Kaffee mit deiner Mutter gekommen?"

„Setz dich besser hin." Ich deute auf die Bank am Fenster. Hartes Holz, nicht gerade bequem, aber besser als nichts.

Sie lässt sich nervös darauffallen, verschränkt die Finger, kann aber keine Sekunde still sitzen.

Ihre Anspannung ist greifbar – und sie spiegelt genau das wider, was in mir selbst brodelt.

„Harper hat gestern Nacht ein Wimmern gehört und ist dem Geräusch in den Keller gefolgt. Dort hat sie rausgefunden, dass mein Vater einen kleinen Jungen gefangen hält."

„Dein Vater ist unfassbar!" Nova schießt wieder in die Höhe.

Ich hebe nur eine Hand und deute stumm auf die Bank, bis sie sich wieder setzt.

„Und das war noch nicht alles?", fragt sie leise.

„Glaubst du ernsthaft, Harper würde nach so was einfach wieder hochgehen, sich ins Bett legen und gute Nacht sagen?", erwidere ich.

Novas Augen werden riesig. Sie weiß, dass jetzt der richtig schlimme Teil kommt.

„Harper hat versucht, mit dem Jungen zu verschwinden. Ich wollte ihnen helfen, aber sie blieb oben am Zaun hängen und wurde wieder zurückgeschleift. Und dann wurde es richtig krank: Mein Vater hat mir befohlen, sie zu töten – und Ashton hatte den Auftrag, uns beide zu erschießen, falls ich mich weigere."

Nova sitzt auf der Kante der Bank, die Finger so fest um die Sitzfläche gekrallt, dass ihre Knöchel weiß werden. „Offensichtlich hast du sie nicht getötet."

„Es geht ihr gut. So weit man das sagen kann", antworte ich und atme schwer aus. „Dante wollte, dass sie Caden erschießt. Sie konnte das nicht – und ich konnte nicht zulassen, dass sie überhaupt versucht, den Abzug zu drücken. Also... habe ich einen Ausweg vorgeschlagen."

Nova zieht die Stirn kraus. „Du hast einen Plan?" In ihrer Stimme schwingt deutlich Zweifel mit – verständlich. Je länger ich darüber nachdenke, desto weniger fühlt es sich nach einer

Lösung an und mehr nach einem Deal mit dem Teufel.

„Wir werden heiraten. Und nach dem College steige ich in Dantes Geschäft ein, außer ich werde in die NHL gedraftet. Solange ich spiele, habe ich Ruhe. Sobald damit Schluss ist, arbeite ich für ihn."

Sie lässt den Kopf in die Hände sinken, als würde das Gewicht der ganzen Sache sie nach unten drücken.

„Du willst Harper heiraten?"

„Ich sehe keinen anderen Weg", sage ich. „Du weißt, wie Dante tickt – Familie über alles. Wenn Harper offiziell zur Familie gehört, ist sie tabu."

Langsam hebt Nova wieder den Blick. „Und dabei verkaufst du deine Seele, indem du für Dante arbeitest", sagt sie leise. „Du verabscheust ihn. Du hast immer geschworen, niemals zu werden wie er, niemals für ihn zu arbeiten. Ich weiß, wie viel dir Harper bedeutet, aber vielleicht gibt es noch eine andere Option."

„Ich muss in die NHL kommen", murmele ich. Das ist der einzige Ausweg, den ich noch sehe.

„Du stehst nicht allein da, Luca. Wir finden einen Weg", sagt Nova schließlich.

„Danke", antworte ich rau.

„Also, warum genau ist Harper jetzt mit deiner

Mutter unterwegs?", fragt sie gefühlt zum hundertsten Mal.

„Mutter hat heute Morgen von unserer Blitz-Verlobung erfahren. Sie will Harper kennenlernen – und sie vermutlich auf ihre ganz eigene Art auf den Prüfstand stellen."

Nova verzieht das Gesicht. „Klingt nicht gerade beruhigend, wenn man bedenkt, dass deine Mutter die Tochter von Gino DeLuca ist." Einem weiteren Mafiaboss – inzwischen allerdings Geschichte.

„Ja, aber Harper weiß das nicht. Sie hatte keine Ahnung, dass das hier ein verdammtes Mafia-Anwesen ist – bis Caden das M-Wort in den Mund genommen hat."

„Mutter", kichert Nova.

„Du weißt genau, wie ich es meine." Ich wollte überhaupt nicht zurück hierher. Ohne Novas Geburtstag wäre ich nicht mal in die Nähe dieses Hauses gekommen.

Die Schuld sitzt mir wie ein Stein im Hals. Ich schlucke sie runter, weil mir nichts anderes übrig bleibt. Ich hätte wach werden müssen, als Harper aus dem Bett geklettert ist. Ich hätte aufpassen sollen. Sie zu schützen war meine Aufgabe – und ich habe sie komplett vermasselt.

„Was machen wir mit dem Jungen?", fragt Nova

und neigt den Kopf, während sie mich prüfend ansieht.

Immerhin sind wir uns da einig. Unter diesem Dach waren wir schon immer auf derselben Seite. Unsere Väter akzeptieren Gewalt als Mittel zum Zweck – aber weder sie noch ich wollen noch mehr Blut sehen.

Nova hat als Kind ihre Mutter und ihre Nanny verloren.

Ich habe keine Ahnung, wie sie es geschafft hat, ihrem Vater zu verzeihen. Wenn meine Mom gestorben wäre, hätte ich Dante nie vergeben. Ehrlich gesagt habe ich ihm nicht einmal das verziehen, was ich als Kind im Keller sehen musste.

„Ich kann Dante nicht einfach fragen", sage ich und halte ihrem Blick stand. „Ich könnte noch einmal für Ablenkung sorgen, aber hier hängen überall Kameras. Ich weiß nicht, ob derselbe Trick ein zweites Mal zieht."

„Ich rede mit meinem Vater, sobald er mit Harper zurück ist", sagt Nova. „Haben wir überhaupt den Namen des Jungen? Vielleicht können wir rausfinden, zu wem er gehört."

„Ich habe nicht gefragt. Und Harper hat auch nichts gesagt." Ich reibe mir den Nacken, während mir die Angst wie Ameisen über die Haut kriecht. „Ich könnte einen anonymen Hinweis absetzen ...“

„Und riskieren, dass sie das ganze Anwesen stürmen?“, faucht Nova und springt auf. „Willst du uns alle umbringen?“

Die Schranktür fliegt ohne Vorwarnung auf, und Dante steht im Rahmen – den Blick auf uns gerichtet, mitten in unserer kleinen, inoffiziellen Krisensitzung.

Wie viel hat er gehört? Ich weiß, dass ich besser nicht frage. Aber die Frage brennt wie Feuer in meinem Magen.

Wie viel hat er mitbekommen? Ich weiß, dass ich besser nicht fragen sollte, aber es lastet schwer auf mir.

„Unter meinem Dach entgeht mir nichts“, sagt Dante mit frostiger Stimme und deutet mit einer knappen Handbewegung an, dass wir aus dem Schrank kommen sollen.

Nova schießt an mir vorbei, instinktiv schnell, weil sie genau weiß, dass man den Don nicht herausfordert.

Ich lasse mir Zeit, bleibe im Türrahmen zum Flur stehen und begegne seinem kalten Blick. „Vielleicht zwingst du mich eines Tages, für dich zu arbeiten, aber ich werde dir niemals trauen", knurre ich.

Dante zuckt nicht einmal. „Mit deinem Hass kann ich leben, mein Sohn. Das tue ich seit Jahren." Er legt den Kopf leicht schief. „Deine Verlobte wird jeden Moment zurück sein. Ich würde dir raten, dich darauf zu konzentrieren – und nicht auf eure kleinen Pläne."

Ich schnaube leise und dränge mich an ihm vorbei hinaus in den Flur.

Immerhin scheint er nicht zu wissen, worüber wir gesprochen haben. Wenn doch, würde ich vermutlich längst zusammen mit dem Jungen in einer Zelle sitzen.

Ich beachte Dante nicht weiter und stapfe den Gang entlang. Nova ist bereits verschwunden, wahrscheinlich, um ihm aus dem Weg zu gehen. Kann ich ihr nicht übelnehmen – sie wohnt noch ein paar Wochen unter seinem Dach, bis sie endlich ihren Abschluss hat.

Aus dem Augenwinkel sehe ich, wie er in seine Jackentasche greift, das Handy hervorzieht und auf das Display schaut. Natürlich verfolgt er Mutter über irgendeine App. Ich verdrehe die Augen und gehe weiter Richtung Küche.

Mein Magen ist seit gestern Nacht ein einziger

Knoten, Hunger habe ich kaum, aber vielleicht hält ein Kaffee wenigstens die Kopfschmerzen fern, die schon hinter meinen Schläfen lauern.

Die Küche kenne ich in- und auswendig. Auch wenn sie einen eigenen Koch haben, mache ich mir meinen Kaffee lieber selbst – nach meinen Regeln, nicht nach seinen.

Ein paar Minuten später höre ich Stimmen und Schritte im Flur; die Haustür fällt ins Schloss. Der Lärm wandert näher, und kurz darauf kommen Mutter und Harper endlich wieder ins Haus.

Ich atme erleichtert auf – nicht, weil ich Angst hatte, Mutter könnte Harper etwas antun, sondern weil Moreno die ganze Zeit dabei war. Der Kaffee ist fast durch, aber das hat jetzt keine Priorität. Ich gehe direkt zu Harper, schlinge die Arme um ihre Taille und ziehe sie an mich.

Sie lehnt sich gegen mich und stößt einen leisen Atemzug aus, als hätte sie den ganzen Tag die Luft angehalten. Ich verkneife mir die Frage, ob es ihr gut geht – die Antwort kenne ich ohnehin. Als sie ihren Mantel aufknöpfen will, lege ich meine Hände über ihre. „Wie wäre es mit einem Spaziergang?", schlage ich vor. Ich brauche ein Gespräch unter vier Augen.

„Okay", murmelt Harper und nickt. Ich streife mir Mantel und Schuhe über und begleite sie durch die Hintertür hinaus in den Garten. Draußen gibt es zwar Kameras, aber wenigstens nehmen sie keinen Ton auf.

Ich halte ihre Hand, während wir gehen, und lasse sie nicht los. Ich muss sie spüren, um glauben zu können, dass sie wirklich heil wieder hier ist.

„Wie war das Mittagessen und der angebliche Wellness-Tag mit Mutter?", frage ich.

„Wir waren nur essen", sagt Harper und stößt einen langen, schweren Seufzer aus.

„Klingt ... großartig", murmele ich und spüre, wie gereizt sie ist.

Wir schlendern durch den Garten bis zum Waldrand, wo es zumindest friedlich ist. Ich weiß es besser – letzte Nacht ist sie hier entlanggerannt und hat versucht, mit dem Jungen zu fliehen.

„Deine Mutter scheint nett zu sein", sagt Harper leise, „aber keine Ahnung... Moreno war die ganze Zeit dabei. Es fühlte sich eher so an, als wäre er da, um sicherzustellen, dass ich ihr nichts über letzte Nacht erzähle."

Ich bleibe stehen, ziehe leicht an ihrer Hand. „Ich bin mir ziemlich sicher, dass Mutter ohnehin wusste, was los war."

Harper runzelt die Stirn. „Woher denn?"

„Er wird es ihr erzählt haben", sage ich. „Es ist

unmöglich, dass sie den Schuss gestern Nacht oder die Autos, die vom Gelände gerast sind, nicht mitbekommen hat. Nova ist aufgewacht, sie hatte einen Wachmann vor der Tür."

„Oh." Ihre Augen werden noch größer. „Glaubst du, das Ganze war eine Art Test?" Ihre Wangen glühen, und ich hoffe nur, dass sie – wenn es einer war – bestanden hat.

„Erzähl mir alles", sage ich leise. „Was ist genau passiert?"

Sie erzählt mir, was beim Mittagessen passiert ist, wie meine Mutter nach uns gefragt hat. Nichts davon erscheint mir verdächtig, bis sie zugibt, dass Mama nach ihr im Badezimmer gesehen hat, als sie nicht zu Mittag essen konnte.

„Ich schwöre, ich habe den kleinen Jungen nicht erwähnt", flüstert Harper. „Ich hätte es fast getan, aber dann habe ich es mir anders überlegt."

„Gut."

„Was hast du ihr gesagt?", frage ich.

„Dass ich eine Panikattacke hatte und überfordert war. Das ist keine Lüge."

Es tut mir im Herzen weh, zu hören, was Harper durchmacht. Ich ziehe sie näher zu mir heran und schlinge meine Arme um sie. Ihr verdammter Mantel ist im Weg, aber das ist mir egal. Meine

Finger gleiten zu ihrer Wange, streicheln ihre weiche Haut, während ich mit den Fingern durch ihr Haar fahre und ihre Lippen näher an meine ziehe. „Wir stehen das gemeinsam durch", flüstere ich.

Sie zittert und lächelt schwach. „Ja, ich weiß."

„Lass uns wieder reingehen, wenn dir kalt ist."

Ich begleite sie zurück ins Haus. Dort ist es mehrere Grad wärmer, und schon schwitze ich wegen des plötzlichen Temperaturwechsels.

Ich ziehe meinen Mantel und meine Schuhe aus, Harper tut es mir gleich.

Wir schlendern an der Küche vorbei, doch ich bleibe abrupt stehen, als ich Novas Stimme höre und den Hinterkopf von Moreno erkenne. Sie stehen ein paar Türen weiter im Flur, also lege ich Harper leicht die Hand an den Arm und ziehe sie unauffällig ins offene Badezimmer, damit wir die beiden nicht unterbrechen.

Ich lege einen Finger auf meine Lippen und gebe ihr ein Zeichen, still zu sein und sich nicht zu bewegen.

„Seit wann befasst du dich mit der Entführung von Kindern?", fragt Nova und starrt ihren Vater an.

VIERZEHN

NOVA

Es ist unmöglich, unter dem Dach der Mafia zu leben und keine Ahnung zu haben, was vor sich geht. Dazu müsste man schon absolut dumm sein.

Ich habe mein ganzes Leben lang in diesem Haus gewohnt, zumindest, soweit ich mich erinnern kann.

Meine Mutter starb, als ich noch ein kleines Kind war. Die Erinnerungen daran sind noch immer lebhaft, aber mit Blutflecken, die die Grenzen der Realität verwischen und das Trauma verstärken.

Jahrelange Therapie in meiner Kindheit hat mir geholfen, einen Teil davon zu verarbeiten – aber der Therapeut war natürlich kein unabhängiger Seelenklempner.

Sie arbeitete für meinen Vater, Moreno Ricci.

Vertrauen ist so eine Sache: Sobald es einmal zu bröckeln beginnt, wird es nie wieder ganz heil. Und auch wenn ich meinem Vater vertraue, tue ich das nicht ohne Vorbehalte.

Ich weiß, dass er schlimme Dinge tut.

Er ist kein guter Mensch – aber zu mir war er es meistens.

Er hat Paige in mein Leben gebracht, meine Stiefmutter, die mir durch meine Verluste geholfen und mir eingeredet hat, dass mein Vater kein Monster, sondern „nur ein Mensch" ist.

Vielleicht fällt es mir gerade deshalb leichter, mich ihm entgegenzustellen, auch wenn es töricht und gefährlich ist.

„Ich fasse es nicht!", fauche ich und komme ihm fast knurrend.

Ich habe sichergestellt, dass niemand in der Nähe ist, bevor ich mein eigenes kleines Verhör beginne.

Er steht einfach da, sieht mich an und wartet, dass ich weitermache.

„Du klingst genau wie deine Mutter", sagt er mit ungewöhnlich sanfter Stimme – und der Satz trifft mich tief. Ich ahne, dass es ihm ähnlich geht.

Ich frage nicht nach, ob er Paige meint – meine

Stiefmutter, die mich großgezogen hat – oder meine leibliche Mutter, an die ich mich kaum erinnere. Von ihr habe ich nur Bruchstücke im Kopf, und jedes einzelne ist blutig, hässlich und endet in ihrem Tod.

„Das ist nicht fair", sage ich und spüre, wie mir die Kehle eng wird. Er versucht, mich mit einem Satz weichzuklopfen, als wäre ich wieder dieses kleine Mädchen, das man mit Gefühlen lenken kann. Aber ich bin nicht mehr klein. Ich sehe, was hier passiert, und ich weiß mehr, als ich jemals laut aussprechen würde. Vor allem habe ich gelernt, dass Schweigen mich schützt. Das war einer der Gründe, warum ich als Kind stumm war: Wenn ich nichts sagte, konnte ich nichts Falsches sagen. Und wenn ich nichts Falsches sagte, konnte mir niemand wehtun. Zumindest habe ich mir das eingeredet – bis ich begriff, dass mein Vater ohnehin alles tun würde, um „die Familie" zu schützen, egal, was es kostet.

Dad arbeitet für Dante. Er nimmt Befehle entgegen, stellt keine Fragen und gehorcht – genau das macht ihn zu einem perfekten Stellvertreter. Und wenn Dante jemals stürzen würde, würde Dad vermutlich einfach nachrücken.

Der Gedanke lässt mich kalt. Ich wünsche Dante

nicht den Tod, aber ich habe auch keinen Respekt vor meinem Vater. Ich weiß, wer er ist. Das habe ich viel zu früh gelernt – so früh, dass ich mich an kein Davor erinnern kann. Für mich war er immer schon ein Mafioso, lange bevor ich überhaupt wusste, was dieses Wort bedeutet.

Er mustert mich mit diesen wachsamen, neugierigen Augen, sagt aber nichts. Er wartet ab – ob ich einknicke, ob ich gehe. Vielleicht hofft er sogar, dass ich gehe. Aber Paige hat mich nicht dazu erzogen, wegzuschauen.

„Seit wann entführt ihr Kinder?" Die Worte kommen heiß heraus, als würde Dampf aus mir aufsteigen. Ich will eine Antwort. Ich brauche eine Antwort.

Sein Blick warnt mich, still zu sein. Sein ganzer Körper sagt mir: Lass es. Doch ich kann nicht zurückweichen, nicht, nachdem ich weiß, dass da unten ein Junge gegen seinen Willen festgehalten wird.

„Nova." Mehr braucht er nicht. Dieser Ton ist eine Leine, ein Befehl.

Nein.

Ich öffne den Mund – und im nächsten Moment packt er mich am Arm. Hart. Zu hart. Er zieht mich mit sich, weg vom Flur, weg von Licht und Luft, zur Kellertür.

„Oh, verdammt", presse ich hervor und reiße mich gegen seinen Griff, doch er lässt nicht locker. „Was zum Teufel machst du da?" Und während er mich nach unten zerrt, trifft mich der Gedanke wie ein Schlag: Mein eigener Vater behandelt mich gerade wie ein Problem, das man aus dem Weg schaffen muss.

„Sei still, sonst bringst du uns beide um", knirscht er mit zusammengebissenen Zähnen. Wir bleiben auf der Treppe stehen und er schleicht hinunter, um sicherzustellen, dass keine Wachen im Keller sind. Das ist nicht nötig, da die Gefängniszelle fest verschlossen ist.

Als ich das Kind sehe, weiten sich meine Augen und mein Herz schmerzt regelrecht für ihn. „Du bist ein verdammtes Monster!"

„Pass auf, was du sagst!" Dad ist nicht begeistert von meinen Worten, und ich bin auch nicht gerade begeistert von seinen Taten.

„Du machst dir Sorgen um meine Ausdrucksweise? Wie konntest du ein Kind entführen?" Ich deute auf den Jungen im Keller.

„Wir entführen ihn nicht wirklich", sagt er.

„Versuchst du das gerade ernsthaft zu

rechtfertigen?" Mir stockt der Atem, Unglauben und Wut schlagen gleichzeitig hoch. Ich kann das nicht fassen. Instinktiv reiße ich mich aus seinem Griff, weil ich ihm keinen Zentimeter mehr vertraue – nicht hier unten, nicht in seiner Nähe. Nicht, wenn ein falsches Wort reichen könnte, damit er mich als Nächstes hinter Gitter sperrt. Weil ich zu viel gesehen habe. Weil ich zu viel weiß. Weil ich den Mund aufgemacht habe, statt zu gehorchen. Und weil ich plötzlich begreife: Die Gründe, mich verschwinden zu lassen, sind für ihn unendlich.

Er ist Mafioso – und ich bin nur die Tochter seines Stellvertreters.

Für die meisten hier bin ich ein Niemand. Ein Gesicht, das man übersehen kann. Aber wenn mir etwas zustößt, würde Paige ihm das niemals verzeihen. Das ist das Einzige, woran ich mich klammere: Meine Stiefmutter liebt mich genauso sehr wie ihn.

„Ich bin dir keine Rechenschaft schuldig", sagt Dad kalt.

„Bitte ... hilf mir." Der kleine Junge hinter den Gitterstäben tritt näher, in den schmalen Lichtkegel.

Der Raum ist nur spärlich beleuchtet, aber man erkennt sofort: Er trägt noch seinen Schlafanzug.

„Haben Sie ihn aus seinem Bett geholt?" Mir wird schlecht vor Entsetzen, vor Abscheu.

„Wir schützen nur die Familie", sagt Dad, ohne auch nur zu blinzeln. Und trotzdem kenne ich ihn – er würde einem Kind nicht selbst weh tun. Aber er würde Blut sehen wollen, wenn einem Kind etwas angetan wurde. Ich starre den Jungen an und frage mich, ob ihm jemand etwas angetan hat … und wenn ja: Warum hat Dante dann befohlen, ihn aus seinem Zuhause zu holen und ihn hier unten wie ein Tier einzusperren?

„Klar – weil dieses Kind ja eine massive Bedrohung für die Grundfesten deiner Organisation ist."

„Sein Vater ist die Bedrohung, Nova. Und mehr musst du nicht wissen."

„Sag mir wenigstens wie", fordere ich und halte seinem Blick stand, als könnte ich ihn mit purer Verzweiflung zur Vernunft zwingen. „Du kannst ihn nicht für immer hier unten lassen. Und was passiert, nachdem du seinen Vater… getötet hast?"

„Ich schulde dir keine Erklärungen."

„Doch. Für Mamas Tod schuldest du mir etwas." Meine Stimme ist eisig, härter, als ich mich fühle.

Für einen Moment flackert etwas in seinen

Augen auf – Wut, Trauer, vielleicht beides. Dann wird sein Blick wieder glatt. „Genug, Nova. Du musst nur begreifen, dass wir tun, was nötig ist, um Kinder zu schützen." Er sagt es so überzeugt, als wäre das hier ein Dienst an der Welt.

„Wie lange bleibt er hier drin?", frage ich. „Du kannst ihn nicht eingesperrt halten. Und ich schwöre dir, wenn du auch nur vorhast, diesem Kind ein Haar zu krümmen—"

Dad lächelt, als hätte ich ihn unterhalten. „Und was willst du dann tun?" Er legt den Kopf schief, amüsiert über meine Drohung. „Ich hätte nie gedacht, dass ich das mal sagen würde, aber vielleicht trittst du eines Tages doch in die Fußstapfen unserer Familie."

„Nur über meine Leiche", spotte ich.

„Sei nicht so melodramatisch, Nova. Unsere Mission würde dir sogar gefallen."

„Ein Kind entführen?" Ich schüttele den Kopf, trete näher an die Gitter und blende ihn aus. „Hey... geht's dir gut? Brauchst du was? Essen, Wasser, eine Decke?"

„Ihm geht es gut", ruft Dad hinter mir, als hätte er die Lage damit geklärt.

Der Junge zuckt nur mit den Schultern.

„Wie heißt du?"

Dads Stimme knallt durch den Raum, schneidend wie ein Messer: „Sag es ihr – und ich bringe dich persönlich um."

Der Junge erstarrt, weicht zurück und kauert sich in die Ecke der Zelle, als wolle er so klein werden, dass ihn niemand mehr sehen kann.

„Du bist ein Monster", knurre ich ihn an und setze den Fuß auf die Treppe.

Bevor ich auch nur drei Stufen schaffe, schnappt er sich meinen Arm und reißt mich wieder nach unten, als wäre ich ein Kind, das weglaufen will. „Und du bringst uns beide um, wenn sie erfahren, dass ich dir etwas gesagt habe", zischt er. „Hast du den Verstand verloren? Willst du sterben?"

„Ich habe keine Angst vor dem Tod", sage ich und halte seinem Blick eiskalt stand. „Ich habe aufgehört, Angst zu haben, als ich die Menschen, die ich geliebt habe, vor meinen Augen sterben sah."

Er atmet scharf aus. „Es tut mir leid, dass du das erleben musstest, Nova."

Er macht einen Schritt auf mich zu, hebt die Hand, als wolle er mich beruhigen, mich anfassen, mich zurückholen. Ich zucke zurück und halte Abstand, als wäre seine Berührung plötzlich etwas Gefährliches.

Nicht weil ich wirklich glaube, dass er mich schlagen würde.

Sondern weil er da unten ein Kind hinter Gitter gesperrt hat – und ich gerade anfange zu begreifen, dass ich vielleicht nie gewusst habe, wer mein Vater wirklich ist.

FÜNFZEHN

NIKKI

Das Mittagessen läuft so gut ab, wie es unter diesen Umständen eben möglich ist, und ich bin fast dankbar, dass wir den Spa-Termin am Nachmittag streichen – ich glaube nicht, dass Harper und ich noch ein paar Stunden am Stück miteinander durchstehen würden.

„Du bist wieder da, Kätzchen", sagt Dante, sobald ich durch die Tür trete. Seine Hände finden sofort meinen Körper, sein Atem streift meinen Nacken – und ich schwöre, je länger ich weg bin, desto mehr scheint er nach meiner Nähe zu verlangen.

Er nimmt mir den Mantel ab, und ich streife

meine Schuhe von den Füßen, bevor ich ihm den Flur entlang zu seinem Arbeitszimmer folge.

Dante legt mir den Arm um die Taille, zieht mich in sein privates Reich und drückt mich gegen die Tür, die er hinter uns mit einem dumpfen Schlag schließt. Im nächsten Atemzug ist sein Mund auf meinem – seine Zunge gleitet zwischen meine Lippen, und ich verliere mich ohne Widerstand in ihm.

Fast zwanzig Jahre, und trotzdem bringt er meine Knie noch immer zum Nachgeben. Seine Küsse wandern über meine Haut, kosten sich an meinem Hals entlang, und eine vertraute Hitze breitet sich in mir aus, warm und unaufhaltsam.

„Dante", murmele ich atemlos, halb benommen, während ich versuche, mich daran zu erinnern, weshalb wir überhaupt in seinem Büro sind. Es hat nichts mit Sex zu tun – nur vergessen wir das jedes Mal, sobald wir allein sind. Vielleicht ist das der Grund, warum es bei Luca geblieben ist statt bei einem ganzen Dutzend Kinder. Und ehrlich? Ich bin dankbar für das eine, das ich habe.

„Erzähl mir alles." Dante küsst sich an meinem Busen entlang, und meine Finger verheddern sich in seinem dichten, dunklen Haar, während ich sein Gesicht wieder zu meinem ziehe.

„Sie wird die Familie nicht verraten", sage ich, überzeugt davon, dass ich genug Zeit mit ihr verbracht habe, um die Wahrheit zu kennen.

Dante löst sich widerwillig von mir, seine Stirn legt sich in Falten. „Bist du dir sicher?"

„Sie ist hin- und hergerissen, so viel ist offensichtlich, aber sie wird nichts von dem erzählen, was sie letzte Nacht gesehen hat, oder von dem Jungen, und ich habe ihr die Möglichkeit gegeben, es mir unter vier Augen zu erzählen. Du wirst ihr kein Haar krümmen", warne ich ihn.

Ein schiefes Grinsen huscht über sein Gesicht. Er lächelt selten, und gerade deshalb trifft es mich jedes Mal – weil es bedeutet, dass er für einen Moment seine Schutzmauer fallen lässt und mich wirklich an sich heranlässt. „Erteilst du mir etwa Befehle, Kätzchen?"

„Ich sag's dir ganz deutlich: Wenn du ihr etwas antust, wird unser Sohn dir das niemals verzeihen."

Dante lehnt sich zurück, verschränkt die Arme vor der Brust und schlägt gelassen ein Bein über das andere, als würde er meine Worte wie einen Geschäftsvorschlag abwägen. „Es gibt andere Mädchen."

„Ich habe nicht allein mit Luca gesprochen, aber ich vermute, dass er sie liebt, und es ist offensichtlich, dass sie ihn sehr mag. Du hast die beiden gestern Abend gehört …"

Ein leises, dunkles Lachen entweicht ihm. „Wer hat sie nicht gehört? Aber Sex ist eben Sex – du und ich haben schon lange, bevor wir uns ineinander verliebt haben, miteinander geschlafen. „Er wird sich eine andere Frau suchen, wenn ich es anordne."

„Wenn du diesen Befehl gibst, wirst du dir selbst eine andere Frau suchen müssen", drohe ich ihm.

Sein Gesicht verhärtet sich. Mit zwei Schritten ist er wieder nah genug, dass ich seinen Atem spüre. „Drohst du mir, Kätzchen?"

„Ich erinnere dich daran, dass du deinen Sohn schon einmal fast verloren hättest. Wenn du den Mordauftrag gibst, wirst du ihn für immer verlieren."

Er atmet aus, wendet sich ab – nicht aus Schwäche, sondern weil er nachdenken muss. Oder weil es ihn mehr trifft, als er zugeben will.

„Glaubst du wirklich, man kann Harper vertrauen?", fragt er schließlich, geht an seinen Schreibtisch und klappt den Ordner auf, der dort schon auf ihn wartet.

„Hast du mir vertraut, als wir uns das erste Mal getroffen haben?", frage ich und drehe den Spieß um.

Er grinst, starrt auf die Seiten, untersucht jede einzelne genau, während er mit mir spricht. „Ich wusste vom ersten Moment an, als ich dich sah, wer du bist, Kätzchen. Was glaubst du, warum ich den Namen Daniel gewählt habe?"

Ich gehe zu seinem Schreibtisch, schlage ihm auf den Arm und verdrehe die Augen. „Du hast mich gefickt, um an meinen Vater heranzukommen." Ich habe das immer vermutet, aber ich habe ihn nie die Wahrheit aussprechen hören. Ich möchte wütend auf ihn sein, aber ehrlich gesagt kann ich den Mann, den ich geheiratet habe, nicht hassen.

Er hat mir das Leben gerettet, mich beschützt und mir geholfen, unseren Sohn großzuziehen.

Luca mag ihm vieles nie verzeihen. Aber als Vater... als Vater war Dante da.

Und Gino – mein alter Herr – war um Welten schlimmer.

„Ich gebe zu, so sehr du Harper auch hasst, sie hat versucht, diesen kleinen Jungen, Rylan, zu retten." Sie hat eine gewisse Hartnäckigkeit an sich, und Dante kann nicht leugnen, dass sie auf derselben Seite stehen, auch wenn Harper und Luca das nicht erkennen.

„Ich hasse sie nicht ...", sagt Dante, lässt die Worte aber in der Luft hängen. „Ich vertraue ihr nur nicht. Sie könnte alles zerstören, uns umbringen lassen oder, schlimmer noch, uns verraten."

„Ich gebe zu, so sehr du Harper auch hasst, sie hat versucht, diesen kleinen Jungen, Rylan, zu retten." Sie hat eine gewisse Hartnäckigkeit an sich, und Dante kann nicht leugnen, dass sie auf derselben Seite stehen, auch wenn Harper und Luca das nicht erkennen.

„Ich hasse sie nicht ...", sagt Dante, lässt die Worte aber in der Luft hängen. „Ich vertraue ihr nur nicht. Sie könnte alles zerstören, uns umbringen lassen oder, schlimmer noch, uns verraten."

Und genau das ist das Problem. Niemand kann sicher wissen, wie Harper reagiert, sobald sie zurück auf den Campus darf. Wir können sie nicht auf Dauer in diesem Haus verstecken – so verführerisch dieser Gedanke auch ist. Spätestens ihre Freunde und ihre Familie würden Fragen stellen. Und Misstrauen ist wie Rauch: Irgendwann sieht ihn jeder.

„Vertraust du meinem Urteilsvermögen?"

„Bedingungslos", sagt Dante, hebt den Blick von der Akte und lässt seine Finger in mein Haar gleiten. Dann zieht er mich an sich, bis seine Lippen meine finden. „Ich habe dir immer vertraut", murmelt er gegen meinen Mund. „Du warst es, die mir nicht immer vertraut hat."

„Das ist ewig her", sage ich leise, „damals, als wir uns kennengelernt haben." Ein Lächeln streift seine Lippen, bevor ich mich ein Stück zurückziehe. „Und was du mit Rylan tust – so edel deine Absicht auch sein mag – ist trotzdem fehlgeleitet."

„Ich habe nicht nach deinem Rat gefragt", entgegnet er und hält meinen Blick fest. Doch da ist keine Wut in seinen Augen. Ich kenne seine Wut – sie sieht anders aus, fühlt sich anders an. Sein Blick ist eher von Lust als von Wut erfüllt.

„Du hast ihn in unser Haus gebracht, unter unser Dach. Du hast geschworen, dass du niemals daran beteiligt sein würdest, Kindern Schaden zuzufügen oder sie zu verkaufen."

„Das tue ich nicht!", sagt er genervt. „Glaubst du, ich habe eine andere Wahl? Ich habe einen Anschlag auf seinen Vater angeordnet, den Mann, der Kinder verkauft und für die Vergewaltigung Dutzender minderjähriger Mädchen – Kinder – verantwortlich ist. Es tut mir leid, wenn sein Sohn darin verwickelt wurde, aber seine Familie und sein Zuhause werden zerstört werden, und die einzige Möglichkeit, die Sicherheit des Kindes zu gewährleisten, war, ihn hierher zu bringen."

Ich presse die Lippen aufeinander, weil es mich schmerzt, dass du das als einzigen Ausweg siehst. „Dieser Junge wird irgendwann erwachsen sein", sage ich leise, aber eindringlich, „und dann wird er uns hassen." Ich halte Dantes Blick fest, damit er versteht, was auf dem Spiel steht. „Ob du es willst oder nicht – damit säst du einen Feind, der eines Tages zu dir zurückkehren wird." Und du bringst unsere Familie genau in die Gefahr, vor der du sie angeblich schützt."

Er zieht sich von mir zurück, seine Augen brennen. Er hat letzte Nacht kaum geschlafen.

Er ist nicht der Einzige, dem der Schlaf geraubt wurde. Nachdem Moreno in das Zimmer gestürmt war, uns geweckt und Dante auf den neuesten Stand gebracht hatte, während er sich anzog, konnte ich nicht mehr schlafen.

Ich hatte Angst um meinen Sohn – dass Luca sich am Ende für mich opfert und dafür stirbt.

Dante ist nicht immer besonnen. Und obwohl Moreno sonst oft das Schlimmste abfängt, war es dieses Mal außer Kontrolle geraten – schlimmer, als es jemals hätte kommen dürfen – für jeden von uns.

„Was soll ich denn tun? Der Anschlag ist für morgen Abend angesetzt. Ich kann den Jungen nicht einfach zurückbringen. Wenn ich ihn nach Hause schicke, stirbt er mit ihnen."

„Und was passiert danach?", frage ich. „Wenn seine Familie tot ist – was dann?" Manchmal wirkt es, als würde Dante nur den nächsten Zug sehen, nicht das ganze Spiel. Ich liebe ihn, aber seine Sturheit ist keine Stärke, wenn sie unsere Familie in Gefahr bringt.

„Ich wollte ihn zur Polizei bringen."

„Natürlich", sage ich trocken. „Damit er dich, unsere Männer und unser Haus beschreibt? Damit er uns ein Gesicht gibt?" Ich schüttle den Kopf. „Dante, hör auf. Was hattest du wirklich mit Rylan vor?"

Er zögert nicht. „Ich wollte ihn wie unseren Sohn großziehen. Sie sollen glauben, er wäre bei der Explosion ums Leben gekommen. Da bleibt nichts übrig, was man identifizieren kann. Mit der Zeit... wird er es vergessen. Seine Vergangenheit. Seine Familie. Alles."

Mir wird kalt. „Er ist kein Kleinkind. Er wird sich erinnern – an seine Eltern, an den Käfig, an die Angst. Du glaubst ernsthaft, er wächst einfach als unser Sohn auf, als wäre nichts gewesen?" Meine Stimme wird schärfer. „Und was ist mit anderen Angehörigen? Großeltern. Tante, Onkel.

Irgendjemand."

„Ich habe nachgesehen", sagt er ruhig. Viel zu ruhig. „Da ist niemand. Wenn wir ihn gehen lassen, landet er im System. Und du hast es selbst gesagt, Nikki: Wir können nicht zulassen, dass er die Polizei zu unserem Haus führt." Er tritt einen Schritt näher, als wäre das ein Argument, das alles beendet. „Er hat unsere Gesichter gesehen. Also gibt es nur zwei Möglichkeiten: Er gehört zu uns – oder er stirbt."

„Verdammt, Dante", presse ich hervor. „Wir werden kein Kind töten."

„Dann ist es wohl beschlossen. Er wird unser Sohn sein."

Ich werfe meine Arme in die Luft. „Du kannst das nicht einfach so verlangen und es wird Realität." Ich erinnere mich an das Trauma, das Nova hatte, als sie verstummt war und es Zeit brauchte, bis sie wieder Vertrauen fasste.

„Außerdem sieht er uns als seine Entführer. Was passiert als Nächstes? Lässt du ihn plötzlich frei, rettest ihn?"

„Nein, du wirst es tun", sagt Dante zu mir. „Du wirst ihn großziehen, ihm klar machen, dass wir nicht zu fürchten sind, und mit der Zeit wird er vergessen, was im Keller passiert ist."

„Du irrst dich. Er wird es nicht vergessen. Du

kannst seine Erinnerungen nicht einfach auslöschen.“

„Sag mir, was du tun würdest“, fordert Dante mich auf und streicht mir mit den Fingerspitzen eine Haarsträhne aus dem Gesicht. „Wenn du Don wärst – wie würdest du diese kleine Situation lösen?“

„Zuerst einmal hätte ich ihn nicht im Keller eingesperrt.“

Dante zuckt sichtbar zusammen, als würde ihn die Wahrheit treffen. „Er sollte nur Caden sehen“, murmelt er, fast wie eine Rechtfertigung. „Aber Harper ist die Treppe runtergekommen und hat alles durcheinandergebracht.“ Sein Blick hakt sich wieder in meinen. „Also? Was würdest du jetzt tun?“

„Schon dein erster Fehler war, Harper dafür verantwortlich zu machen“, sage ich ruhig. „Du hättest dich aus dem Keller raushalten sollen. Nur Caden und die Männer, die den Jungen zurückgebracht haben, hätten da unten überhaupt etwas zu suchen gehabt. Stattdessen hast du dich an der Verwicklung deines Sohnes festgebissen – und an dem Mädchen, das er will – bis du nicht mehr klar denken konntest.“

Dantes Mundwinkel zucken. „Jeder andere, der so mit mir reden würde, wäre längst tot.“

„Dann hättest du mich nicht fragen dürfen", erwidere ich, ohne zu blinzeln. Angst ist schon lange keine Sprache mehr zwischen uns. Er ist gereizt – ja. Aber nicht in der Stimmung, Blut zu vergießen.

„Ich habe gefragt, was du jetzt tun würdest, nicht, was ich falsch gemacht habe", sagt er. Er schnaubt und dreht mir den Rücken zu, um sich wieder der Akte auf seinem Schreibtisch zuzuwenden, die voller Seiten über Harper McKenna ist. Alles von ihren Social-Media-Konten, Posts, Texten, E-Mails, medizinischen und Krankenhausunterlagen. Das ist mehr als nur eine typische Hintergrundüberprüfung.

Ich halte inne und wäge alle Optionen und Variablen ab. „Ich würde Rylan nach oben bringen, ihn vor den Fernseher setzen und ihn die Nachrichten sehen lassen. Ich würde ihn sehen lassen, wie die Explosion in den Nachrichten kommt und er begreift, dass seine Familie und alle, die er kennt, tot sind."

„Grausam", flüstert Dante und neigt seinen Kopf zu mir. „Du hast wirklich Mafia-Blut in dir."

„Ich schlage das nicht vor, um grausam zu sein, sondern damit er begreift, dass er nirgendwo hingehen kann und wir ihn gerettet haben."

„Er wird uns die Schuld geben", sagt er.

Dante hat recht. Rylan wird uns die Schuld geben, aber vielleicht verdienen wir das auch. Wir sind in dieser Sache nicht unschuldig, und ich gebe nicht vor, eine Heilige zu sein.

„Da ist noch Rhys", sage ich und presse die Lippen zusammen, während ich über die Auswirkungen meiner nächsten Worte nachdenke. „Rhys und Rylan haben sich noch nicht kennengelernt. Du hast Rhys gestern Abend befohlen, vor Novas Tür zu bleiben, stimmt's?"

„Rhys beschützt Nova immer", sagt Dante. „Er ist praktisch ihr persönlicher Bodyguard."

„Genau. Er kann gut mit Kindern umgehen. Er weiß, wie man sie beschützt, und wir könnten eine Flucht inszenieren, bei der Rhys Rylan rettet. Dann bringt er ihn in ein schäbiges Motel, und sie können in den Nachrichten die Zerstörung seiner Familie miterleben. An diesem Punkt wird er Rhys vertrauen, und du kannst ihnen beiden neue Identitäten geben."

Er fährt sich über das Kinn und wägt meinen Vorschlag ab. „Schlechte Idee ist das nicht. Aber Rhys wird kaum jubeln – Vollzeitvater für ein Kind, das nicht mal seines ist?"

„Dann erhöhe sein Gehalt. Schicken die beiden auf die Cayman Islands oder nach Costa Rica. Und wenn Rylan alt genug ist, lass Rhys vorzeitig in Rente gehen", sage ich, ruhig und bestimmt. „Rhys wird tun, was du verlangst. Er ist ein guter Soldat."

Dante atmet schwer aus, als würde ihm erst jetzt das ganze Gewicht dieser Entscheidung klar. „Das ist verdammt viel", murmelt er. Dann nickt er langsam. „Aber... ich glaube, es kann funktionieren."

Seine Aufmerksamkeit richtet sich wieder auf die Akte, die nun auf seinem Schreibtisch ausgebreitet ist, Seite um Seite.

Ich werfe einen Blick über seine Schulter und überfliege die Informationen vor uns.

Harper McKenna.

Er hat eine Hintergrundüberprüfung des Mädchens durchgeführt, keine große Überraschung.

„Gibt es etwas Interessantes?", frage ich und setze mich auf die Kante des Schreibtisches.

„Ja", sagt er und fährt mit dem Finger über den markierten Abschnitt, den ich lesen soll.

Mir stockt der Atem, als sich unsere Blicke treffen.

Es scheint, als hätte Harper selbst ein Geheimnis.

SECHZEHN

HARPER

Ich möchte nicht mit Lucas Eltern zu Abend essen, aber es scheint, als hätte ich keine andere Wahl.

„Es wird schon gut gehen, sei einfach du selbst", flüstert Luca, als ich meine Tasche nach unten bringe. Nach dem Abendessen will Luca uns zurück zum Campus fahren.

Ashton ist mit dem Bus zurück zum Campus gefahren. Er hat deutlich gemacht, dass er nicht am Abendessen teilnehmen will, aber ich glaube, es war eigentlich Luca, der ihm gesagt hat, er solle sich aus dem Haus verziehen.

Die Spannung zwischen Ashton und Luca hat sich seit gestern Abend immer mehr aufgebaut, und ich glaube nicht, dass sie so schnell verschwinden wird.

Ich werde erleichtert sein, nach Hause zurückzukehren, aber das wird nicht ohne Narben und Albträume geschehen. Und für das Kind, das in ihrem Keller versteckt ist, kann ich wenig tun. Ich brauche einen Plan, einen, bei dem ich nicht erwischt werde, und das ist unmöglich bei der Anzahl der Wachen, die rund um die Uhr im Einsatz sind.

Was die Verlobung angeht, habe ich mich noch nicht an meine Eltern gewandt. Das werde ich nächste Woche tun, wenn ich sie zum Abendessen bei den Riccis einladen muss.

Ich kann nicht anders, als mich zu fragen, ob es einen Ausweg aus diesem Schlamassel gibt, aber ich sehe ihn noch nicht. Werde ich Luca Ricci wirklich heiraten?

„Komm", sagt Luca, nimmt meine Hand und führt mich zum Esszimmer, um mit seinen Eltern zu Abend zu essen.

Ich bin erleichtert, als Nova sich zu uns an den Tisch setzt. Doch Moreno und Paige nehmen ebenfalls Platz, und ich klammere mich an die Hoffnung, dass sie heute Abend als die größere Ablenkung herhalten können.

„Als du von einem Familienessen gesprochen hast ..." Mehr bringe ich nicht heraus.

„Wir sind hier alle eine Familie", sagt Moreno tonlos. „Gewöhn dich besser daran."

Ich atme aus, lasse einen leisen Seufzer entweichen und gehe zu einem freien Stuhl. Luca rückt ihn mir zurück, damit ich mich setzen kann. Wenigstens sitzen wir nebeneinander. Seine Finger drücken kurz meine Hand, bevor er loslässt und nach seinem Wasserglas greift.

„Lassen wir die Formalitäten beiseite", sagt Nikki und sieht mich dabei direkt an. „Ich bin mir der Situation bewusst, dass Sie meinen Sohn heiraten, um Schutz zu erhalten, anstatt zu sterben."

Ihre Worte treffen mich wie ein Schlag – tief, kalt und vollkommen unerwartet.

„Mama!", stößt Luca ungläubig hervor, die Augen weit aufgerissen.

„Ich bin nur ehrlich", erwidert Nikki ruhig und ohne auch nur den Ansatz eines Lächelns. Ihr Blick bleibt an mir hängen, als könnte sie mich damit festnageln. „Und Ehrlichkeit ist wichtig, oder nicht, Liebes?"

Ich nicke langsam. „Ja. Ehrlichkeit ist wichtig", sage ich – und gleichzeitig brennt der Gedanke in meinem Hinterkopf, dass ausgerechnet Ehrlichkeit mich hier umbringen könnte. Sie wollen doch, dass ich das verschweige, was ich im Keller gesehen habe. Oder?

„Gut." Nikki lehnt sich minimal zurück. Ihre Augen glänzen, aber ihre Miene bleibt hart. „Dann sind wir uns ja einig." Ein leises, fast amüsiertes Lachen entweicht ihr, bevor sie Paige einen kurzen Blick zuwirft. „In dieser Familie erwarten wir vollständige Transparenz. Hast du das verstanden?"

„Mutter?", versucht Luca es erneut, deutlich beunruhigt. „Was soll das?"

Nikki hebt nur einen Finger – ein stummes Zeichen, dass er sie nicht unterbrechen soll.

„Ja", sage ich und schlucke. „Vollständige Transparenz innerhalb der Familie. Und außerhalb... halte ich den Mund." Ich höre mich selbst sprechen, als würde ich Regeln aufsagen, die ich nie unterschrieben habe.

„Sehr gut." Nikki neigt den Kopf. „Gibt es etwas, das du uns – oder Luca – noch sagen möchtest?"

Ich wollte Nikki mögen. Wirklich. Aber wie sie mich ansieht, wie sie wartet – als hätte sie die Antwort längst in der Tasche und bräuchte nur noch mein Geständnis –, lässt mich erkennen, dass sie genauso gefährlich klug ist wie ihr Mann.

„Ich glaube nicht", bringe ich heraus und werfe

Luca einen hilfesuchenden Blick zu. „Weißt du, was hier los ist?", flüstere ich.

Er schüttelt kaum merklich den Kopf.

Ist das Kind weg? Deshalb die Fragen? Glaubst du, ich hätte etwas damit zu tun?

Dante verzieht das Gesicht. „Ich bin enttäuscht von dir, Harper." Seine Stimme ist ruhig, und gerade das macht sie so bedrohlich. „Ich hatte gehofft, diese arrangierte Ehe könnte funktionieren. Aber wenn du nicht ehrlich bist, wirst du sehr schnell erfahren, wie wir hier Konsequenzen ziehen."

Meine Hände fangen an zu zittern.

„Ich schwöre, ich weiß nicht, wovon du sprichst."

Dante greift unter den Tisch. Erst da sehe ich den Ordner auf seinem Schoß – als hätte er die ganze Zeit darauf gewartet, ihn zu öffnen. Er klappt ihn auf, und der Inhalt springt mir entgegen, grell und unausweichlich.

Mir wird schlagartig kalt. Die Luft entweicht aus meinen Lungen.

Niemand sollte das wissen.

„Du hast vergessen zu erwähnen", sagt Dante langsam, fast genüsslich, „dass du einen Sohn hast."

Fortsetzung folgt.

Die Geschichte wird in „Zwischen Eis und Schwüren" (Crimson Ice - Band 2) fortgesetzt.

EXKLUSIVE BUCHBOXEN & MERCHANDISE KAUFEN

Vielen Dank, dass Sie *Zwischen Klingen und Blut* gelesen haben! Ich hoffe, der Roman hat Ihnen gefallen. Ich habe ihn sehr gerne geschrieben.

Wenn Sie signierte Taschenbücher und exklusive Inhalte lieben, sollten Sie auf jeden Fall meine Webseite besuchen: https://shopwillowfox.com

ÜBER DIE AUTORIN

Willow Fox liebt das Schreiben seit ihrer Highschoolzeit (vor vielen Jahren). Ihre Kleinstadtromane spiegeln das Leben in einer Kleinstadt im ländlichen Amerika wider.

Egal, ob sie Liebesromane schreibt oder draußen am Lagerfeuer sitzt und ein gutes Buch liest, Willow liebt die Magie des geschriebenen Wortes.

Sie träumt davon, von den Füßen gerissen zu werden und hofft, dass sie das auch bei ihren Lesern erreichen kann!

Besuche ihre Website unter:
https://shopwillowfox.com

Böser Boss

Besitzergreifender Boss

Zwanghafter Boss

Ruppige Single Papas

Milliardär Muffel

Berg Muffel

Bachelor Muffel

Eisige Romantik auf dem Spielfeld

Schwindel mit dem Milliardär

Wagnis mit dem Eishockeyspieler

Verhaftung des Eishockeyspielers

Crimson Ice

Zwischen Klingen und Blut

Zwischen Eis und Schwüren